독경 讀經

허담 新무협 판타지 소설
FANTASTIC ORIENTAL HEROES

독경 3

허담 新무협 판타지 소설

초판 1쇄 찍은 날 § 2011년 8월 26일
초판 1쇄 펴낸 날 § 2011년 9월 2일

지은이 § 허담
펴낸이 § 서경석

편집부장 § 권태완
편집책임 § 어정원

펴낸곳 § 도서출판 청어람
등록번호 § 제1081-1-89호
등록일자 § 1999. 5. 31
어람번호 § 제2-2141호

주소 § 경기도 부천시 원미구 심곡2동 163-2 서경B/D 3F (우) 420-822
전화 § 032-656-4452팩스 § 032-656-4453
http://www.chungeoram.com
E-mail § chungeoram@chungeoram.com

ISBN 978-89-251-2607-4 04810
ISBN 978-89-251-2582-4 (세트)

독경
毒經

③

남로(南路)

만 가지의 독 중 가장 무서운 독은 심독(心毒)이라

심독을 다루는 자 천하를 얻게 되리라…

FANTASTIC ORIENTAL HEROES

허담 新무협 판타지 소설

청람 도서출판

目次

第一章
해적선

독경 毒徑

이틀간 몰아친 폭풍이 거짓말처럼 개인 아침, 갈매기조차 찾아볼 수 없는 검은 바다에 한 척의 배가 나타났다. 앞뒤로 두 개의 돛이 달린 꽤 큰 크기의 배였는데 다른 배와 비교하면 폭에 비해 길이가 길어 한결 날렵하게 보이는 배였다.

배는 잔잔한 바다 위를 무서운 속도로 달렸다. 폭풍에서 벗어나 잠깐 휴식을 취하던 바다가 갑자기 나타난 괴선의 속도를 이기지 못하고 다시 한 번 거친 파도를 일으켰다.

"달려라. 이젠 거칠 것 없으니 단숨에 바다를 건넌다. 하하하!"

배의 선두에 다섯 명의 사내가 서 있었다. 초겨울 날씨에도 허름하고 투박한 옷차림을 하고 있었고, 옷 밖으로 불거져 나온 근육들이 햇살을 받아 거칠게 꿈틀거렸다. 각자의 손에는 다양한 병장기를 들고 있었는데 한눈에 보아도 강호의 의협들이라기보다는 바다를 무대로 상선을 약탈하는 해적들임이 분명해 보였다.

"형님, 이번엔 정말 제대로 장사를 할 수 있겠수."

다섯 사내 중 한 명이 가운데 선 키 작은 사내에게 말했다.

"운이 좋았어. 폭풍이 온 덕에 일이 수월했다."

"그러게 말입니다. 흐흐흐, 상선들이야 폭풍이 불면 걱정이지만 우리 같은 사람들에겐 좋은 기회지요. 덕분에 쫓는 자들도 없고 말입니다."

"들리는 소문에 의하면 벽란도에서 큰 변란이 있었다고 하더군. 아마 그래서 더욱 관선들이 보이지 않았을 거야."

"그 만재방 소식 말입니까?"

"그렇다네."

"저도 그 소문은 들었습니다. 참 기이한 일이지요. 대 만재방이 그렇게 하루아침에 몰락을 하다니……."

"그래서 세상일은 모르는 거야. 그러니… 우리도 조심을 하자고!"

"흐흐흐, 이 바다에서 우리가 조심할 게 뭐가 있겠습니까, 형님!"

사내가 호기롭게 소리쳤다.

"방심하면 안돼. 구룡문을 잊었나?"

"아! 구룡문! 그 망할 것들은 언젠가 분명히 손을 봐줘야죠.

놈들에게 죽은 형제들의 숫자가 수십이니…… 바드득!'

사내가 한순간 번들거리는 살기를 드러내며 이를 갈았다.

그러자 다른 사내가 입을 열었다.

"형님 어디로 가시렵니까?"

"어디가 좋을 것 같으냐?"

"이문을 많이 남기려면 당연히 항주로 가야겠지요. 그러나……"

사내가 말꼬리를 흐렸다.

"역시 구룡문이 걸리지?"

"그렇습니다. 비록 언젠가 쓴맛을 보여줘야 할 놈들이지만 이번에는 싣고 가는 물건들을 안전하게 처리하는 것이 중요하니 그들과 맞닥뜨려 좋을 것은 없지요."

"하면?"

"역시 조금 멀어도 광주로 가심이 어떨지요?"

"광주라… 그럼 선악도인데 너무 멀지 않을까?"

"식량과 물은 충분합니다."

"물건들이 상하면 제값을 받지 못해."

"선악도에 들려 제대로 먹이고 재워 살을 찌우지요."

"번거롭군."

"조금 번거롭더라도 남방의 장사치들은 보는 눈이 까다로우니……"

"알겠다. 그럼 광주로 가자."

"알겠습니다. 그리 행로를 정하지요. 교동!"

"옛, 삼 대인!"

"광주로 간다!"

"알겠습니다, 삼 대인!"

배의 뒤편에서 키를 잡고 있던 자가 바다가 쩌렁하게 울릴 정도의 큰 소리로 대답했다. 연후 배가 크게 원을 그리며 남쪽으로 기수를 조금씩 틀기 시작했다. 배가 왼쪽으로 위태하게 기울어졌지만 배의 앞머리에 올라 있는 다섯 명의 사내는 능숙하게 중심을 잡아 전혀 흔들림이 없었다. 그런데 그때!

"사람이다!"

갑자기 배의 중앙에 삼사 장 높이로 만들어 놓은 망루에서 망을 보던 사내가 큰 목소리로 소리를 질렀다.

"뭐? 추격자가 있느냐?"

배 앞쪽에 있던 다섯 명의 중년 사내가 일제히 고개를 돌려 망루의 사내를 보며 물었다.

"아닙니다. 바다 위에 사람이 하나 떠 있습니다."

"그래? 그런 걸 가지고 웬 호들갑이냐? 아마 지난 폭풍에 실족한 자인 모양이군."

"그냥 갑니까?"

문득 뒤에서 키를 잡고 있던 교동이란 자가 물었다.

"그럼 한가하게 물에 빠진 사람이나 구하고 있을 때냐? 어서 배를 몰아라."

다섯 사내 중 하나가 언성을 높였다. 그런데 그때 사내들 중 가운데 있으면서 형님으로 불리던 마르고 키 작은 사내가 고개를 저으며 말했다.

"셋째, 넌 왜 하나는 알고 둘을 모르느냐?"

"아니 그게 무슨 말씀이십니까, 형님?"

"물에 빠진 사람이 있다면 당연히 구해야지."

"아니, 도대체 왜?"

"셋째, 장사꾼이 공으로 생긴 물건을 왜 포기한단 말이냐?"

키 작은 사내의 말에 셋째라 불린 자가 여전히 어리둥절한 표정을 짓다가 이내 뭔가를 깨달은 듯 소리쳤다.

"아이쿠, 그렇군요. 내가 이렇게 어리석다니까. 여봐라. 배를 멈추고 얼른 물에 빠진 자를 구해내거라. 흐흐흐, 이거 장사가 되려니 이렇게도 물건 하나를 얻는군요."

"가보자, 어떤 불운한 물건이 우릴 찾아왔는지. 지난 폭풍에 살아난 것을 보면 제법 괜찮은 물건일 것도 같군."

키 작은 사내가 걸음을 옮겨 물에 빠진 사람을 구하려는 수하들이 있는 곳으로 움직였다.

풍덩!

배에 타고 있던 사내 중 하나가 웃옷을 벗고는 서슴없이 바다로 뛰어들었다. 그리고는 물개처럼 헤엄을 쳐 작은 나무판자 위로 엎드려 있는 사람을 향해 다가갔다.

"어떠냐? 살았느냐?"

배 위에서 키 작은 자가 소리쳤다.

"예, 대인! 살긴 살았습니다."

"그게 무슨 소리냐? 살긴 살았다니?"

"부상을 입은 듯합니다."

"부상?"

키 작은 자가 얼굴을 찌푸렸다.

"어찌할까요?"

바다에 뛰어든 자가 물었다. 그러자 셋째라 불린 사내가 입을 열었다.

"부상을 입은 놈이라면 버리고 가지요. 괜히 치료를 하느라 고생할 필요는 없지 않습니까?"

그러자 키 작은 사내가 이번에도 역시 고개를 저었다.

"아니다. 우리가 군이 놈의 부상을 치료할 필요는 없지. 건 져내서 한곳에 처박아두거라. 살아나면 팔아버리고 죽으면 그 때 바다에 던지면 그뿐이다!"

키 작은 자의 말에 바다에 뛰어든 사내가 판자를 몰아 배 곁으로 다가왔다.

"줄을 내려!"

바다 위의 사내가 소리치자 배 위에서 굵은 밧줄이 아래로 내려갔다. 그러자 사내가 능숙하게 판자 위에 쓰러져 있는 사람의 겨드랑이에 밧줄을 넣어 묶었다.

"올려!"

사내의 외침에 배 위의 장정 셋이 달라붙어 밧줄에 묶인 사람을 끌어올리기 시작했다.

"으랴챠!"

밧줄에 묶인 자가 배의 갑판 근처에 이르자 줄을 당기고 있던 자 중 하나가 손을 뻗어 밧줄에 묶인 사람을 단번에 배 안으로 끌어올렸다.

쿠당탕!

배 위에 끌어올려진 사람이 마치 낚시에 걸린 물고기처럼 갑판 위에 내동댕이쳐졌다. 순간 셋째라 불린 사내의 입에서 실망한 목소리가 흘러나왔다.

"뭐야? 이건! 애송이잖아?"

"그렇군. 실망인걸? 술값이나 챙길 수 있을 줄 알았는데."

다른 사내 하나가 중얼거렸다. 그러자 키 작은 사내가 허리를 숙여 쓰러진 사람의 얼굴을 반쯤 덮고 있는 머리칼을 쓸어 올렸다. 그러자 밝은 태양 아래 앳된 소년의 얼굴이 모습을 드러냈다. 허소산이었다.

"그놈 생기긴 잘 생겼다!"

다시 누군가의 목소리가 흘러나왔다.

"호호, 남창에 팔면 금자 좀 건지겠는데?"

"광주에 제법 유명한 장사꾼이 있지?"

키 작은 자가 고개를 돌려 물었다. 그러자 셋째가 고개를 끄덕였다.

"그렇습니다. 청화방이라고… 귀부인들을 상대하는 곳으로 유명하지요. 그 방주놈… 이상한 취미를 가진 놈이라 이 정도면 제법 값을 쳐줄 겁니다."

"좋아. 살아나면 제법 값이 나갈지도 모르겠군. 집어넣어!"

키 작은 자의 명에 허소산을 끌어올린 사내가 고개를 숙이며 대답했다.

"예, 대인!"

"잘 살펴라. 죽으면 즉시 바다에 버려! 시체를 싣고 가다간 역병이 돌 수도 있으니!"

"옛, 대인!"

"자, 아우들, 우린 그만 들어가지. 술 한잔해야지?"

"그래야지요. 이런 쾌청한 날 술이 빠질 수는 없지요."

셋째라 불린 사내가 고개를 끄덕였다. 그러자 키 작은 자가 다시 명을 내렸다.

"선실로 술을 가져와. 그리고 그제 잡은 계집들 중 반반한 것들도 데려오고!"

"옛, 대인!"

부하들의 대답을 뒤로 하고 다섯 사내가 선실로 사라졌다.

쿠당탕!

덥수룩한 수염을 기른 사내가 시체처럼 늘어진 허소산을 햇빛이 거의 들지 않는 배 안 깊숙한 선실에 던져 넣었다. 선실이라고 하지만 문 쪽은 벽이 굵은 나무로 얽혀져 있어 뇌옥이라는 편이 좋은 곳이었다.

"잘 살펴봐라. 살아나면 놔두고 죽으면 즉시 알려라. 아니면 시체와 같이 바다를 건너게 될 테니까!"

사내가 이미 선실에 들어 있는 사람들을 보며 위압적인 목소리로 소리쳤다.

"우릴 어디로 데려가는 거냐?"

뇌옥 같은 선실에 들어 있던 사내 중 사십대 중반으로 보이는 자가 허소산을 집어던진 사내를 노려보며 소리쳤다.

"어디로 가냐고? 음… 뭐, 말해줘도 되겠지, 이미 바다로 나왔으니까. 에… 너희들은 아주 멀리 갈 거야. 정말 아주 머언 곳! 살아서 다시는 고려 땅을 밟을 수 없는 곳으로 가게 될 거다. 그곳에 가면… 후후, 아마 새로운 주인님들을 만나야 할 거야. 그러니 내가 충고 하나 하마. 그 성질 죽여! 그런 성질로는 노예 생활 못해. 아암, 못하고말고! 아마 열흘도 안 돼서 맞아 죽을걸?"

"노예? 이놈들 사람 장사를 하는구나!"

"흐흐, 사람만 파는 건 아냐. 우린 뭐든지 팔지! 손에 걸리는 건 뭐든지 말이야."

"이, 죽일 놈들!"

"아이고, 대협님 말조심하세요. 그러다가 배에 매달려 끌려갈 수가 있어요. 물고기도 아닌 몸으로 말이에요. 팔려갈 때 팔려가더라도 몸 편히 가시란 말이에요. 아셨지요? 너! 그나마 날 만났으니 이정도지, 다른 놈들 앞에선 그 성질이랑 부리지 마라. 보아하니 새끼들도 챙겨야 하는 것 같은데……."

조롱하듯 말하던 사내가 갑자기 흘겨 뜨며 중년 사내 뒤에 있는 십이삼 세 가량 되어 보이는 남자아이와 여자아이를 번갈아 바라보고는 무겁게 충고했다. 그러자 중년 사내가 재빨리 몸을 움직여 사내의 시선으로부터 두 아이를 가렸다.

"이봐. 세상일이란 게 모두 운에 달린 거야. 당신은 이쯤에서 노예가 될 팔자였던 거지. 그러지 순순히 운명에 순응하라고. 그렇지 않으면 자식들 앞에서 비참하게 죽어갈 거야. 알겠지? 크흠! 아무튼 그놈 잘 살펴. 시체랑 여행하고 싶지 않으면!"

사내가 다시 한 번 경고를 하고는 선실 앞에서 사라졌다.

"아버지!"

해적이 사라지자 중년 사내의 등 뒤에 숨었던 두 아이가 사내의 등에 매달리며 울먹였다.

"걱정 마라. 내 반드시 너희들을 구할 테니!"

중년 사내가 이를 악물며 말했다. 그러자 같은 선실에 있던 다른 사람들 중 하나가 입을 열었다.

"거 경거망동하지 마쇼. 괜히 우리까지 피해를 보니까 말이오."

순간 중년 사내의 눈초리가 매서워졌다.

"지금 뭐라고 했소?"

"함부로 날뛰지 말라고 했소. 당신 한 사람이 난동을 부리면 우리가 모두 피곤해진단 말이오."

"그럼 이대로 끌려가 노예로 살자는 말이오?"

"그럼 어떡하겠소, 일이 이미 이 지경이 된 것을!"

"어떻게 자신의 인생을 그렇게 쉽게 포기할 수 있단 말이오?"

중년 사내가 상대의 자포자기한 모습에 더욱 화가 난 듯 소리쳤다. 그러자 그와 말거리를 하던 사내가 물끄러미 중년 사내를 바라보다 물었다.

"당신, 뭘 하던 사람이오? 옷차림을 보니 막 굴러먹던 사람은 아닌 듯한데……."

"우리 아버지는 어사대의 녹사세요!"

중년 사내의 등 뒤에 있던 두 아이 중 남자아이가 소리쳤다. 순간 중년 사내와 말거리를 하던 사내가 흠칫한 표정을 지었다. 어사대라면 백관을 규찰하고 시정을 살피는 관부의 호랑이가 아니던가. 그 서슬 퍼런 위세엔 백관은 물론 전장을 누비는 장수들까지도 한발 물러서는 곳이 어사대였다. 그러나 어사대란 말에 놀란 마음도 잠시, 사내가 금세 신색을 회복하고는 오히려 더 도발적인 표정으로 입을 열었다.

"오호라. 이제 보니 벼슬아치셨군. 그러니 이 난리를 치지. 하지만 이보슈. 이제야 당신이 육지에서 무슨 일을 했는지는 중요하지 않아. 우린 다 같이 노예가 될 신세란 말이지. 흥! 벼슬아치라……!"

사내가 노골적인 거부감을 드러냈다.

"그대가 감히 관원을 욕보이려 하는가?"

중년 사내가 서슬 퍼런 눈초리로 소리쳤다.

"허! 이 양반이 아직도 자기가 어사대 녹사인 줄 아나보네? 말했지만 이젠 당신의 그 녹사 벼슬도 아무 소용이 없단 말이오. 그리고 보니 내 팔자가 이젠 당신보다 좀 낫겠구려. 난 말이오. 애초에 육지에서도 노비였단 말이오. 당신도 관원이었으니 노비를 두었겠지? 그 노비를 개처럼 부렸을 거고. 흐흐흐, 그러니 이젠 내가 좀 낫지. 나야 태어나면서부터 노비였으니 어디로 팔려가 노예가 되든 변할 것이 없는 삶이지만 그대는, 흐흐흐… 천국에서 지옥으로 떨어졌군. 흐흐흐!"

사내가 상대의 처지가 고소하다는 듯 연신 웃음을 흘렸다.

"우리 집엔 노비가 없었어요. 아버진 집안에 있던 노비들을 모두 풀어줬단 말이에요. 그것도 집안의 재산을 털어 나눠주면서요."

다시 사내아이가 소리쳤다. 그러자 중년 사내를 놀리던 사내가 놀란 눈을 하더니 한동안 녹사 벼슬의 사내를 바라보다 퉁명스레 입을 열었다.

"뭐, 간혹 양반 중에도 사람다운 사람이 있기는 하지. 내 말이 심했다면 용서하시오. 나도 처지가 곤궁하여 막말이 나온 거니. 하지만 내 충고는 흘려듣지 마시오. 고려 땅에서 무슨 일을 했든 지금은 노예로 잡힌 신세요. 신중하게 행동하지 않으면 녹사님은 물론 두 자제분도 위험할 거요. 그러니… 일단 육지에 닿을 때까지는 조용히 계시오. 기회를 보려거든 육지가 보이는 곳에서 기회를 보는 게 좋을 겁니다."

말을 하는 동안 어느새 사내의 말투가 존대로 변했다. 중년 사내가 녹사라는 범상치 않은 신분에 강직한 심성을 지닌 사람임을 알았기 때문이었다.

중년 사내가 노비 출신 사내의 충고에 대답하지 않고 침묵을 지키다가 문득 한쪽에 쓰러져 있는 허소산에게 눈길을 주었다. 한동안 허소산을 바라보던 녹사 벼슬의 사내가 무거운 몸을 일으켜 허소산에게로 다가갔다. 두 아이가 어미 닭을 쫓는 병아리처럼 중년 사내를 따라갔다.

"죽었어요?"

여자아이가 겁에 질린 표정으로 중년 사내에게 물었다.

"아니다. 맥과 숨이 살아 있구나. 그런데 아무래도 상처가 깊구나."

"어디요?"

남자아이는 자신의 처지를 잊고 호기심을 드러냈다. 그러자 중년 사내가 허소산의 겨드랑이 아래, 길게 찢겨진 옷을 들췄다. 순간 늑골을 스치고 지나간 긴 상처가 모습을 드러냈다.

"아!"

여자아이가 갑자기 드러난 상처에 놀라 시선을 돌렸다.

"도검에 상한 것 같지는 않고……. 무슨 상처일까?"

중년 사내가 고개를 갸웃했다. 어느새 그의 뒤쪽으로 선실에 있던 몇몇 사람이 다가와 있었다. 그중에는 노비였던 사내도 있는데 그자가 입을 열었다.

"아무래도 그건 화살에 당한 상처 같습니다."

"화살에 말이오?"

녹사 벼슬의 사내가 고개를 돌려 노비 사내에게 되물었다.

"큼, 예전에 친구 몇 놈이 도망을 간 적이 있었지요. 결국 온몸에 살을 맞고 고슴도치가 되어 돌아왔는데 그때 내가 녀석들의 무덤을 만들어 줬지요. 당시 보았던 상처 중 몇 개와 비슷합니다."

"이 어린아이가 도대체 왜 화살을 맞았을까?"

어사대 녹사 벼슬의 사내가 중얼거렸다. 어사대에서 감찰의 일을 맡았기 때문인지 무슨 문제든 곰곰이 앞뒤를 따져보는 성격인 모양이었다.

"뭐, 나처럼 노비일수도 있지요. 노비란 짐승과 같아서 애든 어른이든 도망가다 걸리면 죽음을 면치 못하니. 큼! 그리고 보니 갑자기 정이 생기네. 잠시 비켜주십쇼."

노비 사내가 중년 사내를 밀치며 허소산 앞에 앉았다. 그리고는 고개를 숙여 허소산의 가슴에 귀를 가져다댔다.

"에이 이게 뭐야? 심장 소리를 제대로 들을 수 없잖아!"

허소산의 심장 소리를 들으려던 노비 사내가 신경질을 내며 허소산의 품을 뒤져 뭔가를 꺼냈다. 그러자 어둠 속에서도 반짝이는 빛을 흘리는 동경이 모습을 나타냈다.

"허, 참 고놈 희한한 놈일세. 사내놈이 구리거울은 무슨! 생긴 것이 곱상하니 계집애 같은 취미가 있는 걸까?"

노비 사내가 손에 쥔 동경을 힐끗 보고는 허소산 옆에 내려났다. 그리고는 다시 허소산의 가슴에 귀를 댔다.

"음, 심장은 제대로 뛰고 있군. 눈도 괜찮고!"

노비 사내가 허소산의 눈을 열어보며 말했다.

"살아날 것 같소?"

녹사 벼슬의 사내가 물었다.

"일단 살긴 살 것 같습니다만 상처가 깊어서……. 이곳엔 약도 없고. 다행히 피는 바닷물에 멎었지만 이거 상처가 덧나면 회복하기 어려울 겁니다. 정신을 차리고 음식을 먹어야 힘을 낼 터인데……."

"깨울 방도는 없겠소?"

"뭐, 우리 같은 천한 것들이 쓰는 법이 있기는 한데."

"그럼 깨워보시오."

"나중에 욕이나 먹지 않을지……."

노비 사내가 망설였다.

"죽는 것보다야 낫지 않겠소?"

"그렇긴 하군요. 그럼!"

퍽!

갑자기 노비 사내가 허소산을 반쯤 뒤집더니 등 한 가운데를 가격했다.

"컥!"

그러자 정신을 잃은 와중에도 허소산이 충격을 이기지 못하고 헛바람을 흘려냈다.

"뭐하는 거요? 애를 죽일 생각이오?"

녹사 벼슬의 사내가 크게 놀라 소리쳤다.

"천한 것들은 본래 거칠게 다뤄야 정신을 차린답니다."

퍽!

노비 사내가 이번에는 허소산의 턱 부근을 가격했다.

"커컥!"

순간 허소산의 입에서 다급한 헛기침이 터져 나오더니 마치 시체가 살아나듯 번쩍 눈을 떴다.

"아버지!"

깨어난 허소산의 입에서 날카로운 외침이 흘러나왔다.

작은 창을 통해 들어오던 빛조차도 사라진 것으로 봐선 아마도 바다에 밤이 찾아온 듯싶었다. 허소산은 상처 입은 맹수의 눈으로 아무것도 없는 허공을 노려보고 있었다.

"그놈 참, 독한 놈일세. 무슨 놈이 말을 안 해!"

한쪽에서 노비 사내가 허소산을 보며 중얼거렸다.

"그러게 말이야. 여간내기가 아닌 모양이야. 하긴 그러니 저 험한 꼴을 하고도 살아남았지."

본래 선실에는 어사대 녹사 사내와 그 아들과 딸 그리고 노비 사내 외에도 세 명의 사내가 더 있었다. 녹사 사내는 다른 사람들과 일정한 거리를 두고 있었지만 다른 사내들은 같은 처지에 빠진 사람들인지라 금세 한 무더기로 모여 생활하고 있었다.

"한 번 말을 걸어 보우."

사내들 중 나이 지긋해 보이는 자가 노비 사내를 충동질했다.

"제길, 그것도 한두 번이지. 뭐, 때가 되면 입을 열겠지요."

노비 사내가 고개를 저으며 말했다. 그러자 곁에 있던 이십대 후반으로 보이는 젊은 사내가 빈정거리듯 어사대 녹사를 보며 말했다.

"거, 녹사 어른께서 한번 말을 시켜보시지요. 서슬 퍼런 어사대 관리시니 저 놈도 겁을 먹을 거 아닙니까?"

다분한 시비조의 말에 녹사 벼슬의 사내가 날카로운 눈으로 말을 건 젊은 사내를 노려봤다. 그 날카로운 시선에 젊은 사내는 흠칫한 표정으로 뒤로 물러났다. 그러나 사내의 제안은 쓸모가 있었다. 녹사 벼슬의 사내가 허소산을 향해 다가갔기 때문이었다. 언제나처럼 두 아이가 그의 뒤를 따랐다.

허소산 앞에 다가앉은 녹사 벼슬의 사내는 아무런 말없이 한동안 허소산을 빤히 바라보고만 있었다. 그러다 불쑥 무거운 음성으로 입을 열었다.

"여긴 해적선이다."

거두절미한 말에도 허소산은 반응하지 않았다. 그러거나 말거나 녹사 벼슬의 사내가 말을 이었다.

"넌 바다에 표류하고 있었고, 해적들이 널 구해냈다. 물론 널 구한 이유는 하나다. 바다를 건너 다른 나라에 가서 널 노예로 팔려는 것이다. 그러니 네가 살아났다고 해도 앞으로의 삶은 무척 곤궁할 것이다. 어쩌면… 죽는 것이 나을 수도 있다고 생각할 수 있는 상황이다. 넌 살고 싶으냐, 죽고 싶으냐?"

녹사 벼슬 사내의 물음에도 여전히 허소산은 침묵을 지켰다. 그러자 다시 녹사 벼슬의 사내가 입을 열었다.

"나도 너와 같은 처지다. 그러나 난 이 상황에서도 살아야겠다. 왜냐하면 내겐 지켜야 할 아들과 딸이 있기 때문이다. 그리고 살아서 고려 땅으로 돌아가야 할 이유도 있지. 넌 어떠냐? 살아야 할 어떤 이유가 있느냐?"

순간 허소산의 눈빛이 번쩍였다.

"눈빛이 살아 있는 것을 보니 살 이유가 있는 모양이구나. 그렇다면 일단 화를 풀고 몸을 다스려라. 네 상처는 결코 얕지 않다. 해적들은 약을 주지 않을 거고 이 선실에는 약으로 쓸 물건이 없다. 그러니 네가 살려면 오로지 너의 의지로 네 몸을 깨워야 할 거다. 언제까지 그렇게 앉아만 있다간 결국 그 상처로 넌 죽게 될 거다."

"난… 죽지 않아……."

허소산이 마치 잠꼬대하듯 중얼거렸다. 순간 녹사 벼슬의 사내가 자신도 모르게 뒤로 몸을 뺐다. 어린 나이에 비해 허소산의 눈에서 흘러나오는 안광이 너무 강했기 때문이었다.

"좋아. 하지만 살고 싶다면 다른 사람들에게 도움을 구해야 할 거다. 여긴 먹을 것이 항상 부족하지. 네 몸을 회복시키기 위해선 어느 때보다 먹을 것이 필요하다. 그건 다른 사람들의 양보가 없으면 불가능한 일이다. 이게… 지금의 네 현실이다."

"내 몫, 내 몫만 있으면 돼. 그것만 건드리지 않으면 난 죽지 않아."

허소산이 다시 입을 열었다. 순간 녹사 벼슬의 사내가 살짝 아미를 모았다.

"지금은 네 앞의 현실이 너무 비참하니 네 행동을 이해할 수 있다. 하지만… 계속 이렇게 군다면 넌 결국 이 배에서 살아남지 못할 게다. 그러니 하루빨리 마음의 안정을 찾길 바라마. 그때 다시 한 번 얘기해 보자꾸나. 지금은 때가 아닌 듯하구나."

녹사 벼슬의 사내가 고개를 젓고는 뒤로 물러났다. 그러자 두 아이도 허소산을 힐끔힐끔 보며 녹사 벼슬의 사내를 따라 물러났다.

"난⋯ 죽지 않아⋯⋯."

물러나는 사내의 귀에 나직한 허소산의 중얼거림이 다시 들려왔다.

허소산은 그의 다짐대로 죽지 않았다. 오히려 하루가 다르게 건강을 회복해 갔다. 그렇다고 선실에 있는 사람들이 허소산을 특별하게 대해준 것도 아니었다. 그나마 허소산 몫으로 던져지는 찬밥 한 덩어리를 빼앗지 않은 것만도 다행인 상황. 그런데 허소산은 그 찬밥덩어리를 먹으면서 마치 대단한 영약을 먹은 사람처럼 상처를 치유하고 원기를 회복해갔다.

말이 없는 것도 여전했다. 말이 없는 허소산을 선실의 사람들도 생경하게 대했다. 이제 곧 머나먼 타국에서 노예로 팔려 갈 자신들의 처지에 독기를 지닌 허소산에게 특별히 관심을 가질 사람은 없었다. 그나마 간혹 관심을 두는 것은 노비 사내와 녹사 벼슬의 사내 정도였다.

몸이 회복되자 허소산의 마음도 서서히 안정되기 시작했다. 입으로 말은 하지 않았지만 그의 눈빛에 흐르던 살기 어린 독기는 많이 옅어졌다.

마음에 가득하던 독기가 사라지자 눈과 귀는 더 많은 것을 보고 더 많은 것을 듣기 시작했다. 그래서 배에서 깨어난 지 십여 일이 흘렀을 즈음에는 이미 배에 탄 사람들에 대해서 거의 모든 것을 알게 된 허소산이었다.

해적들은 자신들의 배를 오룡선이라고 불렀다. 배 한 척이 움직이는 것으로 보아선 그리 큰 규모의 해적단은 아닌 것이 분명했다. 어쩌면 고려 쪽에 다른 동료들이 있을지도 모르지만 대해를 건너 중원으로 가는 배는 오직 한 척 뿐이었다.

오룡선은 다섯 명의 두목에 의해 움직이고 있었다. 그들은 서로 호형호제하며 해적들로부터는 대인이라는 호칭으로 불렸는데 그 첫째는 원유라는 자로 키는 작지만 무척 매서운 눈을 가진 자였다. 둘째 두목은 한천, 셋째는 구웅, 넷째는 노심, 다섯째는 조앙이라는 이름을 지니고 있었다.

이 다섯 명의 두목은 뇌옥 삼아 만든 선실에 갇힌 사람들을 보러 오는 경우가 거의 없었다. 허소산 역시 그들을 오직 두 번만 보았을 뿐이었다.

대신 허소산이 갇혀 있는 선실을 관리하는 해적은 따로 있었다. 이름이 서우수라는 자였는데 한쪽 눈을 검은 안대로 가린 애꾸눈의 사내였다. 성정은 외모에 비해 순후해서 선실에 갇힌 자들을 괴롭히는 일은 거의 없었다. 물론 올 때마다 한마디씩의 협박을 해대긴 했으나 그건 그저 선실에 갇혀 있는 자들이 소란을 일으키지 말라는 의례적인 협박이었다.

함께 갇혀 있는 사람들 중 가장 허소산의 관심을 끄는 인물은 처음 그에게 말을 걸었던 어사대 녹사 벼슬의 사내였다. 사내의 이름은 감천홍, 두 아이의 이름은 감명과 감아라라고 했는데 사내는 노예로 팔려갈 신세임에도 불구하고 관리로서의 꼿꼿한 자세를 잃지 않았다. 아마도 어쩌면 여전히 자신만은 이 선실에 갇힌 다른 자들과는 다른 신분이라고 생각하고 있는지도 몰랐다.

모두가 남자인 선실에 감천홍의 딸 감아라가 탄 사연을 들어보아도 감천홍의 도도한 기개를 알 수 있었다.

본래 해적들은 남자와 여자를 구분하여 다른 선실에 가둬놓았다. 사람들의 말로는 배에는 모두 열 칸의 뇌옥이 있고 그중 세 칸에는 여자들이, 나머지 일곱 칸에는 남자들이 들어 있다고 했다. 그런데 감아라는 비록 나이는 어리지만 남자들이 갇힌 선실에 들어 있었다.

이유는 단 하나, 감천홍이 사로잡힌 신세에도 불구하고 끝까지 감아라를 해적들에게 내놓지 않았기 때문이라고 했다. 그는 스스로 해적들의 칼에 목을 들이밀고 감아라를 지켰는데 해적들도 그 기개에는 굴복하지 않을 수 없었다고 한다. 물론 죽이는 것은 쉽지만 어쨌든 그들에게는 금자를 받고 팔아야 할 상품이었으니 죽이는 것은 오히려 손해였다.

감천홍 이외에 선실에 갇힌 사내들은 모두 넷. 노비 출신의 사내는 추안이란 이름을 가지고 있었다. 그는 아마도 배 안에 잡혀 있는 사람들 중 가장 낙관적인 사람일 듯싶었는데 그의 말에 따르면 고려에서 노비 생활을 하나 다른 곳에 가서 노예 생활을 하나 종노릇 하기는 마찬가지기 때문이라고 했다.

다른 세 사람은 각기 원보, 주걸루, 소발이라는 이름을 지니고 있었다. 그중 원보라는 노인은 선실에 갇힌 사람들 중 가장 나이가 많은 사람이었고, 주걸루는 야인 출신의 사내였다. 그리고 소발이란 젊은이는 이십대 중반의 사내였는데 그 출신을 굳이 밝히지 않았다.

해적선의 사정을 알아갈수록 허소산의 마음에 일었던 두려움은 사라졌다. 다른 사람이라면 노예로 팔려갈 것을 걱정해 죽음을 생각할 수도 있는 상황이었지만 허소산은 그가 어디로 가든 충분히 살아날 수 있다는 자신감에 차 있었다. 그 자신감의 원천은 그가 깨어난 이후 더욱 승하기 시작한 그의 몸속의 기운, 천독공의 공력 때문이었다.

"이름이 뭐예요?"

문득 어린 소년의 목소리가 허소산의 귀에 들렸다. 허소산의 나이도 열서너 살에 지나지 않았지만 소년의 나이는 훨씬 어려 보였다. 대략 열 살 전후로 보이는 아이가 허소산 앞에서 그를 빤히 바라보고 있었다. 녹사 감천홍의 아들 감명이다.

감천홍은 감명이 허소산에게 말을 걸어도 아이의 행동을 말리지 않았다. 이미 며칠을 보내며 허소산의 눈빛이 많이 순해진 것을 알아챘기 때문이기도 하고, 그간의 행동으로 보아 허소산이 감명에게 해를 끼칠 것 같지는 않았기 때문이었다. 어

쩌면 오히려 나이 어린 감명이 허소산의 입을 여는데 더 적합
할 수도 있었다.

"형님, 이름이 뭐예요?"

다시 한 번 감명이 나이답지 않은 정중한 목소리로 물었다.
아마도 어려서부터 감천홍의 엄한 훈육을 받으며 큰 모양이었
다.

"소산, 허… 소산."

허소산이 나직하게 대답했다. 순간 선실에 있던 모든 사람
들의 시선이 허소산과 감명에게로 향했다. 허소산이 제대로
입을 연 것은 오늘이 처음이기 때문이었다.

"전… 감명이에요."

감명이 자신의 이름을 밝혔다.

"알고 있다."

"우리 아버님은… 녹사세요, 어사대 녹사!"

감명은 정작 허소산이 입을 열자 달리 할 말이 없는지 아버
지 자랑을 늘어놓았다.

"알고 있다."

허소산이 같은 대답을 다시 했다. 그러자 감명이 잠시 침묵
을 지켰다가 다시 물었다.

"소산 형님 부모님은 어디 계세요?"

감명의 질문이 끝나는 순간 허소산의 눈빛이 한차례 번쩍였
다.

'아버지!'

허소산의 뇌리에 자신의 이름을 부르며 울부짖던 허산왕의 얼굴이 스치고 지나갔다.

"부모님이… 안 계세요?"

감명이 조심스럽게 물었다.

"아니다. 내게도 아버지가 있단다."

"어디요? 그런데 왜 혼자 있는 거예요?"

"난… 아버지를 잃어버렸단다."

"잃어버려요? 어디서요?"

"바다에서… 바다에서 잃어버렸다."

"그럼… 돌아가신 거예요?"

"아니, 아니다. 아마 지금쯤 중원에 도착하셨겠지."

"그랬군요. 중원으로 가시던 중 바다에 빠지신 거군요. 그래서 아버님과 헤어지게 된 것이고요."

"그래, 그렇게 되었다."

허소산의 대답에 감명이 약간의 침묵을 지켰다가 다시 입을 열었다.

"우린 배를 타고 나주 외가에 가다가 해적들에게 잡혔어요. 이 배는 해적선이래요. 우릴 모두 노예로 팔아버린대요."

감명이 그가 알고 있는 자신들의 처지가 두려운 듯 말했다. 그러자 허소산이 고개를 저었다.

"아니, 넌 노예로 팔리지 않을 거다."

"정말요? 어떻게요?"

"그건… 네 아버님이 널 지켜줄 테니까."

"아버지가요?"

감명이 고개를 돌려 감천홍을 바라봤다. 감천홍은 기이한 눈으로 허소산을 바라보고 있었다.

"그래. 모든 부모는 목숨이 다하는 순간까지 자식을 지킨단다. 그러니… 넌 절대 노예가 되지 않을 거야. 자, 이젠 아버님 곁으로 가거라. 다음에 다시 이야기하자. 좀 피곤하구나."

허소산의 말에 감명이 힘이 솟는 듯 재빨리 감천홍 앞으로 달려갔다. 그리고는 감천홍에게 물었다.

"저 형님의 말이 맞나요? 아버지!"

감명의 질문에 감천홍이 시선을 여전히 허소산에게 둔 채 고개를 끄덕였다.

"그래. 형의 말이 맞다. 내가 살아 있는 한 그 누구도 너희들을 노예로 만들 수는 없다."

*   *   *

철썩철썩!

아마도 밖은 휘영청 밝은 달이 떠 있을 터였다. 작은 창, 두툼한 나무로 얼기설기 막아 놓은 창을 통해 푸른 달빛이 들어오고 있었다. 창을 통해 들어오는 빛으로 날이 가는 것을 계산하기 시작한 지 보름, 얼추 고려 땅을 떠난 것이 이십여 일에 이르고 있었다.

선실에 갇혀 있지 않은 사람들도 지칠 만한 시간이었으니 선실 안에 갇힌 사람들의 심신은 지칠 대로 지쳐 있었다. 몸이 지치니 사소한 일에도 서로 흥분해 언성을 높이기도 하도, 혹은 서로 몸싸움을 벌일 상황도 일어났지만 녹사 감천홍의 존재가 그나마 선실을 파국에서 지켜내고 있었다.

그런데 그 와중에도 날로 몸이 좋아져 가는 사람이 있었으니 바로 허소산이었다. 사람들은 허소산이 뭘 숨겨두고 먹나 싶어 자세히 살피기도 했으나 허소산이 먹는 음식은 선실에 갇힌 사람들과 다를 바가 없었다. 끼니때가 되면 하나씩 던져주는 주먹밥 한 덩어리, 그것이 유일한 허소산의 양식이었다.

그런데 그럼에도 불구하고 허소산은 마치 매끼니 고기반찬을 먹는 사람처럼 피부는 밝아지고 눈은 맑아졌다. 그런 허소산을 선실의 사람들이 언제부터인가 조금 다른 시선으로 바라보고 시작했다. 처음에는 그저 운 나쁜 어린아이거니 생각하던 것이 이제는 마치 무슨 신비한 사연이라도 숨기고 있는 아이처럼 생각한 것이다.

물론 허소산이 아버지와 함께 배를 타고 가다 바다에 추락했다는 말을 듣기는 했으나 사람들은 그 안에 여러 곡절이 숨겨져 있을 거란 추측을 제멋대로 하고 있었다.

허소산은 자신에게 쏠리는 사람들의 관심에도 아랑곳없이 언제나 다른 사람들과 동떨어져 혼자만의 생활을 해나가고 있었다. 조금 달라진 점이 있다면 그에게도 간혹 말을 거는 말동무 두 명이 생겼다는 점이었다.

감명과 말을 하기 시작한 이후 두 사람은 가끔 이런저런 이야기를 나눴고, 며칠이 지나자 호기심 많은 감아라도 두 사람의 대화에 끼어들기 시작했다.

감천홍은 여전히 깊은 눈으로 허소산을 살필 뿐 감명과 감아라가 허소산과 가까워지는 것을 막지 않았다.

감명과 감아라를 상대하는 일을 제외하곤 허소산은 온전히 천독공과 금강밀공의 수련에 빠져 있었다. 이산공과 풍로검이야 몸을 움직여야 하니 작은 선실에서 수련이 불가능했지만 천독공과 금강밀공은 달랐다. 서로 팔려가는 마당에 허소산이 하루 종일 벽에 기대 가부좌를 틀고 앉아 있어도 누가 뭐라 할 사람이 없었던 것이다.

덕분에 온전히 두 신공의 수련에 몰두한 허소산의 공력은 날이 갈수록 그 경지가 높아지기 시작했다. 특히 허소산이 황보설화를 해독시키며 흡수한 면왕은 그의 공력을 무서운 속도로 증진시켰다.

면왕은 세상에 보기 드문 기이한 독이어서 그 기운도 범상치가 않았다. 한 번 천독공을 운기해 면왕의 기운을 흡수할 때마다 허소산의 공력은 이전과 확연하게 달라졌던 것이다. 덕분에 지난 이십여 일이 허소산에게는 마치 하루처럼 느껴질 정도로 빠르게 지나갔고, 그것은 그가 다른 사람과 달리 몸과 마음이 지치지 않은 이유의 하나기도 했다.

허소산이 긴 호흡을 했다. 푸른 달빛을 타고 그의 숨이 창문을 벗어나 자유의 공간으로 날아갔다. 몸과 마음이 한결 가벼

위졌다. 코끝으로 느껴지는 탁한 선실의 공기 속에서도 한 줄기 청량한 내음이 느껴졌다.

허소산은 본능적으로 냄새의 정체를 알아냈다.

'이건, 땅의 냄새다!'

第二章
선악도(善惡島)

"왜 갑자기 이렇게 잘해주는 거지? 불안하게. 젠장!"

노비 추안이 고개를 갸웃했다. 아침부터 던져주는 음식에 생선이 보이기 시작했기 때문이었다. 주먹밥 한 개로 끼니를 해결하던 것에 비하면 그야말로 왕후장상의 밥상, 그저 한 끼 인심을 쓰는 거려니 했던 것이 점심과 저녁까지 꼬박 주먹밥 외에 다른 음식들이 제공되자 의구심을 갖지 않을 수 없었다.

"때가 가까워졌다는 거지."

선실에서 가장 연장자인 원보가 심드렁하게 말했다.

"때라니 무슨 때 말입니까?"

"정말 몰라서 묻나? 우릴 팔 때가 가까워졌다는 거야. 잘 먹여야 좋은 값을 받을 테니까."

"오호라. 바로 그런 이유였군. 보자… 그럼 아에 먹질 말까?"

추안이 손에 든 주먹밥을 내려놓으며 말했다.

"주면 먹지, 왜 안 먹겠다는 거요?"

야인 출신의 사내 주걸루가 퉁명스레 물었다.

"먹지 않아 마르면 좀 수월한데 팔려갈 거 아니우? 본래 종 생활이 편하려면 약한 척하는 게 최고요. 괜히 힘자랑했다가는 골병드는 일에 투입되기 십상이우."

추안이 자기 나름대로의 처세술을 밝혔다. 그러자 주걸루가 음식들을 입에 쑤셔 넣으며 말했다.

"내 생각은 다르오. 이런 지경에선 먹을 수 있을 때 먹어두는 게 좋은 법이오. 독한 주인을 만나면 하루에 한 끼 먹기도 어려울 테니 말이오."

"음, 그렇기도 하군. 결국은 운에 맡겨야 하는 문제인가?"

추안이 고개를 갸웃하며 내려놓았던 주먹밥을 다시 들고 먹기 시작했다.

허소산은 이미 며칠 전부터 때가 되었음을 짐작하고 있었다. 바람결에 묻어오는 육지의 냄새는 오룡선이 서해를 넘어 중원에 이르렀음을 말해주고 있었다. 중원에 온 이상 해적들은 잡아 온 사람들을 하루라도 빨리 팔아버리고 싶을 터였다.

"제길 이젠 정말 팔려가는 일만 남은 건가?"

사내들 중 가장 젊은 소발이 투덜대며 중얼댔다. 그의 눈은 세상에 대한 분노로 가득 차 있었다.

"기회가 왔다는 말이기도 하지."

다시 노인 원보가 말했다.

"기회라니 무슨 기회 말이오?"

소발이 존장에 대한 예의도 잊고 물었다. 그러나 그걸 탓할 원보는 아니었다. 예절을 따지기엔 그들의 처지가 너무 곤궁했다.

"몰라서 묻나? 도주할 기회 말이야."

"도주? 이보슈, 노인장. 노예상들에게서 도주하는 것이 어디 쉬운 줄 아슈?"

"물론 어렵지. 하지만 만약 기회가 있다면 그건 이들이 우리를 팔려고 육지에 도착하는 바로 그때일 거야. 그때 말고는 다른 기회가 없어. 노예상들에게 팔리면 그때는 정말 나는 새라도 도망갈 수 없을 거야. 그들은 무사들을 데리고 있을 테니……."

"괜히 헛된 꿈같은 것 꾸지 마쇼, 그랬다간 그나마 남은 목숨 끊어지고 말테니."

"흐흐흐, 나야 이제 죽을 때가 되었는데 이래 죽나 저래 죽나 무슨 상관인가. 젊은 사람들이 문제지."

원보가 여유있는 웃음을 흘렸다. 그러자 갑자기 선실의 분위기가 심각해졌다. 막상 원보의 말을 들으니 정말 그들에게 이번이 유일한 기회처럼 느껴졌기 때문이다.

허소산은 느리게 모든 음식을 씹어 삼키고는 자리에서 일어났다. 그리고는 천천히 선실의 이쪽과 저쪽을 오가며 소화를

시켰다.

"이봐, 이리 좀 와 보거라."

문득 추안이 허소산을 불렀다. 그러자 허소산이 대꾸를 하는 대신 무슨 일이냐고 눈빛으로 물었다.

"제길 그놈의 눈빛은 언제나 어린애다워질 거야? 이리 와 봐. 얘기 좀 하자고!"

"난 할 말 없습니다."

허소산이 무심하게 말했다.

"그냥 노예로 팔려 갈 거냐?"

"달리 방법이 있습니까?"

"그 방법을 생각해 보자는 것 아니냐?"

추안이 조금 화가 난 표정으로 말했다. 그러자 소발이 끼어들었다.

"그냥 놔두시우. 아이가 뭘 알겠소. 상의할 사람이 따로 있지."

"크흠, 그렇긴 해도 행동거지가 범상치 않아서 말이야."

"그래 봐야 애요. 제 팔자 제가 찾아가겠지."

"쩝, 어쩔 수 없지. 녹사 어른은 어쩌시겠습니까?"

추안이 감천홍을 보며 물었다. 그러자 감천홍이 나직하게 입을 열었다.

"아직은 때가 아니오."

"제길 누가 지금 일을 벌이자고 했습니까? 만약을 대비해 생각 좀 모아보자는 거지."

"그 일은 우리가 뭍에 도착한 이후에 생각해도 늦지 않소. 어떤 곳에 도착할지도 모르는데 무슨 논의를 하겠소."

"흠, 어쨌든 팔려갈 생각은 없단 말이지요?"

"누군들 노예로 팔리고 싶겠소."

"좋습니다. 그럼 녹사 어른도 뜻은 하나라고 알고 있지요."

추안의 말에 이번에는 감천홍이 물었다.

"그런데 이상하군. 당신은 노예로 팔리든 말든 상관없다고 하지 않았었소?"

"흐흐흐, 말이 그렇다는 거지. 피할 수 있다면 피하는 게 좋은 게 좋 팔자요. 더군다나 중원에 왔으니 고려에서 노비로 살았든 양반으로 살았든 문제가 될 건 없을 거고. 나에겐 오히려 큰 기회인 셈이지요."

"그렇구려. 행운을 빌겠소."

감천홍이 가볍게 대답을 하곤 가부좌를 한 채 눈을 감았다. 그러자 추안이 그런 감천홍을 한 번 흘낏 보고는 다른 세 사람과 고개를 맞대고 쑥떡이기 시작했다.

쿵!

음식이 변하기 시작한 지 사흘이 되던 날 새벽 갑자기 배가 무엇인가에 충돌하며 큰 소리를 만들어 냈다.

"뭐지?"

곤한 잠에 빠져 있던 사람들이 깜짝 놀라 눈을 떴다. 소발은 어느새 창문에 붙어 밖의 동정을 살피고 있었다.

"이런 젠장!"

밖의 동정을 살피고 있던 소발의 입에서 욕지기가 흘러나왔다.

"왜 그러나?"

추안이 소발의 뒤에 붙으며 물었다.

"섬이오, 섬!"

"섬?"

"그렇수. 섬이라면… 도주하긴 글렀소. 사방이 바다인데 어디로 도망을 간단 말이오?"

소발은 마치 추안이 배를 섬에다 댄 것처럼 따지듯 물었다.

"진정 좀 하게. 이곳에서 노예 시장이 서는지 아닌지는 아직 모르지 않나. 잠시 들른 곳일 수도 있네."

그러자 소발이 고개를 저었다.

"아니오. 이곳에 노예 시장이 있는 게 분명하오. 보시오. 배들이 한두 척이 아니지 않소?"

소발의 말에 추안이 창에 붙어 밖을 살폈다.

"제길 그렇긴 하군. 잠시 들른 곳이라기엔 너무 배가 많아. 사람을 사러 온 배들이 분명해 보이는군. 좋지 않아."

추안이 고개를 저으며 제자리로 돌아갔다.

"포기하는 거요?"

소발이 추안에게 따지듯 물었다.

"글쎄, 기회를 살필 수야 있지만 계획을 짜고 일을 도모하기는 어려울 것 같군."

"그럼 이대로 팔려가잔 말이오?"

"나야 뭐, 본전이라고나 할까?"

추안이 별일 아니라는 듯 말했다. 그러자 소발이 이를 갈며 말했다.

"그럴 순 없소. 어떻게 내가 여기까지 왔는데! 노예라니! 절대 그럴 수는 없어."

"그건 자네 사정이고. 그러고 보니 자넨 뭐하던 사람인지 말을 하지 않았군. 무슨 사연이라도 있나?"

추안의 물음에 소발이 힐끔 감천홍을 살피고는 입을 열었다.

"내 과거에 대해 굳이 알려 하지 마시오."

"흠, 알겠네. 하지만 자네의 과거를 모르고서야 어찌 자네의 절박함을 이해하겠나. 에이, 난 잠이나 더 자려네."

추안이 선실의 한쪽 구석으로 가 벌렁 누워버렸다. 그러자 소발이 다시 입을 열려다가 할 말이 없는지 입을 다물고는 다시 창문에 매미처럼 붙어 밖의 사정을 살피기 시작했다.

따다닥!

"일어나라. 모두 일어나!"

연이어 문을 두드리는 요란한 소음과 거친 목소리에 열 개의 선실에 갇혀 있던 사람들이 화들짝 놀라 눈을 떴다.

"모두 자리에서 일어나 문 앞에 일렬로 서라! 늦는 놈은 바다로 던져버리겠다. 어엇!"

다시 거친 목소리가 배 안을 뒤흔들었다. 허소산과 그와 함께 갇혀 있던 사람들이 불안한 표정을 지으면서도 목소리의 명령에 따라 창살 쪽으로 다가섰다.

"좋아. 모두들 그 자리에서 꼼짝 말고 기다려라."

다시 사내의 목소리가 들려오더니 이내 문이 열리고 십여 명의 사람이 뇌옥이 있는 배 안으로 들어섰다.

"두목들이군."

허소산 옆에 서 있던 추안이 나직하게 중얼거렸다. 그의 말대로 허소산의 눈에 수하들을 데리고 배 안으로 들어서는 오룡선 다섯 두목의 모습이 보였다. 가장 앞에는 우두머리인 원유가 보였는데 오랜 항해에도 불구하고 그 날카로운 안광은 오히려 더 강렬해진 것 같았다.

뚜벅뚜벅!

원유를 앞세운 해적들이 열 개의 선실이 붙어 있는 배 안을 이쪽에서 저쪽까지 한 차례 왕복했다. 원유는 어떤 말도 없이 날카로운 눈으로 선실 안에 갇혀 있는 사람들의 상태를 살폈다. 오히려 그런 원유의 행동이 갇힌 이들을 더욱 불안하게 만들었다.

"모두 잘 들어라!"

한순간 원유가 걸음을 멈추더니 나직하게 입을 열었다. 비록 낮은 목소리였지만 배 안은 쥐죽은 듯 조용했기에 원유의 말은 선실 곳곳으로 퍼져갔다.

"이제 긴 항해는 끝났다. 더불어 우리의 인연도 끝날 때다.

너희들은 너희들대로 자기 운명을 따라갈 것이고, 우린 우리대로 다른 길을 갈 것이다. 난 비록 너희들과 악연을 맺은 사람이지만 마지막에는 좋게 보내고 싶다. 그러니… 시키는 대로 고분고분 움직이기 바란다."

원유의 말에 사람들이 살짝 몸을 떨었다. 드디어 그들의 신세가 노예로 떨어질 시간이 찾아온 것이다.

"우리가 도착한 곳은 섬이다. 그러니 도주 같은 것은 생각지도 말아라. 이 섬에서 도주에 성공한 자는 없다. 이 섬의 이름이 뭔지 아느냐?"

물론 배에 갇혀 있는 사람들의 처음 보는 섬의 이름을 알 리 없었다.

"이 섬의 이름은 선악도(善惡島)다. 왜 이런 이름을 갖게 되었냐하면 이 섬이 세상에서 보기 힘든 아름다운 경치를 지니고 있어서 선(善), 이 섬에서 죽은 자의 뼈가 산을 이루었기에 악(惡)이다. 산을 이루며 죽은 자들은 누구겠느냐? 바로 자신의 운명을 거부하고 도주를 시도한 자들이다. 그러니 부디 너희들 뼈로 그 산의 높이를 높이지 말기 바란다."

원유의 협박에 사람들의 얼굴이 더욱 차갑게 굳어졌다. 원유는 겁에 질린 사람들을 한 차례씩 응시하는 것으로 자신에 대한 공포심을 극한으로 몰아갔다.

"너희들이 새로운 주인을 찾아갈 날은 이틀 후다. 그때까지는 배불리 먹여줄 테니 소란피우지 말고 푹 쉬거라. 어떤 주인을 만나느냐는 각자의 운, 그에 대해선 날 원망치 말거

라. 서우수!"

"예, 대인!"

원유의 부름에 외눈박이 서우수가 재빨리 대답했다.

"음식의 양을 더 늘려라."

"옛, 대인!"

"또한 노예 중 몇을 불러내 섬에서 물을 길어와 깨끗이들 씻기도록 하라. 보기 좋아야 값도 좋으니."

"옛, 대인!"

"좋아. 그럼 모두 행운을 비마. 좋은 주인 만나거라."

원유가 마치 시집보내는 딸들에게 말하듯 덕담을 건네고는 천천히 장내를 벗어났다.

"좋아. 모두 한 걸음씩 앞으로 나와."

원유와 두령들이 나가자 서우수가 다섯 명의 해적을 이끌고 원유가 섰던 자리에 섰다. 그는 마치 자신이 대두목이라도 된 것처럼 날카로운 눈으로 선실에 갇힌 사람들을 살피기 시작했다.

"너! 너! 나와라."

서우수가 선실에 갇힌 사람들 중에서 고분고분하게 생긴 남자들을 고르기 시작했다.

"너, 너! 나와서 기다려!"

서우수가 서서히 걸음을 옮기며 각각의 선실에서 사람을 골라내더니 허소산이 갇힌 선실 앞까지 당도했다. 서우수가 슬찍 선실 안을 살피더니 이내 손을 들어 허소산과 노인 원보를 가리켰다.

"너, 너! 나와!"

"나 말이우?"

원보가 늙은 몸을 더욱 늙게 보이며 물었다.

"그래 늙은이, 설마 귀까지 먹은 건 아니지?"

"날 왜……?"

"못 들었어? 섬에 가서 물을 길어 올 거야."

"난 힘이 없어서……."

"젠장, 그래서 당신을 고른 거야? 힘이 넘치는 놈들은 말썽을 부릴 수 있으니까 말이야. 나와!"

철렁!

어느새 서우수 뒤에 있던 사내가 문의 자물쇠를 열었다. 그러자 허소산이 아무 말 없이 문을 벗어났다. 노인 원보 역시 주춤거리는 걸음으로 허소산의 뒤를 따랐다.

"너, 너!"

다시 허소산의 귀에 다른 선실에서 물 길어올 사람을 불러내는 서우수의 목소리가 들렸다. 그리고 잠시 후,

"좋아. 너희들은 날 따라 섬으로 가서 물을 길어 올 거다. 경고하는데 허튼수작 부리지 마라. 만약 조금이라도 허튼짓을 하면 그 순간 황천행이다. 물론 죽어도 곱게 죽지는 못할 거다. 채워!"

서우수의 명에 해적들이 선실 밖으로 불려나온 사람들 발목

에 양쪽 발을 연결하는 족쇄를 채웠다. 묵직한 족쇄가 채워졌지만 허소산은 별반 무거움을 느끼지 못했다.

"이러고 물을 길어오란 말이오?"

원보는 자신의 발목에 채워진 족쇄가 무거운지 애원하듯 물었다.

"아니면 죽겠어?"

서우수가 원보의 눈앞에 불쑥 시퍼런 도를 들이댔다. 그러자 원보가 재빨리 고개를 저었다.

"아, 아니오. 시키는 대로 하겠소."

"늙은이, 이번 한 번 뿐이야. 다신 불평하지 마."

서우수가 짐짓 험악한 표정을 지어보이고는 척하니 도를 어깨에 올리며 소리쳤다.

"데리고 나가!"

시원한 바람이 허소산의 얼굴에 와 닿았다. 배 안에서 작은 창을 통해 느끼던 바람과는 전혀 다른 느낌의 바람이었다. 그리고 그 바람이 불어오는 곳, 길쭉한 모양의 흑선인 오룡선이 닿아 있는 포구를 안은 섬이 허소산의 눈에 들어왔다.

'아름답다.'

허소산은 금세 이 섬의 이름, 선악도의 선(善)자를 설명한 원유의 말에 수긍했다. 섬은 아름다웠다. 사방으로 기이하게 솟은 암석군들이 높이를 다투며 솟구쳐 있었고, 그 위에 해풍을 받아 낮게 자란 소나무들이 무성한 군락을 이루고 있었다.

암석군들 사이로는 적지 않은 물이 흐르는 작은 계곡도 보였고, 계곡 주위로는 허소산이 처음 보는 수목들이 무성하게 우거져 있었다.

"물통을 져라!"

어느새 배의 갑판에는 이십여 개 정도의 물지게가 준비되어 있었다. 허소산은 해적 서우수의 지시에 따라 물지게를 어깨에 졌다.

"거듭 말하지만 허튼짓을 하는 놈은 용서치 않는다."

서우수가 재차 경고를 던지고는 배와 육지를 이어놓은 나무 판자를 따라 섬으로 내려갔다.

쩔렁쩔렁!

물지게를 지고 가는 사내들의 발에서 어지럽게 쇠사슬 소리가 일어났다. 허소산도 그 속에 섞여 땅에 발을 디뎠다. 순간 까마득한 어지럼증이 일어나 허소산을 비틀거리게 만들었다.

"어이쿠!"

사정은 다른 사람들도 마찬가지여서 몇몇 사람들이 중심을 잃고 비틀거렸다.

"똑바로 서! 쓰러지는 놈도 죽는다!"

다시 서우수의 호통이 터져 나왔다. 그러자 비틀거리던 사람들이 허둥거리며 억지로 자세를 바로잡았다.

"괜찮아요?"

금세 몸의 중심을 회복한 허소산이 원보에게 물었다.

"괜찮다. 사실 난 그렇게 약하지 않아. 약하게 보일 뿐이지."

원보가 한쪽 눈을 깜빡이며 말했다. 순간 허소산은 원보가 지금까지 그가 알던 사람이 아닐지도 모른다는 생각을 했다. 그의 눈에서 번쩍이는 생기는 절대 힘없는 노인의 그것이 아니었던 것이다.

"자, 날 따라와라!"

서우수가 배에서 내린 사람들이 어느 정도 자세를 바로하자 곧바로 허름한 포구의 길을 따라 섬의 중심으로 이동하기 시작했다.

섬 내부로 들어가자 풍경이 일변했다. 왜 이곳을 선악도라 부르는지 그 이유가 설명되는 풍경이 사람들의 눈앞에 펼쳐졌다. 물론 자연은 여전히 아름다웠다. 그러나 그 아름다운 수림 속에 인간은 지옥도를 만들어 놓고 있었다.

"악!"

"사, 살려주시오!"

곳곳에서 사람들의 비명 소리가 들렸고, 허름하게 지어진 몇몇 건물에선 목숨을 구걸하는 사람들의 목소리가 끊임없이 흘러나왔다. 한쪽에선 커다란 나무에 묶어놓은 사내 셋을 채찍을 든 자가 매섭게 후려치고 있었다.

"끄아악!"

채찍질을 당하는 자들의 입에서 견디기 힘든 신음 소리가 흘러나왔다.

"잘들 봐둬라. 도주하다 잡힌 놈들의 처지니까. 도주를 하면 결국 저렇게 맞다가 죽게 되는 거다."

서우수가 참혹한 광경에 시선을 돌리는 일행을 향해 짐짓 다시 경고를 했다. 일행의 발걸음이 빨라졌다. 수십 채의 간이 건물이 지어진 포구 안쪽 어디에서도 참혹한 광경이 펼쳐지고 있었다. 그래서 물지게를 메고 가는 사람들은 서우수가 걸음을 재촉하기도 전에 자신들이 먼저 뛰듯이 몸을 옮겨 그 지옥도를 벗어나고자 했던 것이다.

지옥도가 펼쳐진 포구를 벗어나자 다시 섬은 그 선한 모습을 허소산의 눈앞에 내비쳤다. 여기저기서 이름 모를 새들이 포구의 비명 소리와는 정반대로 아름다운 울음을 흘러냈고, 기화이초들이 나무들 사이에서 신비로운 자태를 뽐내고 있었다.

"고려는 겨울일 텐데 여기는 꽃이 있군. 그럼 중원에서도 무척 남쪽으로 내려왔다는 말인데……. 도대체 우릴 어디로 데려온 거지?"

나직한 목소리로 원보가 중얼거렸다. 그러나 허소산이라고 그들이 끌려온 곳이 어디인지 알 턱이 없었다.

"빨리빨리!"

지옥도를 벗어나자 다시 느려진 걸음을 서우수가 재촉했다. 그러자 물지게를 맨 사람들이 발에 묶인 쇠사슬을 쩔렁거리며 힘을 내기 시작했다. 그렇게 얼마나 걸음을 옮겼을까.

쏴아아!

갑자기 시원한 물소리가 허소산의 귀에 들려왔다. 그리곤 이내 십여 장 높이의 폭포가 일행 앞에 모습을 드러냈다.

"여기서 물을 뜬다. 에… 너희들에게 인심을 쓰지. 지금부터 일각 동안 몸을 씻어도 좋다. 한 달여를 제대로 씻지 못했으니 때 좀 벗기고 가거라. 다시 말했지만 일각이다! 일각이 지난 후에는 곧바로 물을 길어 배로 돌아갈 것이니 시간을 아껴라."

서우수가 큰 인심을 쓰듯 말을 내뱉고는 자신도 웃통을 훌훌 벗어던지고 폭포 아래로 들어갔다.

"어차 시원하다."

원보가 재빨리 폭포수에 손을 담갔다. 뭍으로 나오면 이렇게 흔한 물도 배에서는 귀한 보물과 같기에 마음껏 세수를 하는 것은 호사중의 호사라고 할 수 있었다.

허소산도 서둘러 물지게를 내려놓고 손을 물에 담갔다. 찬 기운이 머리끝까지 타고 올라왔다. 손을 담그는 것만으로도 대해를 건너며 쌓인 피로가 모두 씻겨 나가는 것 같았다. 허소산이 이번에는 손에 물을 떠 얼굴을 씻기 시작했다.

"아예 물에 들어갈까?"

원보가 망설였다. 이미 몇몇은 온몸을 물에 잠그고 있었다.

"돌아갈 때 힘들 거예요. 돌아가서도 젖은 옷을 입고 있노라면 편치 않을 거고."

허소산이 무뚝뚝하게 말했다.

"그렇지? 역시 세수 정도로 만족해야지? 아니야. 발을 씻을 수는 있겠다."

원보가 얼른 낡은 신발을 벗고 물에 발을 담갔다. 허소산 역시 서둘러 발을 씻기 시작했다. 발이 시원해지자 온몸의 피로가 일거에 풀려나가는 것 같았다.

"어, 좋구나. 천국이 따로 없네."

원보가 물에 발을 담근 채 고개를 들어 하늘을 봤다.

"젠장, 나는 새도 빠져나가기 힘들겠네."

원보가 나직하게 투덜거렸다. 허소산이 보기에도 폭포수 위쪽 높게 솟은 석봉들을 넘어 섬 뒤쪽으로 도망가는 것은 어려워 보였다. 하긴 섬 뒤로 간다고 해도 배가 없다면 이 섬을 빠져나갈 수는 없는 일일 터였다.

"어쩔 거야?"

원보가 나직하게 물었다.

"뭘요?"

"이대로 팔려갈 거야?"

"어르신은요?"

"글쎄… 난 고민 중이야. 여기서 일을 쳐 볼까. 아니면 일단 팔려간 뒤 뭍에서 기회를 볼까 하고 말이야."

"뭍이 낫지 않을까요?"

"흠, 꼭 그렇지만은 않아. 여기서야 배만 타면 어디로든 도망갈 수 있거든. 하지만 일단 육지에 나가면 어떤 곳으로 가게 될지 몰라. 재수없게 석광이나 철광 같은 곳으로 가게 되면 그 야말로 죽어서 나가게 되겠지. 물론 나야 뭐… 흐흠."

원보가 뭔가를 숨기는 듯 말을 줄였다.

"하지만 배를 어떻게 구하죠?"

"그러게 그게 문제야. 돌아가면서 포구의 사정을 좀 자세히 살펴봐야 할 것 같아."

원보가 평소의 그답지 않은 빠른 눈으로 멀리 바라보이는 포구를 살피며 말했다. 허소산도 시선을 포구로 주었다. 애초 허소산은 섬이 아닌 뭍에 도착해서 달아날 생각이었다. 일신에 무공을 지니고 있으니 일단 도주하기로 마음먹으면 그리 어렵지 않을 거란 것이 허소산의 생각이었다.

그런데 다시 생각해 보니 일단 뭍으로 나가면 원보의 말처럼 도주가 생각보다 쉽지는 않을 수도 있었다. 만약 그를 사가는 자들이 무림과 연관된 자들이라면 더더욱 도주가 힘들 수 있었다.

'차라리 오룡선의 해적들을 상대해?'

문득 허소산의 머릿속에 그런 생각이 들었다. 배를 타고 오며 살펴본 바에 의하면 오룡선의 해적들은 비록 건장하고 거칠기는 해도 다섯 명의 두목을 제외하면 정식으로 무공을 익힌 자들은 없는 것 같았다. 물론 오랜 해적 생활로 도검을 몸처럼 쓰는 자들이겠지만 그래도 강호의 무림방파 사람들에 비하면 상대하기가 한결 수월한 자들임이 분명했다.

'기회를 봐야겠어.'

허소산이 눈빛을 번쩍이는데 문득 서우수의 목소리가 들렸다.

"자 이제 휴식은 끝이다. 물을 떠라! 늦는 놈은 이곳에 몸을 놔두고 머리만 가지고 가겠다."

서슬 퍼런 서우수의 경고에 허소산이 재빨리 자리를 털고 일어나 맑은 물이 흐르는 곳에서 수통에 물을 가득 채웠다.

양쪽 끝에 두 개의 수통을 채운 물지게의 무게는 생각보다 대단했다. 덕분에 물지게를 진 사람들의 걸음은 늦어질 수밖에 없었다.

"빨리빨리 못 걸어?"

서우수의 호통이 빗발쳤지만 애초에 물지게를 지운 사람들은 노예로 팔 사람들 중에서 약한 축에 속하는 사람들이라 서우수의 호통이 별반 큰 효과를 발휘하지 못했다.

그럼에도 서우수나 다른 해적들이 몽둥이나 채찍을 들지는 않았다. 물지게를 진 사람들은 그들의 노예가 아니라 노예로 팔 상품이었다. 상품에 상처를 내는 장사꾼은 없다. 조금 늦게 걸어가면 그뿐인 것이다.

덕분에 허소산은 포구의 제법 많은 것들을 살필 수 있었다. 노예 시장이 서는 선악도의 포구는 규모에 비하면 허름하기 이를 데 없었다. 태풍이라도 불면 단번에 파도에 휩쓸려가 다시 세워야 할 것처럼 보이는 엉성한 구조물들이 정박한 배들을 붙들고 있었다.

포구 안쪽 악귀와 같은 상황이 벌어지고 있는 마을의 건물들도 마찬가지였다. 한때 머물렀다 떠날 곳인 만큼 제대로 된 건물은 거의 눈에 띄지 않았다.

　그런데 그중에서 두 채의 건물이 허소산의 눈길을 끌었다. 마을의 거의 동쪽 끝에 연해 있는 이 건물들은 제법 단단해 보였다. 기와까지 얹은 지붕에 담으로 둘러싸인 건물은 마치 어느 대가의 장원과 비슷했다.

　그리고 건물의 앞쪽으로 포구완 동떨어진 단단해 보이는 작은 선착장이 있었다. 그 선착장에는 포구에 정박한 해적선이나 노예상들의 배와는 달리 깨끗하게 관리된 배가 세 척 떠 있었는데 보통 귀한 배가 아닌 듯 보였다.

　'저 배를 얻을 수 있다면 어떤 배도 추격할 수 없을 것 같은데…….'

　허소산이 귀해 보이는 세 척의 배 중 가장 왼쪽에 떠 있는 배에 시선을 주었다. 날렵하기가 물 찬 제비 같은 모양의 배는 세 척 중 가장 작은 크기임에도 불구하고 돛을 세 개나 달고 있었고, 선수와 선미가 뾰족한 것이 바다에 나가면 그 어떤 배보다도 빠르게 달릴 것 같았다.

　'하지만 난 배를 몰지 못하는데… 우리 중에 배를 몰 사람이 있을까?'

　허소산이 선실에서 보았던 사람들을 하나하나 떠올렸다. 그러나 마땅히 배를 몰 것 같은 사람은 떠오르지 않았다.

　"젠장, 더럽게 무겁네."

문득 허소산의 옆에서 원보의 투덜거림이 들려왔다. 노구에 한껏 채운 물통을 진 원보는 거의 쓰러지기 일보 직전으로 보였다. 그러나 허소산은 위태로운 원보의 모습 속에 숨어 있는 강인함을 놓치지 않았다.

'힘이 될지도 몰라.'

원보의 숨은 강인함은 허소산에게 그에 대한 기대감을 갖게 만들었다. 선실의 사람들 중 제대로 일을 논의할 수 있는 사람은 원보와 감천홍뿐이라고 생각하는 허소산이었다.

허소산은 그중에서도 감천홍보다는 원보에게 더 기대를 걸고 있었는데 그건 감천홍의 도도한 자존심이 은밀한 일을 계획하는데 방해가 될 수 있기 때문이었다.

"어르신."

허소산이 나직하게 원보를 불렀다.

"왜 부르냐, 힘들어 죽겠는데."

원보가 짐짓 엄살을 피며 대답했다.

"배 몰 줄 아세요?"

"배?"

뜬금없다는 듯 원보가 되물었다.

"네."

"갑자기 배는 왜?"

그러자 허소산이 눈짓으로 동쪽 장원 앞에 떠 있는 세 척의 배를 가리켰다. 그러자 원보가 유심히 세 척의 배를 살피다가 고개를 끄덕이며 말했다.

"제일 앞쪽에 있는 놈, 쓸 만하구나!"

원보의 눈빛이 지친 노인답지 않게 번쩍였다.

"저 배를 몰 사람이 있을까요?"

다시 허소산이 물었다. 그러자 원보가 눈을 가늘게 뜨며 대답했다.

"배를 모는 게 걱정이 아니라 저 배까지 갈 수 있느냐가 문제겠지. 일단 배에 탄다면 배를 모는 일이야……."

"하실 수 있으세요?"

"글쎄. 가는 게 문제라니까. 그럼 넌 저 배까지 갈 자신이 있느냐?"

원보가 의미심장한 표정으로 물었다.

"어쩌면요."

"어쩌면이라……. 그럼 어느 정도 자신이 있을 때 하는 말인데. 너 정체가 뭐냐?"

새삼스레 원보가 허소산의 정체를 물었다.

"사냥꾼이요."

"뭐?"

"사냥꾼이었다고요. 아, 뭐 최근에는 장사를 좀 배워보고 있었지요."

"사냥꾼에 장사치라? 그런데 무슨 수로 저 배까지 갈 수 있다는 거냐?"

"그건 나중에 말씀드리죠."

"나중? 오늘 내일이면 노예로 팔려갈 텐데 나중이 어디 있느냐?"

"이곳을 벗어날 생각은 있으신 거예요?"

"물론. 누가 노예로 살고 싶겠느냐?"

"알았어요."

허소산이 재빨리 말하고는 입을 닫았다. 어느새 두 사람이 속닥거리는 것이 수상했는지 해적 중 한 명이 가까이 다가왔기 때문이었다. 잠시 후 일행은 지옥도가 펼쳐진 포구의 낯선 마을을 지나 다시 오룡선으로 돌아왔다.

"젠장 정말 시원하군."

푸푸거리며 허소산과 원보가 길어온 물로 세수를 마친 추안이 목을 돌려 어깨 근육을 풀며 말했다.

"그러게 말이오. 섬에 물이 있다니 풀려나면 시원하게 목욕이라도 한번 하고 싶소."

소발 역시 온몸을 뒤흔들며 말했다.

"언제 장이 설까?"

평소 말이 없던 야인 출신 주걸루가 혼잣말처럼 중얼거렸다.

"두목 말 못 들었소? 이틀 뒤에는 장이 설 거라 하지 않았소. 그 안에 무슨 수를 내야 하는데……."

추안이 눈빛을 번뜩이며 말했다. 그러나 선실의 누구도 딱히 이 해적선을 벗어날 방법을 찾지 못하고 있었다.

허소산은 선실에 돌아오자마자 창에 붙어 포구의 사정을 다시 살피고 있었다. 그의 머리에는 이미 포구의 모든 정경이 그림처럼 들어와 있었지만 다시 한 번 눈을 통해 밖의 사정을 꼼꼼히 헤아려 보는 허소산이었다. 원보는 그런 허소산을 저 어린놈이 도대체 무슨 꿍꿍이가 있는 것일까 하는 호기심 반 기대 반의 시선으로 바라보고 있었다.

감천홍은 두 아이를 곁에 두고 책상다리를 한 채 눈을 감고 깊은 생각에 잠겨 있었는데 아마도 이곳을 탈출한 시기와 계획을 생각하고 있는 듯싶었다.

"형, 밖은 어때요?"

허소산이 여전히 창밖을 살피고 있을 때 문득 감명이 허소산의 옷자락을 잡아 당겼다.

"밖?"

"네. 나갔다 오셨잖아요."

감명이 다시 물었다. 소년의 얼굴에 깊은 두려움이 흐르는 것을 허소산은 놓치지 않았다. 감명 역시 이곳에서 그들이 노예로 팔릴 것이고, 그리되면 아버지나 누이와 헤어질 수 있다는 점도 알고 있었다.

"선악도더구나."

"무슨 말씀이세요?"

"경치는 좋지만 살기 좋은 곳은 아니란 말이다."

허소산은 차마 포구의 그 괴기스런 마을에서 보았던 일들을 감명에게 설명할 용기가 없었다. 그 일들을 풀어놓는 순간 이 어린아이는 겁에 질려 단 한순간도 편히 쉴 수 없을 터였다.

"그냥 무서운 아저씨들이 조금 많더구나."

허소산이 다시 장난스레 말했다.

"다 해적들인가요?"

"아마도."

"휴, 그럼 도망가기 힘들겠네요. 하지만 뭐, 아버지가 반드시 방법을 찾아내실 거예요."

감명이 고개를 돌려 여전히 눈을 감고 있는 감천홍을 보며 말했다. 그러나 감천홍이라고 날개가 달리지 않은 이상 이 상황에서 그 자신과 자신의 아이들을 빼내기 힘들다는 것은 어린 감명도 알고 있었다.

"어떻게 계획은 잡아봤나?"

늦은 밤 문득 원보가 허소산 곁으로 다가왔다.

"시장이 언제 열린다고 했죠?"

"이틀 뒤!"

"노예상들이 모두 모이면… 조금 흥청거릴까요?"

"그렇겠지? 술이 빠지면 해적이 아니니까."

"지금은 너무 조용해요. 일을 벌일 수 없어요. 도주를 하려면 노예상들이 모두 모여 선악도가 흥청거릴 때가 좋을 거예요."

"그렇긴 하지. 술이 들어가면 경계가 느슨해지는 법이니까. 하지만 좀 전에도 물었지만 어떻게 이곳을 빠져나가 배까지 가냐는 거야."

"파옥을 하고, 바다로 들어가 물속에서 이동하는 게 가장 좋은 방법이지요, 은밀하게."

"해적들에게 들키지 않고 그게 가능할까? 그리고 배까지는 상당한 거린데?"

"그래도 육지로 갈 수는 없지요. 금방 들킬 거예요. 더군다나 아이들이 있으니까."

"소산, 너 저 아이들도 데려갈 생각인 거냐?"

"그럼 두고 가요?"

"아서라. 아이가 끼어서는 절대 좋은 결과를 얻지 못할 거다."

"두고 갈 수는 없어요."

"허, 이거 영악한 놈인 줄 알았는데 이제 보니 영 샌님일세? 내가 괜한 기대를 하는 거 아닌지 몰라."

"혼자 움직이시려면 그렇게 하세요."

"배짱을 부리는 거냐? 도대체 뭘 믿고 이러는 거지?"

원보에게는 여전히 열서너 살짜리 소년 허소산의 배짱이 이해가 가지 않는 모양이었다. 그런데 원보의 질문을 무시하며 허소산이 물었다.

"사람 죽여 봤어요?"

갑작스런 질문에 원보가 뭐 이런 엉뚱한 녀석이 다 있나 하는 표정으로 허소산을 바라보다가 대답했다.

"네가 생각하는 것 이상으로!"

대답을 하는 순간 원보의 눈빛이 기이하게 번뜩였다. 순간 허소산은 자신도 모르게 원보에 대한 두려움을 느꼈다.

"그럼 해적 한 둘은 상대하실 수 있겠네요?"

"몸만 제대로라면 한 둘이 문제는 아니지. 이깟 해적놈들……. 흥!"

"몸에 무슨 문제가 있으세요?"

"음… 그건 알 것 없다. 지금이라도 너보단 나을 거다."

원보가 고개를 저었다. 허소산은 원보의 사정이 궁금하기는 했지만 더 이상 그의 사정을 캐묻지 않았다. 그의 몸 상태에 상관없이 지금만으로도 원보는 해적선을 탈출하는데 큰 도움이 될 것이 분명하기 때문이었다.

"두 가지 생각을 하고 있어요."

허소산이 잠시 침묵을 지켰다가 입을 열었다.

"뭐냐?"

"하나는 일단 이 선실을 빠져나간 후 은밀히 바다로 뛰어들어 낮에 보았던 배를 이용해 탈출하는 거예요. 그 배를 타게 된다면 어떤 배도 따라오지 못할 거예요."

"그건 이미 아는 계획이고 두 번째는?"

"다른 계획은 아예 이 오룡선을 탈취하는 거예요."

"그게 가능하다고 보느냐?"

"지금까지 살펴봐서 아시겠지만 저들은 선실에 대한 감시를 소홀히 하고 있어요. 지키는 자가 평소에는 서넛도 되지 않지요. 그리고 이틀 후 노예상들이 모두 모이면 배의 수뇌들은 분명 포구로 나가 노예상들을 만나 흥청거릴 거예요. 일단은 친분을 만들어야 좋은 거래를 할 수 있으니까요. 수뇌들이 없다면 배에 남은 자들은 이곳에 갇혀 있는 사람들이 상대할 수 있어요. 이곳에 갇힌 사람만 줄잡아 오십이 넘잖아요?"

"그렇긴 하다만 문제는 어떻게 이들을 모두 옥에서 꺼내는 거냐지."

"그건… 제게 생각이 있어요."

"음, 도대체 네가 뭘 믿고 그리 말하는지 모르겠구나."

"어쨌든 그건 제가 알아서 할게요. 문제는 어떤 방법을 택하느냐 예요."

"그 문제는 한번 생각해 봐야겠구나. 이 오룡선을 탈취하는 일은 생각보다 그리 간단한 문제가 아니다. 변수가 너무 많아. 실패하면 대가도 만만치 않을 거고."

"대신 성공하면 모든 사람들을 살릴 수 있죠."

허소산의 말에 원보가 고개를 저었다.

"그런 공명심으로 일을 도모하기엔… 세상이 그리 만만치 않으니까."

"그러니까 어르신은 은밀히 빠져나가자는 거지요?"

"그게 나을 것 같다."

"어르신 생각은 알았어요."

허소산이 고개를 끄덕였다.

"아무튼 심사숙고해야 한다. 솔직히 나야……."

원보가 무슨 말을 꺼내려다 말고는 슬며시 자신의 자리로 돌아갔다.

하루가 지나자 선악도로 몰려드는 배들의 숫자가 크게 늘어났다. 개중에는 오룡선과 같은 해적선도 있었지만 노예를 사기 위해 선악도를 찾은 사람들도 적지 않았다. 그리하여 포구는 곧 각양각색의 배들로 가득 메워졌다.

배들 중에는 해적인 노예상들을 상대하기 위한 장사치들만이 아니라 술과 여자를 실은 배들도 있었는데 마치 하루 사이에 선악도가 하나의 화려한 포구로 변한 듯한 모습이었다.

창을 통해 들려오는 포구의 시끌벅적한 소음은 선실에 갇혀 있는 사람들에게는 그저 불안과 공포를 안겨주었다. 그건 그들이 팔려갈 시간이 되었음을 의미하는 것이고, 또한 그나마 함께할 수 있었던 가족이나 친구들과 헤어질 시간이 되었음을 의미하는 것이기도 했다.

그리고 그날 밤 오룡선의 해적들을 이끄는 다섯 두령 중 넷이 선악도에 모인 노예상들과의 회합을 위해 수하들을 이끌고 오룡선을 벗어났다. 허소산은 선실의 작은 창을 통해 오룡선을 벗어나는 두령들을 보며 가볍게 손을 말아 쥐었다.

第三章

탈출

딱딱딱!

선실을 감시하는 해적들은 잡혀 있는 사람들이 잠들고 난 이후에도 매 시진 순찰을 돌았다. 물론 순찰을 도는 해적들의 태도는 느슨하기 이를 데 없었다. 망망대해에서는 도망갈 곳이 없었기 때문에 또 선악도에 도착한 이후 이미 자포자기한 자들이 분란을 일으킬 리 없을 거라 생각하기 때문이었다.

허소산은 문에서 가장 가까운 곳에 누워 있었다. 얼핏 보면 잠들어 있는 듯 보였지만 가늘게 뜬 눈 사이로 날카로운 안광이 흘러나오고 있었다. 그의 옆에는 원보가 누워 있었는데 코까지 고는 것이 깊은 잠에 떨어진 듯 보였다.

딱딱딱!

순찰을 도는 해적들은 노예들이 깊은 잠을 자는 것이 불만인지 선실을 앞쪽을 가로막고 있는 통나무에 도를 두드리며 순찰을 돌았다. 처음에는 그 소리에 화들짝 놀라 깨던 사람들도 이제는 익숙해져서 마치 자장가를 듣는 것처럼 반응을 보이지 않았다.

딱딱!

해적이 내는 소리가 가깝게 들려오기 시작했다. 순간 허소산이 품속에서 동경을 꺼냈다. 모든 것이 사라진 이후에도 천독공이 기록된 동경만은 허소산의 손에 남아 있었다.

허소산이 동경을 꺼내자 창을 통해 들어오는 달빛이 동경에 반사되어 동경이 마치 귀한 보물이라도 된 것처럼 번쩍였다.

"너!"

한순간 허소산의 귀에 나직하면서도 위협적인 목소리가 들렸다. 순간 허소산이 어둠 속에서 한줄기 미소를 지었다.

"너!"

재차 해적의 목소리가 들렸다. 그제야 허소산이 놀란 눈으로 해적을 바라봤다.

"저요?"

허소산이 겁 많은 어린애의 모습으로 물었다.

"그래. 너! 그거 뭐냐?"

"이, 이거요?"

허소산이 당황한 듯 손에 든 동경을 들어올렸다.

"그래. 그거 뭐냐?"

"그냥… 거, 거울이요."

마치 뭔가를 숨기려는 듯한 태도로 허소산이 대답하자 해적의 얼굴에 더욱 강한 의혹의 빛이 떠올랐다.

"거울? 어디서 난 거냐?"

"본래부터 가지고 있었던 거예요."

"뭐? 정말?"

"네. 가지고 있던 건 다 잃어버리고 이것만 남았어요."

"이리 가져와 봐."

해적이 맡겼던 물건을 달라는 듯 허소산에게 손을 내밀었다. 그러자 허소산이 주춤 뒤로 물러났다.

"이놈이? 죽고 싶으냐? 너 하나 죽이는 건 일도 아니야."

해적이 사뭇 무서운 눈초리로 위협했다

"안 돼요. 이건 우리 집안 대대로 내려오는 보물이란 말이에요."

"보물? 흐흐, 보물이라… 이놈아! 곧 노예로 팔려갈 놈이 보물이 무슨 소용이냐. 이리 내라."

"안 돼요!"

허소산이 재빨리 동경을 품속으로 넣었다. 그러자 해적의 노기를 드러냈다.

"내가 들어가기 전에 얼른 가져와. 내가 들어가는 순간 네놈 목숨은 없어."

"절대… 절대 줄 수 없어요. 이게 없으면 아버질 찾을 수 없다고요."

허소산이 고개를 저었다. 갑작스런 소란에 선실 내의 몇몇 사람들이 눈을 뜨긴 했으나 감히 몸을 일으켜 허소산과 해적의 언쟁에 관여할 용기가 있는 사람은 없었다. 원보의 코 고는 소리도 어느새 사라진 지 오래였다.

"네놈이 정녕 매를 버는구나."

예상외의 완강한 저항에 해적이 성을 내며 허리춤에서 열쇠를 꺼내 허소산이 갇혀 있는 선실의 문을 열었다.

철렁!

자물쇠가 엮여 있는 쇠줄이 요란하게 떨어졌다. 그러자 해적이 열린 문을 통해 성큼 안으로 들어섰다. 순간 허소산이 재빨리 몸을 움직여 달빛이 비치지 않는 구석으로 도망갔다.

"하! 요런 맹랑한 녀석을 보았나? 도대체 이 좁은 선실에서 어디로 도망을 가려고 그러느냐? 얼른 거울을 내놔 봐. 값어치가 없으면 돌려줄 테니."

그러나 말은 그렇게 하면서도 해적의 눈에는 강렬한 욕망의 빛이 흘렀다. 달빛을 반사하던 동경이 보통 물건이 아니라고 생각했기 때문이었다. 다행히 다른 동료들이 없으니 허소산에게서 물건을 받아내기만 하면 온전히 자신의 것으로 만들 수도 있는 보물이었다.

"안 돼요!"

허소산이 어디서 그런 용기가 나왔나 싶게 거칠게 도리질을 했다. 그러자 해적이 더 이상 참지 못하고 허소산을 향해 달려들었다.

웅!

해적의 주먹이 허소산의 배를 향해 닥쳐들었다.

퍽!

허소산이 피하지 않고 해적의 주먹을 받아들였다. 대신 몸을 뒤로 빼며 최대한 충격을 줄였다. 고통은 크지 않았다. 하모극이 전수한 이산공의 수법을 발휘한 덕분이었다. 그러면서도 입으로는 고통스런 신음성을 흘렸다.

"욱!"

허소산의 허리가 갈대처럼 굽어졌다. 그리고는 그 자리에 움츠려 앉았다. 여전히 그의 손은 품 안에 든 동경을 쥐고 있었다.

"죽기 싫으면 이리 내!"

일격에 허소산을 주저앉힌 해적이 허소산의 품에 손을 넣어 동경을 잡아 빼려 했다. 그 순간 허소산이 해적의 손을 잡았다.

"이놈이?"

생각보다 강한 허소산의 악력에 해적이 힘껏 손을 빼려 했지만 허소산은 모든 공력을 끌어올려 해적의 손을 붙잡았다. 그리고 다음 순간 단전에서 움직이기 시작한 독 기운을 재빨리 손으로 이동시켰다.

"엇!"

한순간 차가운 기운이 손을 통해 전해지자 해적이 깜짝 놀란 음성을 흘려냈다. 그러나 어둠 속에서 일어난 일이라 사람들은 구석에서 무슨 일이 벌어지고 있는지 자세히 알 수 없었다.

"이… 이… 놈!"

허소산의 손을 통해 흘러나온 독 기운이 삽시간에 해적을 무력하게 만들었다. 해적은 온 힘을 다해 몸을 빼려 했지만 어느새 그의 의식은 허소산이 흘려낸 독 기운에 침범당해 가물거리고 있었다.

퍽!

다음 순간 허소산이 번개처럼 무릎을 들어 올려 해적의 명치를 가격했다. 역시 이산공의 절기였다.

"컥!"

해적의 입에서 고통스런 신음성이 흘러나왔다.

퍽!

다시 허소산의 손이 해적의 손을 놓으며 번개처럼 상대의 목덜미를 내려쳤다.

"큭!"

후두부의 급소를 가격당한 해적이 허무하게 그 자리에 무너져 내렸다. 순식간에 장내에 어둠처럼 깊은 침묵이 찾아왔다. 사람들은 몸도 돌리지 못하고 귀로만 구석에서 일어난 일을 추측했다. 대부분 허소산이 해적의 손에 반죽음이 되었을 거란 생각을 하고 있는 그때, 문득 원보가 자리에서 일어났다.

"끝났느냐?"

원보는 마치 이리될 줄 알고 있었다는 듯 허소산에게로 다가왔다. 허소산은 어둠 속에서 해적의 허리춤에 매달린 열쇠 꾸러미를 집어 들고 있었다.

"끝났어요."

허소산의 목소리가 선실에 퍼져 나갔다. 순간 선실 안의 사람들이 화들짝 놀라 몸을 일으켰다. 그들의 시야에 어두운 구석을 벗어나 희미한 달빛 아래로 나서는 허소산의 모습이 보였다.

"이게… 어떻게 된 일이야?"

추안이 믿을 수 없다는 듯 어리둥절한 표정으로 허소산과 원보를 보며 물었다.

"우린 지금 나갈 걸세. 갈 사람은 준비해."

원보가 지금까지의 나약한 노인이 아니라 전장을 뚫고 나갈 장수와 같은 기백을 보이며 선실의 사람들에게 말했다.

"가, 가다니 어디로 간단 말… 입니까?"

갑작스레 변한 원보의 기세에 추안이 겁을 먹은 것처럼 물었다.

"어디로 갈지는 나도 모르지. 다만 이 선악도를 떠나는 것만은 확실해."

원보가 대답했다. 그러자 한쪽에 있던 소발이 따지듯 물었다.

"어디로 갈지도 모르면서 일을 일으켰단 말이오?"

"가기 싫으면 남아 있으면 돼. 잠이나 더 자든지."

원보가 퉁명스레 면박을 줬다. 그리고는 더 이상 사람들을 설득하지 않고 바닥에 떨어진 해적의 도를 집어 들며 허소산에게 말했다.

"가자."

원보의 말에 허소산이 고개를 끄덕였다.

"나도… 나도 가겠소."

추안이 얼른 일어났다. 그러자 한쪽에서 말없이 장내의 상황을 지켜보고 있던 주걸루도 조용히 몸을 일으켰다.

"우리도… 함께 가도 되겠소?"

문득 감천홍이 물었다. 아마도 아이 둘이 딸렸기에 다른 사람에게 방해가 될 것을 우려하는 듯했다. 이런 지경에서도 다른 사람에게 피해를 줄 것을 걱정하는 모습에서 감천홍의 성정이 잘 드러나는 순간이었다.

"제길, 애들을 데리고 어떻게 간단 말이오?"

어느새 슬며시 일행에 합류한 소발이 투덜거렸다. 그러자 원보가 소발을 노려보며 말했다.

"불평만 많은 어른보다 말 잘 듣는 애들이 백번 낫다. 싫으면 너나 오지 말거라."

오늘 밤 그동안과 달리 급변한 원보의 모습에 소발은 대꾸할 엄두도 내지 못했다.

"같이 가요. 녹사 어르신이라면 저희도 큰 도움이 될 거예요. 명아!"

허소산이 감명을 불렀다.

"네, 형님!"

감명이 얼른 허소산의 곁으로 다가왔다. 해적을 해치우는 모습에 감명은 완전히 허소산에게 감복한 듯했다.

"넌 나와 함께 가자. 아버지는 아라를 보살펴야 하니까. 할 수 있지?"

"네. 할 수 있어요."

감명이 고개를 끄덕였다.

"좋아. 내 뒤에 붙어서 따라오너라."

감명에게 단단히 당부를 한 허소산이 원보에게 고개를 끄덕였다. 그러자 원보가 물었다.

"어쩔 생각이냐, 이 해적선을 두고 한판 붙어볼까? 아니면……?"

"다른 사람들의 의사를 물어봐야겠지요."

"알겠다."

원보가 고개를 끄덕이고는 해적에게 뺏어든 도를 들고 거침없이 선실을 벗어났다.

옥에서 나온 원보가 소란에 주변을 두리번거리는 다른 선실의 사람들을 보며 나직하게 물었다.

"우린 이곳을 떠날 거요. 혹 우리와 뜻을 함께할 사람 있소? 함께하겠다면 힘을 합쳐 이 오룡선을 빼앗아 봅시다. 오늘 밤 오룡선의 주인인 다섯 두령 중 넷이 자리를 비웠소. 우리가 힘을 합치면 이 오룡선을 빼앗을 수 있을 거요."

원보의 말에 각 선실에서 작은 웅성거림이 일어나더니 이내 한쪽에서 빈정거림이 들려왔다.

"이보소. 비록 운이 좋아 당신들이 해적 하나를 해치웠다지만 겨우 칼 한 자루 들고 어떻게 거친 해적들을 상대한단 말이오. 괜히 사람들을 부추겨 그나마 남은 목숨 잃게 하지 말고 가려거든 당신들이나 가시오."

"맞소. 죽으려면 당신들이나 죽으시오."

다른 쪽에서도 비난의 목소리가 들렸다.

"그럼 평생 노예로 살 생각이오?"

원보가 차갑게 물었다.

"젠장 개똥밭에 굴러도 이승이 낫다는 말 못 들었소? 시끄럽게 굴지 말고 가려거든 얼른 가시오. 그래 봐야 갈 곳은 저승밖에 없을 테지만. 그나마 우리가 소리쳐서 놈들을 부르지 않는 걸 다행으로 아시오!"

싸늘한 반응에 원보가 허소산을 바라봤다. 허소산은 아쉬움이 남았지만 이미 자포자기한 사람들을 단시간에 설득할 자신도 없었다.

"가요."

허소산이 원보에게 말했다. 이젠 조용히 배를 빠져나가 동쪽 장원 앞쪽의 배에 오르는 것이 유일한 방법이었다.

"외려 잘됐어."

원보는 오히려 사람들이 들고 일어서지 않는 것이 반가운 모양이었다. 원보가 성큼성큼 걸음을 옮겨 옥들이 줄지어 붙어 있는 선실의 출구 쪽으로 이동했다. 그런데 그의 걸음걸이는 전혀 은밀히 도주하는 사람 같지가 않았다.

"왜 이렇게 늦었어?"

원보가 살짝 문을 밀자 밖에서 번을 서던 해적이 동료가 순찰을 마치고 돌아오는 줄 알고 보지도 않고 물었다.

"일이 좀 있어서……."

원보가 나직한 목소리로 말했다.

"일? 무슨 일? 설마 몰래 계집들을 건드린 것은 아니지?"

"흐흐흐."

원보가 나직하게 웃음을 흘리자 번을 서던 사내의 얼굴에 묘한 미소가 흘렀다.

"주평, 이 사람 정말 계집을 건드렸구나. 이거, 이거 큰일 날 사람이네. 두령들이 알면 어쩌려고 그래?"

"흐흐흐."

원보가 다시 나직한 웃음을 흘렸다. 그러자 사내가 고개를 숙이고 낮은 목소리를 흘리며 문 앞으로 다가왔다.

"하긴 혼이 날 때 나더라도 즐길 건 즐겨야지. 이제 곧 계집들이 팔려 가면 또 얼마간은 계집 구경은 못할 테니. 두령들이야 오늘도 포구에 나가 흥청하게 놀고 있으니까. 까짓것 자네도 즐겼으니 나도 즐겨야겠어. 잠시 자리를 좀 지켜주게."

사내가 한 줄기 미소와 함께 원보의 바로 눈앞에 다가왔다. 순간 원보가 번개처럼 들고 있던 도를 흔들었다.

서걱!

"컥… 너… 너……."

가슴을 베고 지나가는 도에 놀란 해적의 눈에 낯선 이방인의 얼굴이 드러났다. 그러나 해적은 더 이상 어떤 말도 흘려낼 수 없었다. 원보의 일도가 단번에 해적의 숨을 끊었던 것이다.

'무서운 사람이다.'

원보의 도 쓰는 모습을 본 허소산의 등줄기로 소름이 끼쳤다. 원보가 무공을 지니고 있을 거란 생각은 했지만 이렇게 단호하고 무서운 도법을 구사하리라고는 생각지 못했던 것이다. 어쩌면 원보 홀로라도 이 배에 있는 모든 해적들을 해치워 버릴 수 있을지도 모른다는 생각이 들 정도였다.

'그는 왜 해적들에게 끌려온 것일까? 그리고 왜 지금까지 조용히 있었던 것일까?'

문득 원보에 대한 의문이 구름처럼 일어났다.

"안 갈 거냐?"

허소산의 움직임이 없자 원보가 물었다.

"가야죠."

허소산이 원보에 대한 의문을 접고 감명의 손을 굳게 잡았다.

"후미 쪽으로 가자."

원보가 선두에서 일행을 배의 후미로 이끌었다. 선미에는 두 명의 해적들이 졸면서 망을 보고 있었다.

두 명의 해적을 발견한 원보가 번개처럼 몸을 날렸다. 그의 신형이 그림자처럼 졸고 있는 두 명의 해적 사이로 스며들었다.

사삭!

"끄어억!"

다시 원보의 도가 번개처럼 번쩍이자 급소를 베인 해적들이 끈적한 신음성을 토해내며 그 자리에 쓰러졌다.

"도대체 저 노인 정체가 뭐야?"

뒤따라오던 소발이 기가 질린 목소리로 중얼거렸다.

"정체가 뭐면 어때? 우리가 도망을 갈 수 있다는 게 중요한 거지. 그런데… 이젠 어디로 가지?"

추안이 어두운 밤바다를 바라보며 고개를 갸웃했다. 그러자 앞에 있던 허소산이 대답했다.

"바다로 들어가 저쪽에 보이는 배로 갈 거예요. 장원 앞의 배가 보이죠?"

"뭐, 바다로 들어간다고?"

소발이 말도 안 된다는 듯 목소리를 높였다.

"소리 낮춰. 멍청아! 사람들을 다 불러낼 생각이야? 소산, 왜 저 배여야 하지?"

추안이 허소산과 원보가 장원 앞쪽 배로 이동하려는 데는 이유가 있을 거란 생각에 소발의 입을 막으며 물었다.

"이곳을 벗어나려면 결국 배를 타고 움직여야 해요. 그런데 저번에 물을 길러 갔을 때 보니까 저 세 척의 배 중 한척이 무척 빠른 배로 보이더라고요. 작은 크기에도 불구하고 돛이 세 개나 되고, 선체도 날렵해 보였어요. 이곳에 있는 해적선들은 모두 속도가 빨라요. 그들의 추격을 따돌리려면 저 배 밖에 없다는 게 원 어르신과 제 생각이에요."

"음, 그새 많은 걸 봐 두었구나. 알겠다."

원보의 무공에 놀라고, 허소산의 계획에 수긍한 추안이 고개를 끄덕였다.

"가자!"

그사이 두 명의 시신을 바다에 던져 넣은 원보가 일행에게 다가왔다. 원보의 말에 사람들이 일제히 배의 난간으로 다가갔다.

"조용히 뛰어들어, 소리 내지 말고."

원보의 경고가 사람들의 귀에 들렸다.

"에라. 모르겠다."

가장 먼저 추안이 배를 타고 내려가다 중간에서 바다로 뛰어들었다. 그러자 주걸루와 잠시 망설이던 소발이 바다로 몸을 날렸다.

"아이를 데리고 갈 수 있겠소? 힘들면 내가 아이를 맡으리다."

원보가 감천홍을 보며 물었다. 그러자 감천홍이 고개를 저었다.

"무예라면 나도 조금 알고 있… 소."

"좋소이다. 하긴 애는 부모와 떨어지면 불안해하는 법이지. 그럼 가시오, 소산 너도!"

원보의 말에 허소산이 고개를 끄덕이고는 감명의 손을 잡고 차가운 바다로 뛰어들었다.

철썩철썩!

밤바람이 불어 파도가 포구에 정박한 수많은 배들과 부딪히며 맑은 소리를 흘려냈다. 그 소리 덕에 바다로 뛰어든 허소산 일행의 소리는 어둠 속에 묻혔다.

허소산은 감명을 부축해 빠르게 바다를 가르고 있었다. 허소산의 나이에 한 아이를 데리고 바다를 헤엄쳐 가는 것은 바다에 능한 소년에게도 쉽지 않은 일이었지만 바닷속에 들어가자마자 천독공의 공력을 일으킨 허소산에게는 그리 어려운 일이 아니었다.

슈욱슈욱!

공력을 일으킨 허소산의 몸이 감명과 함께한 순간 일행의 가장 앞쪽으로 나섰다.

두 사람이 자신들을 지나쳐 가자 앞서 가던 추안과 소발이 어리둥절한 표정으로 허소산과 감명을 바라보다가 마치 뒤처지면 죽을 사람처럼 힘을 내서 허소산과 감명을 따르기 시작했다.

일행은 장장 이각여를 헤엄쳐 드디어 동쪽 장원 앞바다에 도착했다. 그리고 세 척의 배가 가까워졌을 때 일행이 잠시 움직임을 멈췄다.

"지키는 사람이 없느냐?"

어느새 허소산 곁에 다가온 원보가 물었다.

"배에는 없는 것 같아요. 대신 선착장 쪽에 세 사람이 있어요."

"음, 그렇구나. 그럼 바다 쪽으로 돌아가 저들의 눈을 피해 배에 오르자꾸나."

원보가 은밀하게 선착장에서 번을 서는 자들의 눈을 피해 그 반대편으로 이동했다.

타탁!

원보의 몸이 물속에서 벗어나는 순간 마치 새처럼 날아 배의 중간 부위에 튀어나온 나무 기둥을 찬 후 재차 도약해 한순간에 배 위로 사라졌다.

"도대체 저 노인 정체가 뭐요?"

물속에서 소발이 겁이 난 표정으로 중얼거렸다.

"알 수가 있나. 제길, 저 정도 실력이라면 이 선악도에 오기 전에 배 안에서 해적들을 모두 죽여 버릴 수도 있지 않았을까?"

추안이 성이 난 듯 말했다.

"무슨 사정이 있었을 거요. 더군다나 오룡선의 다섯 두목은 그 무공이 범상치 않아 보이더이다."

주걸루가 오랜만에 입을 열었다. 그때 배 위에 올라간 원보가 바다로 밧줄을 내렸다.

"소산 먼저 올라오너라."

원보가 허소산을 불렀다. 그러자 밧줄이 내려오는 순간 가장 먼저 움직이려던 소발이 뻘쭘한 표정으로 뒤로 물러났다.

"명아. 밧줄을 타고 오를 수 있겠지? 형이 뒤에서 받쳐 주마."

"알았어요, 형님!'

감명은 이미 위험에 익숙해져 있었다. 덕분에 본래의 용기를 회복한지 오래였다. 감명이 밧줄을 타고 위로 오르기 시작했다. 허소산이 재빨리 감명의 뒤에서 엉덩이를 받쳐 주었다. 그렇게 두 사람은 다람쥐처럼 밧줄을 타고 배 위로 올랐다.

"난 원보 저 노인보다 소산 녀석이 더 의심스러워. 도대체 어린 녀석이 어디서 저런 힘이 나온 걸까? 더군다나 배에선 어떻게 해적 놈을 제압한 거지?'

추안이 배 위로 기어들어 가는 허소산을 보며 중얼거렸다.

"그러게 말이오. 분명 무슨 사연이 있는 녀석일 거요."

소발이 고개를 끄덕였다. 그때 다시 배 위에서 원보의 목소리가 들렸다.

"감 녹사 올라오시오."

"고맙소."

감천홍이 지친 몸으로 물을 헤치며 밧줄을 잡아챘다. 그리고는 딸을 등에 매단 채 밧줄을 타고 배를 오르기 시작했다.

"아이구, 저러다가 떨어지는 것 아닌지 모르겠군."

배에 오르는 감천홍을 보고 있던 추안이 불안한 듯 말했다.

"그래도 벼슬아치 치고는 힘이 제법인 것 같소."

주걸루의 말에 소발이 빈정거리며 응수했다.

"대 어사대의 녹사 나리 아니오? 어사대의 관리들은 본래 무예를 익히게 마련이라오. 글쟁이들까지 말이오."

소발의 빈정거림 속에 감천홍은 힘겹게 뱃머리에 손을 올려놓았다. 그러자 원보가 감천홍의 손을 잡고는 훌쩍 배 위로 끌어올렸다. 연후 배 아래를 내려다보며 소리쳤다.

"이젠 알아서들 올라와. 늦게 올라오면 함께 가지 못한다. 지금 즉시 돛을 펼 테니까. 마침 바람도 잘 부는군. 아주 도망가라고 하늘이 정해준 날이야."

원보가 퉁명스레 말을 내뱉고는 서둘러 배 안쪽으로 사라졌다.

"저런 망할 늙은이!"

소발이 원보를 원수 보듯 노려보고는 놓칠세라 자신이 먼저 밧줄에 손을 댔다. 그리고는 다람쥐처럼 배를 오르기 시작했다.

"먼저 가시오."

소발이 배에 오르자 주걸루가 추안을 보며 말했다.

"고맙수."

추안이 사양치 않고 밧줄을 타고 배에 올랐다. 연후 주걸루가 가장 늦게 배에 오르기 시작했는데 그의 신형이 배의 중간쯤 올라 왔을 때 배가 한차례 휘청하더니 서서히 바다를 향해 움직이기 시작했다. 원보의 말은 허언이 아니어서 어느새 원보는 세 개의 돛 중 두 개째를 펼치고 있었던 것이다.

"망할 늙은이!"

주걸루가 흔들리는 몸의 중심을 애써 잡으며 원보를 한 번 노려보고는 훌쩍 신형을 날려 배 위로 올라섰다.

삐이익! 삐이익!

"탈옥이다! 노예들이 도망갔다!"

"어디, 어디야?"

세 개의 돛이 완전히 펴졌을 때 불현듯 오룡선이 있는 곳에서 고함 소리가 터져 나왔다. 동시에 어두웠던 선악도가 순식간에 대낮처럼 환해졌다.

괴기스런 포구 역시 곳곳에서 횃불이 올라왔고, 더욱 위험한 것은 허소산 등이 타고 있는 배 앞쪽의 장원이 대낮처럼 밝혀진 것이었다.

"어, 저 저것 뭐야?"

경비를 서는 둥 마는 둥 한눈을 팔고 있던 선착장의 사내 둘이 갑자기 돛을 펼치고 바다로 미끄러지기 시작한 배를 보며 당황한 목소리로 소리쳤다.

"젠장! 도망친 놈들이 저 배에 탔나보다."

경비 무사 중 하나가 고함을 치며 재빨리 신호음을 불어댔다.

삐익! 삐이익!

신호음이 길게 울려 퍼지자 장원의 문이 열리며 검은 무복을 입은 사내들이 벌떼처럼 뛰어나왔다.

"노를 저어!"

제대로 바람을 타기엔 시간이 촉박했으므로 원보가 배에 탄 사람들에게 노를 저으라고 소리쳤다. 그러자 누가 먼저랄 것도 없이 배 양쪽에 다섯 개씩 매달려 있는 노를 하나씩 잡고는 힘껏 젓기 시작했다.

끼이익!

배가 바람과 노의 힘에 의해 좀 더 빠르게 바다로 흘러나가기 시작했다.

"젠장할! 놓치면 우린 모두 죽어! 배로 뛰어 올라!"

경비를 서던 두 사내 중 하나가 고함을 치며 신형을 날렸다. 그러자 그의 몸이 둥실 허공에 떠오르더니 단박에 배 위로 날아내렸다.

"물러가라!"

순간 배의 키를 잡고 있던 원보가 키를 놓고는 바람처럼 날아올라 배에 올라선 사내를 향해 도를 내리쳤다.

"이 노예 놈이?"

배에 올라선 사내는 다가오는 자가 도주한 노예임을 알고 두려운 기색 없이 원보를 향해 검을 내밀었다. 순간 원보의 도가 벼락처럼 떨어져 내려 사내의 검과 사내를 한 번에 베어버렸다.

"악!"

사내의 입에서 외마디 비명 소리가 들리더니 그의 몸이 기우뚱하며 바다로 떨어져 내렸다. 그렇게 사내 하나를 베어버리자 죽은 사내의 뒤를 따라 배에 오르려던 자가 겁을 집어먹고는 주춤 뒤로 물러났다.

"쫓는 자는 죽음뿐이다!"

원보가 남은 사내를 보며 경고를 하고는 훌쩍 신형을 옮겨 다시 키를 잡았다. 키를 놓고 있던 사이 배는 제멋대로 움직여 방향이 포구가 있는 남쪽으로 틀어져 있었다. 원보는 힘껏 키를 움직여 배의 방향을 다시 바다 쪽으로 돌렸다. 그 덕에 시간이 지체되어 허소산 등이 탄 배가 본격적으로 바람을 받기 시작했을 때는 이미 장원에서 튀어나온 무사들이 다른 배에 올라 추격을 시작한 후였다.

"힘껏 저어! 자칫하면 따라잡힌다."

원보가 다시 소리치자 추안 등이 젖 먹던 힘을 쏟아내며 노를 젓기 시작했다.

쉬이익!

드디어 배가 물을 가르는 소리가 시원하게 들려오기 시작했다. 돛이 바람을 제대로 받고 있었다. 이제 사람들이 젓는 노의 힘은 배가 나아가는데 아무런 보탬이 되지 않았으므로 추안 등도 노를 놓고 재빨리 선미로 몰려가 추격하는 자들을 살피기 시작했다.

그즈음 장원의 앞에 있던 나머지 두 척의 배들이 돛을 내리고 서서히 바다로 밀려나오고 있었다.

"흐흐흐, 저래가지고는 우릴 따라잡을 순 없지. 이거 생각보다 너무 쉬운걸!"

추안이 뒤늦게 출발하는 장원 앞 두 척의 배들을 보며 실소를 흘렸다. 그러자 곁에 있던 소발이 고개를 저으며 말했다.

"그리 만만하게 볼 게 아니우. 저길 보시우."

소발이 손을 들어 가리킨 곳은 남쪽 포구 방향이었는데 포구 쪽에서 작은 배들 서너 척이 빠르게 허소산 등이 타고 있는 배를 향해 접근하고 있었다.

"뭐야, 저 놈들은?"

추안이 바람처럼 바다를 가르는 작은 배들을 보며 겁을 먹은 목소리로 중얼거렸다.

"제길 작은 배를 띄운 모양이오. 크기가 작아서 대해로 나갈 수는 없지만 포구를 완전히 벗어날 때까지는 우리 배보다 빠를 것 같소."

"이, 이걸 어쩌지?"

그때 키를 잡고 있던 원보의 목소리가 들렸다.

"배를 몰 줄 아는 사람이 있나?"

원보의 말에 사람들이 서로를 쳐다보다 문득 주걸루가 손을 들었다.

"뗏목은 좀 몰아 봤습니다만……."

"좋아, 그 정도로 됐어. 이리 와서 키를 잡아!"

원보가 소리쳤다.

"아니 뗏목하고 배하고 어떻게 같습니까? 잘못하다 배가 뒤집힌다고요."

소발이 말도 안 된다는 듯 소리쳤다. 그러자 원보가 싸늘하게 말했다.

"그럼. 네가 저들과 싸울 테냐?"

원보의 손이 빠르게 접근하는 세 척의 소선을 가리켰다.

"그, 그건……."

"그럼 조용히 있어. 자네, 키를 잡게."

원보가 재차 주걸루를 지목했다. 그러자 주걸루가 고개를 끄덕이고는 서둘러 원보의 곁으로 가 키를 받아 쥐었다. 키를 넘긴 원보가 훌쩍 몸을 날려 갑판으로 내려섰다. 순간 배가 크게 기우뚱했다.

"아이고, 이러다 배 뒤집히겠네."

추안이 황급히 배의 난간을 잡으며 소리쳤다. 그러나 배는 좌우로 기우뚱대면서도 속도를 줄이지 않고 앞으로 나아가고 있었다.

"배 안에 이런 것이 있더구려."

그때 선실 안쪽에 감명과 감아라를 데려다놓고 갑판으로 나온 감천홍의 목소리가 들렸다. 사람들이 고개를 돌려보니 그의 팔 안에 활과 화살이 수북하게 안겨 있었다.

"엇, 화살이네. 이거 아주 요긴하겠는데."

추안이 얼른 달려가 감천홍으로부터 활과 화살을 받아 쥐었다. 그러자 소발의 눈빛도 번쩍였다.

"활이라면 나도 좀 쏘지."

소발이 얼른 각궁 하나와 전통을 집어 들고는 배의 난간으로 다가갔다. 그러자 선내의 사람들도 제각기 활과 전통을 집어 들었다. 허소산 역시 능숙하게 전통을 어깨에 걸쳐 멨다.

"화살이 더 있소?"

원보가 감천홍을 보며 물었다.

"안에 좀 더 있소이다."

"다행이군. 배에서는 활과 화살이 도검보다 몇 배는 쓸모있지. 자! 모두들 기다려. 저들이 가까이 왔을 때 화살을 먹인다!"

"그러다 배에 오르면 어쩌구요?"

추안이 소리쳤다.

"화살 공격을 받고는 절대 배에 오를 수 없어. 혹, 오르는 놈이 한둘 있어도 내가 상대한다."

원보가 도를 꺼내 들고 소리쳤다. 그사이 세 척의 소선은 허소산 등이 탄 배를 추월하더니 크게 원을 그리며 회전해 배의 앞쪽을 막기 시작했다.

"충돌하더라도 그래도 밀고 나가게. 우리 배가 크니 박살 나는 건 저들이야."

원보가 키를 잡고 있는 주걸루로 보며 소리쳤다.

"알았습니다!"

주걸루가 단단히 키를 부여잡으며 고개를 끄덕였다.

"서랏! 서지 않으면 모두 죽여 버리겠다!"

어느새 소선에 탄자들의 노성이 귀에 들릴 정도로 양쪽의 거리가 가까워졌다. 고개를 들어보니 소선에는 눈에 익은 오룡선의 해적들이 타고 있었다. 두령 중에는 배에 홀로 남아 있던 넷째 두령 노심이 타고 있었는데 그는 천력을 타고난 장사로 오십 근의 철곤을 사용하는 인물이었다. 그는 마치 배를 세우지 않으면 철곤으로 허소산 등이 타고 있는 배를 때려 부수기라도 하겠다는 듯 다가오는 배를 소선으로 가로막고 있었다.

그러나 주걸루는 이미 원보로부터 정면 돌파하라는 소리를 들었으므로 전혀 소선을 피할 생각을 하지 않고 앞으로 배를 몰았다.

"이놈들이?"

자신의 경고에도 배를 멈추지 않는 도망자들을 보자 노심의 노기가 비등해졌다. 그가 정말로 다가오는 배를 부수려는 듯 커다란 철곤을 들어올렸다. 순간 원보의 목소리가 터져 나왔다.

"지금이다! 쏴!"

원보의 신호가 있자 이미 시위에 화살을 걸고 있던 사람들이 일제히 소선을 향해 활을 쏘아대기 시작했다.

슈우욱!

대여섯 대의 화살이 배의 항로를 막고 있는 소선을 향해 날아갔다.

"이놈들이?"

순간 노심이 노성을 발하며 풍차처럼 철곤을 휘둘렀다.

우우웅!

차창!

노심의 철곤에 어둠을 뚫고 날아든 화살들이 사방으로 튕겨져 나갔다.

"제길! 보통 놈이 아니라니까."

화살 공격이 허무하게 끝나자 추안이 투덜대며 중얼거렸다. 그때 허소산이 다시 살을 시위에 걸었다. 그리고 이번엔 노심이 아니라 노심의 곁에서 배를 몰고 있는 자를 겨누었다.

팡!

한 순간 허소산의 손을 떠난 화살이 번개처럼 배를 모는 자를 향해 닥쳐들었다.

"억!"

배를 몰던 자가 미처 다가오는 화살을 피하지 못하고 어깨에 살을 맞고는 그 자리에 쓰러졌다. 그러자 노심이 타고 있던 배가 크게 흔들리며 중심을 잃었다.

그그긍!

흔들리는 소선을 밀어젖히며 허소산이 타고 있는 배가 앞으로 전진했다.

"배로 올라! 놈들을 제압해!"

흔들리는 배 속에서도 노심의 차가운 명이 들려왔다.

"올라오는 놈들에겐 모두 화살을 먹여 버리겠다."

소발과 추안이 악을 쓰며 갑판 아래로 화살을 쏘아댔다.

피유웅!

"아악!"

노심의 명에 소선을 떠나 배에 매달린 해적들 중 둘이 화살을 맞고 물속으로 떨어져 내렸다.

"에라. 죽어랏!"

소발이 연이어 두세 대의 화살을 쏘아냈다. 그러자 다시 두 명의 해적이 바다에 떨어져 내렸다. 소발의 활 쏘는 솜씨는 보통이 아니어서 마치 오랫동안 궁술을 연마해온 사람처럼 능숙했다.

덕분에 배에 오르려던 해적들은 더 이상 배에 매달려 있지 못하고 물에 뛰어들거나 자신들이 타고 온 소선으로 되돌아갔다.

"하하하, 이놈들 어디 다시 올라와 봐라!"

소발이 호기롭게 소리쳤다. 배는 어느새 세 척의 소선을 선미로 흘려보내며 앞으로 전진하고 있었다.

"모두 물러나라. 내가 올라가겠다."

그때 소선에서 노심의 노기 어린 목소리가 다시 들렸다. 그리고 잠시 후 노심이 철곤을 들고 허소산 등이 타고 있는 배 뒤쪽에 매달려 선체 위로 올라오기 시작했다.

"엇, 저놈이? 에라이!"

소발이 노심을 발견하고는 다시 한 대의 화살을 날렸다.

피융!

가까운 거리인지라 화살은 번개처럼 노심의 몸에 가 닿았다.

"놈!"

순간 노심의 입에서 노성이 토해지더니 한 손으로 배의 난간을 잡은 다음 번개처럼 소발이 날린 화살을 쳐냈다. 그런데 다음 순간 그런 노심을 향해 다시 한 대의 화살이 파고들었다.

"엇!"

이번에는 고수 노심마저도 기겁성을 토해낼 수밖에 없는 급박한 상황, 노심이 급히 고개를 틀어 닥쳐드는 화살을 피해냈다.

팟!

화살이 아슬아슬하게 노심의 목을 스치고 지나갔다. 노심의 목 언저리에 붉은 혈선이 생겨났다.

"이놈들!"

노심이 화를 참지 못하고 성난 호랑이처럼 소리 지르며 허공으로 날아올랐다. 그리고는 마치 하늘에서 내려온 신장처럼 배 위에 내려섰다.

"모두 죽여주마!"

배에 올라선 노심의 입에서 살기 가득한 음성이 흘러나왔다. 그러자 노심의 움직임을 유심히 살피고 있던 원보가 문득 도를 집어 들고는 노심에게로 다가가며 입을 열었다.

"넌 오늘 운이 나쁘구나."

나이로 보자면 원보가 노심에 비해 십여 살은 많아 보였다. 그러니 원보로서는 충분히 노심에게 하대할 만했다.

그러나 노심은 원보를 노예로 팔기 위해 잡아두고 있던 해적의 두령이요, 원보는 내일 아침 팔려갈 노예 신분이었다. 그런 원보가 노심을 향해 던진 말투는 노심을 한 순간 당혹스럽게 만들었다.

"허! 이 늙은이가 노망이 들었나? 늙은이 지금 뭐라고 씨부렸지?"

노심이 자신의 귀를 의심하며 물었다.

"넌 오늘 무척 운이 나쁘다고 했다."

원보가 태연하게 말했다.

"도대체 왜 내가 운이 나쁘다는 거지? 운이 나쁜 사람은 늙은이야. 이제 곧 그 쭈글쭈글한 얼굴 가죽이 벗겨질 테니까."

노심이 잔혹한 말을 흘려냈다. 그러자 원보가 고개를 저었다.

"아니. 그 전에 네 목이 달아날 거다. 왜냐하면 난 드디어 며칠 전 내 도(刀)를 펼칠 수 있는 공력을 회복했거든, 월출도라고. 실로 오랜만에 펼쳐보는 도법이지. 영광인 줄 알아."

원보가 싸늘한 안광을 흘려내며 도를 들어올렸다.

第四章
원보의 도(刀)

독경 毒經

달빛 아래 도가 출렁였다. 도신에 닿은 달빛이 사방을 흩어져 어둠 속에 별처럼 박혀 들었다. 그러자 눈부시게 아름다운 도신이 부드러운 산세처럼 유려한 곡선을 그리며 허공을 갈랐다.

콰아아!

마치 달빛의 폭포를 만들어내듯이 그렇게 원보의 도에서 만들어진 빛이 해적 두령 노심을 향해 밀려갔다.

"으음!"

생각지도 못한 원보의 놀라운 무공에 노심이 신음성을 흘려냈다. 어떻게 한 달이 넘게 죽은 듯 잡혀 있던 자에게서 이런 무공이 나올 수 있는 것일까. 그러나 그런 의문에 사로잡혀 있기엔 원보의 공세가 너무 강렬했다.

"놈!"

노심의 입에서 스스로의 투기를 불러일으키는 호통이 흘러나왔다. 동시에 오십 근에 이른다는 그의 철곤이 마치 회초리처럼 휘둘러졌다.

우우웅!

철곤을 타고 장대한 바람이 폭풍처럼 일어났다. 본래 원보는 다섯 명의 오룡선 두목 중 공력에 관해서는 제일가는 고수였다. 이 다섯 명의 오룡선 고수들은 어디서 얻었는지는 모르지만 강호에서 일류고수 소리를 들을 만한 무공을 지니고 있었는데 그중에서 힘과 공력은 노심이 으뜸이었다.

노심의 철곤이 허공을 휘젓기 시작하자 유려한 원보의 도세가 일순 노심의 철곤에 밀려나는 듯한 모습을 보였다.

"아!"

배의 뒤쪽에서 두 사람의 격돌을 바라보고 있던 허소산 등은 기세에서 원보가 일순 밀리는 듯하자 안타까운 탄성을 흘려냈다. 그러나 그들의 걱정은 기우에 불과했다.

원보의 도세는 폭풍처럼 달려드는 노심의 공세를 마치 바다가 강물을 품듯 부드럽게 받아들였다. 그러자 그 강력하던 노심의 공세가 허공에서 허무하게 사라졌다.

"엇!"

자신의 철곤에 깃들었던 힘이 자신도 모르게 흐트러지는 순간 노심의 입에서 기겁성이 흘러나왔다. 그리고 그 순간 원보의 도광이 노심을 집어삼켰다.

"악!"

노심의 입에서 한마디 비명 소리가 흘러나왔다. 연이어 그의 신형이 한 번 기우뚱하더니 이내 배 밖으로 날아가 바다로 떨어졌다.

"허억 허억!"

노심을 일도에 날려버린 원보의 상황도 그리 좋아 보이지는 않았다. 원보는 도를 거꾸로 들어 갑판에 박아 넣은 후 겨우 신형을 지탱하고 있었다.

"괜찮으세요?"

허소산이 재빨리 달려가 원보를 부축했다. 다른 사람들도 걱정스럽게 원보를 바라봤다. 그러자 원보가 고개를 돌려 주걸루를 보며 소리쳤다.

"어서 달려. 다른 놈들이 오면 그땐 나도 감당할 수 없다."

원보의 경고에 주걸루가 자신도 모르게 고개를 끄덕이고는 키를 제대로 잡고 배를 대해로 몰아가기 시작했다.

뿌우우!

뿔피리 소리와 함께 멀리서 해적들과 노예상들의 배가 추격에 나서고 있었다. 그러나 일단 대해로 나온 배가 추격자들에게 잡힐 염려는 없어 보였다. 허소산과 원보의 예상대로 세 개의 돛이 달린 배는 제대로 바람을 받자 나는 듯이 바다를 가로지르기 시작했던 것이다.

"괜찮으세요?"

원보는 이각 정도 갑판의 한중간에 가부좌를 틀고 앉아 호흡을 조절했다. 그리고는 도를 지팡이 삼아 몸을 일으켰다. 곁에서 내내 원보를 살피던 허소산이 얼른 달려가 원보를 부축했다.

"괜찮다. 이 정도쯤이야. 그런데 추격자들은?"

"보이지 않아요."

"그래? 그럼 됐구나."

원보가 고개를 끄덕였다. 그리곤 천천히 사람들이 모여 있는 곳으로 움직였다.

원보가 다가서자 추안 등이 자신들도 모르게 몸을 뒤로 물렸다. 원보의 엄청난 무공을 본 이후였기에 그들은 감히 원보를 예전처럼 대할 수는 없었던 것이다.

"몸은……?"

그나마 감천홍이 원보의 안부를 물었다.

"괜찮소, 녹사 나으리! 그런데 아이들은?"

"무사합니다. 선실에서 나오겠다는 걸 못 나오게 했습니다. 혹 화살이라도 맞을까 하여."

"음, 잘하셨소이다. 놈들이 선악도를 노예 시장으로 삼은 것은 이 근방에 해적들의 소굴이 많다는 의미일거요. 그러니 비록 대해로 나왔다고 해도 한동안은 조심해야 할 거요."

원보가 어두운 밤바다를 둘러보며 말했다. 그러자 추안이 조심스런 목소리로 물었다.

"저기… 어르신은 정체가 도대체 뭡니까?"

"알고 싶나?"

원보가 되물었다.

"그, 그렇습니다. 보통 분은 아닌 것이 분명한데……."

"그렇게 궁금하면 알려주지. 난 고향이 고려 사람인데 서해 바다로 뱃놀이를 나왔다가 해적에 잡힌 늙은일세. 되었나?"

"에… 아이구. 관두세요, 관둬! 내가 말을 말지!"

추안이 원보의 기막힌 대답에 그가 고수라는 사실도 잊은 채 손을 내저었다. 그러자 원보가 빙그레 미소를 지으며 말했다.

"내 정체가 뭐든 무슨 상관인가? 우린 이역만리에 나와 새로 맺은 인연인데. 과거사는 서로 알아봐야 골치만 아파. 그것보다는 앞으로 어떻게 할지 그걸 고민할 때네."

"뭐, 그렇긴 하지요. 그런데 정말 이제 어떻게 하죠?"

"일단 이 갑판 위에 잠자리를 만들어야겠네."

원보의 말에 사람들이 의아한 표정을 지었다.

"아니 선실을 놔두고 왜 갑판에서 잡니까?"

소발이 불만 어린 표정으로 물었다.

"우리가 완전히 자유로워졌다고 생각하느냐?"

원보가 소발을 보며 물었다.

"물론 그런 것은 아니지만……."

"언제 어느 때 해적들이 다시 나타날지 몰라. 그런데 우린 사람 숫자가 너무 적다. 좌우전후, 사방을 감시하기엔 눈이 너무 모자라. 만약 적이 나타났을 때 제대로 대응하기에도 인원이 적고. 그러니 있는 사람들만이라도 최대한 빨리 대응할 수 있게 준비를 해야지. 그러려면 갑판에서 모여 자는 게 좋아. 시야가 확보되어 있어 감시하기도 편하고."

"어르신 말씀이 옳습니다. 그렇게 준비하지요."

추안이 얼른 고개를 끄덕였다. 그러자 소발도 어쩔 수 없다는 듯 한 발 뒤로 물러났다.

"키를 내게 넘기고, 자네도 갑판에 잠자리를 만드는 일을 거들게."

원보가 훌쩍 날아올라 주걸루에게 말했다.

"알았습니다."

이젠 선내의 모든 사람들이 원보의 말에 복종했다. 그가 보인 한 수의 도법이 사람들을 완전히 복속시켰기 때문이었다.

사람들은 원보의 말에 따라 갑판 위에 망루 겸 잠자리를 만들기 시작했다. 필요한 물건은 배의 안쪽에 들어가 가지고 나왔고, 갑판의 가장 높은 위치에 자리를 잡아 사방으로 시야를 확보했다. 그러면서도 둥글게 판자를 이어 붙여 바람을 피할 수 있게 했고, 위에도 임시로 지붕을 덮어 가벼운 비는 피할 수 있는 구조였다.

다행히 배 안쪽 선실에는 배에 탄 사람 모두가 따뜻하게 덥고 잘 침구들이 마련되어 있었으므로 추위를 타지는 않을 것 같았다.

얼추 준비가 끝나자 추안이 원보를 보며 소리쳤다.

"이만하면 됐습니까?"

"좋아. 그 정도면 됐네. 그런 모두들 그곳에서 잠을 청하게. 일단 오늘은 내가 배를 몰며 번을 서지."

"아닙니다. 어르신은 피곤하실 테니 제가 하지요."

추안이 얼른 원보의 곁으로 다가갔다. 그러자 원보가 고개를 저었다.

"아닐세. 늙은이가 밤눈은 밝은 법이야. 자네들은 밝은 낮에 번을 서게."

"그, 그럼 그럴까요?"

추안이 머리를 긁적이며 뒤로 물러나 망루로 돌아왔다.

"까짓거 잡시다. 이제 밤도 얼마 남지 않았는데……."

소발이 먼저 망루 안 이불속으로 들어갔다. 그러자 주걸루와 추안도 서둘러 잠자리를 찾아들었다.

"소산, 너도 자거라."

감천홍이 허소산을 보며 말했다.

"아저씨는요?"

"난 아이들과 함께 자야지."

"그렇군요. 얼른 들어가 보세요. 겁을 먹고 있을지도 몰라요."

"오냐. 그럼 아침에 보자."

감천홍이 고개를 끄덕이고는 서둘러 선실 안으로 들어갔다. 추안 등 삼 인은 금세 코를 골며 잠에 떨어졌다. 아마도 지난밤의 탈출이 무척 힘겨웠던 모양이다.

일단 잠자리에 들었던 허소산은 애써 잠을 청하려 했지만 왠지 잠이 오지 않았다. 그렇게 얼마를 뒤척이던 허소산이 자기를 포기하고 자리에서 일어나 키를 잡고 있는 원보 곁으로 다가갔다.

"왜, 잠이 오지 않느냐?"

허소산이 다가오자 원보가 나직하게 물었다.

"네."

"왜? 걱정이라도 있느냐?"

"아까 선실에 들어가 보니… 먹을 것이 별로 없어요."

"음, 그렇구나. 걱정이군. 물은?"

"물도… 그리 많지 않아요."

"비라도 와야겠군, 물을 구하려면."

원보가 하늘을 보며 말했다. 그러나 비가 올 하늘은 아니었다. 별이 보석처럼 반짝였다.

"여긴 어딜까요?"

허산왕이 물었다. 그러자 원보가 하늘을 보며 말했다.

"고려에서 보던 하늘과 많이 다르구나. 아마도 꽤나 남쪽으로 내려온 모양이다."

"남쪽이라면……?"

"글쎄. 이런 남쪽에서 해적들이 노예를 팔 시장이 있는 곳이라면 세 곳 정도일 거다. 광주 인근이든 아니면 대월, 혹은 참파의 제성 정도?"

"대월이라뇨? 그럼 중원을 벗어났다는 말인가요?"

"아니라고는 할 수 없지. 꽤 오래 항해했으니까. 그리고 본래 해적들은 노예들을 잡은 곳에서 가능한 한 멀리 이동해 사람들을 팔게 마련이다. 만약의 경우를 대비해서 말이다."

"그럼 더더욱 큰일이군요. 고려와 이렇게 멀리 떨어져 있다면 돌아가기가 힘들 거예요."

"돌아가고 싶으냐?"

원보의 질문에 허소산이 의아한 얼굴로 물었다.

"그럼 어르신은 아니세요?"

"글쎄다. 그 땅으로 다시 돌아가야 할까?"

원보의 말과 얼굴에 처연한 빛이 돌았다.

"어르신은… 어떤 분이세요?"

배 안의 모든 사람들이 알고 싶어 하는 것, 그러나 누구도 쉽게 물어보지 못한 말을 허소산이 물었다.

"나? 나야 나지."

원보가 빙그레 미소를 지으며 대답했다.

"이해가 안가요."

"뭐가 말이냐?"

"어르신 같은 무공을 지니신 분이 해적선에 계셨다는 걸요. 비록 오룡선의 해적들이 위맹하기는 해도 어르신은……."

"솔직히 말하자면 난 일부러 오룡선의 해적들에게 붙잡혔단다."

"네?"

허소산이 놀란 눈으로 원보를 바라봤다. 세상에 일부러 해적에게 잡히는 사람도 있단 말인가. 그러자 원보가 다시 처연한 얼굴로 혼잣말처럼 중얼거렸다.

"나에겐 잠시 쉴 곳이 필요했다, 사람들의 눈을 피해. 그러자면 해적선만큼 좋은 곳은 없지."

원보의 말에 허소산이 더 이상의 말을 묻지 않았다. 사람들의 눈을 피해 해적선에 들어왔다면 원보는 어쩌면 큰 죄를 짓고 쫓기는 죄인일 지도 몰랐다. 그런 과거야 서로 모르는 척하는 것이 좋다는 걸 허소산도 잘 알고 있었다.

"그래서 돌아가고 싶지 않으신 거군요."

"지금 당장은 그렇단다. 몇 년, 고려에서 멀리 떨어진 곳에서 살아보고 싶었지. 하지만 결국은 돌아가긴 가야지. 죽기 전에 해야 할 일도 있고…… 끙, 늙어서 꼭 해야 할 일이 있는 건 좋은 게 아니야. 귀찮아."

원보가 혀를 찼다.

"그런데 그 도법을 쓰시면 그렇게 한동안 기운을 차리시지 못하시는 건가요?"

"아니다. 사실 내가 해적선에 탄 이유 중 하나는 내 몸이 정상이 아니기 때문이기도 했단다. 정상이라면 비록 몸을 피해야 한다고 해도 해적선에 타지는 않았을 거다."

"그럼 아직도 몸이 불편하세요?"

"많이 나아졌다. 얼마 전이라면 월출도를 펼치지 못했을 텐데. 이제는 어렵게나마 월출도를 펼칠 수 있으니……"

"어르신이 노심이라는 그 해적 두령을 상대한 도법이 월출도인가요?"

"그래. 자랑은 아니지만 제대로 펼치면 강호 최고의 도법 중 하나일 거다."

"그렇게 보였어요."

"배우고 싶으냐?"

"네?"

"내 눈이 틀리지 않다면 넌 무공을 익히고 있을 거다. 그렇지?"

원보의 질문에 허소산이 순순히 고개를 끄덕였다. 원보와 같은 고수의 눈은 피할 수가 없는 법이다.

"무공을 익히고 있다면 강한 무공에 대한 욕심이 있을 터. 월출도를 알고 싶으냐?"

원보가 다시 물었다. 그러자 허소산이 고개를 저었다.

"아니에요. 무공이라면 지금 알고 있는 정도로도 충분해요. 그것도 채 일할을 깨우치지 못한 걸요. 하나를 제대로 익히는 게 열 개의 설익은 무공을 수련하는 것보다 낫다고 하더라고요."

"음, 그 말은 맞다. 누가 네게 무공을 가르쳐 주었느냐?"

원보의 질문에 허소산이 망설였다. 자신의 무공을 이야기하려면 반드시 만재방이 드러나야 하기 때문이었다. 그러나 이곳은 고려에서 멀고 먼 이국의 땅. 자신이 만재방에 몸담았던 것을 밝힌다고 해서 큰 문제가 될 일은 아니었다.

"사실 전 만재방에 있었어요."

"만재방?"

"네."

"오호라. 그랬군. 만재방에 큰 변고가 일어났다더니 그래서 네가 이 신세가 된 것이로구나."

원보의 말에 허소산이 침중한 얼굴로 고개를 끄덕였다.

"그럼 만재방에서 무공을 배운 것이냐?"

"네. 만재방에 하모극이라는 분이 계세요."

"하모극… 알고 있다. 고수 중 고수지."

"하 어르신을 아세요?"

"고려의 무계는 그리 넓지 않단다."

"그렇군요. 전 그분에게 무공을 배웠어요."

"그에게 무공을 배웠다면 보통 무공은 아니겠군. 네가 내게 무공을 배우지 않으려는 이유를 알겠다. 그의 무공이라면 굳이 내 무공을 배울 필요는 없지."

원보가 고개를 끄덕였다. 허소산은 왠지 원보에게 무공을 배우지 않겠다고 한 것이 괜스레 미안해 잠시 말을 끊었다. 그러자 원보가 다시 침착하게 입을 열었다.

"이제 아침이 되면 우린 항로를 선택해야 할 게다. 고려로 돌아가자는 사람도 있을 거고, 아니면 돌아가지 말자는 사람도 있겠지. 난 당장은 돌아가지 않는다. 너도 마음을 정해두거라."

"알겠어요."

"날이 밝는구나. 도망하는 자들에겐 위험한 일이지."

멀리 동쪽 수평선이 서서히 모습을 드러내고 있었다.

"난 돌아가야 하오."

갑판 중앙에 만들어 놓은 망루에 모여 앉은 사람들이 심각하게 이야기를 나누고 있었다. 어린 감명과 감아라는 노예선에서 풀려난 것이 즐거운 듯 배 이곳저곳을 뛰어다니며 깔깔꺼리고 있었다. 그런 두 아이와 달리 그의 아버지 감천홍은 무척 심각했다.

"물론 녹사 나리께서야 고려로 돌아가고 싶으시겠지요. 그러나 난 아닙니다. 난 고려로 돌아가고 싶은 생각이 전혀 없소. 가봐야 노비 신세, 난 이곳이 어딘지 모르지만 이곳에서 팔자를 고쳐보려오."

"나도 마찬가지요. 나도 돌아가지 않겠소."

소발이 단호하게 고개를 저었다.

"나도… 당장은 돌아가고 싶지 않소."

주걸루 역시 고개를 저었다. 그러자 원보가 지그시 감천홍을 보며 말했다.

"녹사께서 생각을 바꾸셔야 할 것 같소. 의견들이 이러니 이 배로는 고려로 갈 수 없소. 설혹 우리가 뭍에 내려 이 배를 녹사 나리께 드린다고 해도 홀로 아이 둘을 데리고 대해를 넘을 수는 없소. 풍랑에 배를 잃고 죽거나 혹은 다시 해적들에게 잡히는 신세가 되기 십상이오."

"왜… 왜, 자신이 태어난 곳으로 돌아가려 하지 않는 것이오?"

녹사 감천홍이 약간의 울분에 깃든 목소리로 불평했다.

"태어난 곳을 그리워하는 거야 만물의 이치요. 그러나 당장 그곳에 돌아가서 겪어야 할 험난한 삶이 도사리고 있다면 그리 쉽게 결정할 문제도 아니오. 녹사 나리를 빼고 우리 모두에겐 고려로 돌아가기 전에 꽤 많은 시간이 필요한 듯하오."

"소산, 너도냐?"

감천홍의 물음에 허소산이 고개를 끄덕였다.

"전 가려면 항주로 가야 할 듯해요."

"항주?"

"아버님이 무사히 바다를 건넜다면 항주에 계실 거예요."

"음……."

감천홍이 침중한 음성을 흘렸다. 그러자 원보가 위로하듯 말했다.

"녹사께서 고려로 돌아가고 싶어 하시는 마음은 잘 알겠소. 하지만 이 배를 타고 고려로 가는 것은 죽음을 각오하는 일이오. 그보다는 가까운 대도(大都)로 나가 고려로 가는 상선을 물색하는 것이 좋을 것이오. 그편이 훨씬 안전한 길이오."

"맞습니다, 녹사 나리. 상선을 타고 편히 가면 될 걸 왜 힘들게 배를 끌고 갑니까?"

추안이 얼른 덧붙였다. 그러자 감천홍이 잠시 생각에 잠겼다가 고개를 끄덕였다.

"알겠소이다. 그럼 나도 일단 가까운 뭍으로 나가는 것에 동의하겠소."

"자, 그럼 모두 의견이 정리되었으니 배를 뭍으로 몰아가지."

원보가 손뼉을 한 번 치며 결론을 내렸다.

"그런데… 뭍이 어디 있는지 어떻게 알지요?"

문득 소발이 물었다. 그러자 원보가 한심하다는 듯 손을 들어 하늘을 가리켰다.

"해가 어디서 떴나?"

"그야… 저쪽에서……."

소발이 주춤거리며 해가 뜬 동쪽을 가리켰다.

"우리는 고려에서 서남으로 내려왔으니 고려가 아닌 대륙에 닿으려면 서북으로 이동하면 되는 거야. 그리고 어젯밤 내가 별자리를 살펴 방향을 보아 두었으니 길 걱정은 하지마. 그것보단 다시 한 번 선실을 뒤져봐. 뭍까지 얼마나 걸릴지 모르는데 물과 식량이 부족해. 당장 오늘부터 있는 물과 식량도 아껴 먹고."

원보의 말에 추안이 고개를 끄덕였다.

"그러고 보니 걱정입니다. 자칫 굶어 죽기 십상이니……."

"일단 배를 다시 뒤져 봅시다, 어젠 밤중이라 경황이 없었으니."

소발이 자리를 털고 일어나 먼저 선실로 들어갔다.

배에 탄 모든 사람들이 나서서 선실을 톡톡 털어냈으나 물과 먹을 양식은 거의 없었다.

"이거야 원, 아껴 먹어도 사흘을 넘기기 어렵겠군."

추안이 갑판에 올려놓은 식량을 보며 고개를 저었다. 그나마 한 자루 나온 쌀을 제외하고는 변변히 먹을 것도 없었다.

"일단 밥을 지읍시다, 배에 밥을 할 수 있는 도구들이 있으니."

소발이 허기가 지는지 배를 쓸며 말했다.

"밥은 내가 짓겠소."

주걸루가 쌀자루를 집어 들었다. 그러자 원보가 주걸루에게 말했다.

"밥을 짓지 말고 죽을 쓰게."

"죽을 말입니까?"

"식량을 아껴야 해. 언제 육지가 나타날지 모르네. 부족한 식량은 바다에서 해결하세."

"물고기를 잡자는 말씀이십니까?"

추안이 물었다.

"그래야겠지, 양식을 아끼려면."

"뭐, 배에 작살과 낚시가 있기는 하지만 미끼가 없으니 고기를 낚을 수는 없고⋯ 그럼 바다에 뛰어들어야 하나?"

"그건 내게 맡기게. 자넨 잠시 키를 잡고 있게."

원보가 키를 추안에게 넘기고는 선실에서 꺼내온 작살을 들고 배의 후미로 갔다.

"배의 속도를 좀 줄이게."

원보가 큰 소리로 말하자 추안이 재빨리 배의 속도를 줄였다. 그러자 원보가 훌쩍 배 아래로 몸을 날렸다.

"아니 정말 바다에 뛰어들려나?"

소발이 놀란 얼굴을 하며 원보가 있던 곳으로 달려갔다. 추산과 아이들도 호기심이 동해 소발의 뒤를 따랐다.

원보가 있던 곳에서 고개를 내밀자 원보는 배의 난간에 매여 있는 줄에 매달려 거의 바다에 닿을 듯 배에서 내려서 있었다.

"조심하세요."

감명과 감아라가 합창을 하듯 외쳤다.

"걱정 말아라, 이 할아비는 절대 바다에 빠지지 않으니."

원보가 배 위의 사람들에게 손을 흔들어 보였다. 그리고는 다시 고개를 바다로 돌려 한 손에 작살을 들고는 뚫어져라 바다를 응시하기 시작했다. 배 위에서 보기에는 헤엄치는 물고기 그림자도 발견하기 어려웠다. 그러나 사람들은 원보의 놀라운 무공을 알고 있으므로 기대를 버리지 않고 원보를 지켜보고 있었다.

"저래서 과연 물고기를 잡을 수 있을까?"

소발이 불신이 가득 찬 어조로 중얼거렸다. 그의 말대로 원보가 배 밖으로 내려간 지 일각이 훨씬 지났지만 여전히 고기는 보이지 않고 원보는 단 한 번도 작살을 꽂지 못하고 있었다. 어쩌면 아예 배 근처에 고기가 없을 수도 있었다.

"기다려 보지. 원 노사가 허튼 일을 하실 분은 아니니."

어느새 다가왔는지 감천홍이 말했다.

"물론 저 노인네가 대단한 건 알지만 없는 고기를 만들어내는 재주는 없을 겁니다."

소발은 여전히 고기를 잡는 일에 회의적이었다. 그리고 지루함을 견디지 못하고 신형을 돌려 선실 쪽으로 움직이려는 순간 원보의 손이 움직였다.

"핫!"

원보의 입에서 한 마디 기합성이 터져 나오더니 그가 들고 있던 작살이 마치 화살처럼 물속으로 파고들었다.

"엇?"

발걸음을 돌리던 소발이 원보의 행동에 놀라 다시 자신이 있던 자리로 돌아왔다.

"잡았나요?"

감명이 기대 가득한 목소리로 소리쳤다.

"오냐. 자, 보거라."

한순간 원보의 힘찬 음성이 들려오더니 물속으로 들어갔던 작살이 불쑥 바다를 벗어났다. 그러자 작살 끝에 눈부신 은빛 비늘을 번쩍이는 갓난아이 크기의 물고기가 신비롭게 모습을 드러냈다.

"와!"

감명과 감아라의 입에서 탄성이 흘러나왔다. 어린아이들만

이 아니었다. 갑판에 있던 사람들의 얼굴에 희색이 번졌다.

"아이구. 정말 한 끼는 배불리 먹겠네. 이렇다면 뭐 양식 걱정할 필요가 없겠어."

소발이 호들갑을 떨었다. 그사이 원보가 갑판 위로 올라왔다.

"괜찮은 놈이 잡혔어. 이 고기를 가져가 굽도록 하게."

"예, 예! 어르신!"

뛰어난 무공에 양식 걱정까지 덜어주니 삐딱한 소발이라도 원보에게 고개가 숙여지는 것은 당연했다. 소발이 재빨리 작살에서 고기를 빼내 주걱루가 있는 주방으로 달려갔다.

"할아버지 어떻게 잡으신 거예요?"

감명과 감아라가 원보에게 달려들며 물었다.

"바다엔 당연히 물고기가 살고 난 작살을 조금 쓸 줄 아니 물고기를 잡는 건 어려운 일이 아니란다."

"할아버진 정말 대단하세요."

감아라가 마치 친할아버지라도 되듯 원보에게 달라붙었다.

"대단하긴……. 하하하."

원보도 기분이 좋은 지 오랜만에 너털웃음을 터뜨렸다.

"보통 사람이 아니라고는 생각했지만, 무슨 일을 하던 분인지 혹 못 들었느냐?"

문득 감천홍이 아이들과 웃고 있는 원보를 보며 허소산에게 조용히 물었다.

"과거에 대해선 말씀을 하지 않으세요. 단지 이 배에 타게 된 것은 누군가에게 쫓기고 있었기 때문인 것 같아요. 그러니까 스스로 해적선에 오르신 거지요. 그 당시에는 부상도 당하셨던 것 같고……."

"무인들의 싸움에 휘말린 건가?"

"아마도 그런 것 같아요. 무인들이 아니라면 저런 고수를 위기에 처하게 할 순 없지요."

"음, 심성이 박하지는 않으신 분 같은데……."

"저도 그렇게 생각해요. 아무튼 당분간 양식 걱정은 없겠어요."

"글쎄다. 굶어 죽지는 않겠지만 사람이 물고기만 먹고 살수는 없는 법이지."

"그러네요. 하하!"

"앞으로 이 먼 타향에서 먹고살 길이 걱정이구나."

감천홍이 그답지 않게 한숨을 내쉬며 중얼거렸다.

원보가 잡아내는 물고기들로 배를 채울 수는 있었지만 감천홍의 걱정대로 사람이 물고기만 먹고 살 수는 없는 일이었다. 닷새가 지나자 쌀이 모두 떨어지고 먹을 수 있는 것이라곤 오직 원보가 잡아내는 물고기뿐이었다.

아이들은 이제 거의 물고기를 입에 대지도 못했다. 그나마 주걸루의 요리 솜씨가 나쁘지 않아 다른 사람들도 몇 절음 입에 댈 뿐이었다. 먹을 것이 부실하니 사람들은 지쳐 가기 시작했다. 물도 거의 바닥을 보이고 있었지만 비 소식도 없었다.

뜨거운 태양은 아침부터 해가 질 때까지 사람들을 괴롭혔다.

"아아, 이러다 타 죽는 것 아닐까?"

잠자리 겸 망루에 누워서 추안이 구름 한 점 없는 하늘을 바라보며 중얼거렸다.

"재수없는 소리 하지 마소."

소발이 눈에 쌍심지를 켰다. 몸이 힘겨워지는 소발의 신경은 더욱 예민해졌다.

"재수없는 소리가 아니라 이러다 정말 죽을 수도 있어. 물이 없잖아. 먹는 거야 어쨌든 물고기가 있지만······."

추안이 정색을 했다.

"젠장 비는 왜 안 오는 거야?"

"그러게 말이여. 이렇게 오랫동안 비가 오지 않는 것도 이상하군. 육지는 언제 나타날까?"

추안이 힘겹게 몸을 일으켜 수평선 먼 곳을 살피며 말했다. 그러나 그 어디서도 육지가 보일 기미는 없었다.

"에잇, 젠장 잠이나 자자. 자고 나면 비가 오든 땅이 나타나든 어떻게 되겠지."

추안이 잠시 서 있는 것도 힘에 겨운지 벌러덩 뒤로 누워 눈을 감았다.

허소산은 지친 몸을 배의 난간에 기댄 채 물속을 들여다보고 있었다. 무슨 목적이 있어서라기보다는 특별히 할 일이 없어서였다. 빠르게 스치고 지나가는 물살 아래로 검은 바다의 심연이 막막함을 더했다.

"아버지는 어떻게 지내고 계실까?"

수면에 문득 허산왕의 얼굴이 드리워졌다. 가슴 저린 그리움이 샘물처럼 솟아났다. 당장에라도 물에 뛰어들면 아버지를 만날 수 있을 것 같았다.

"아버지……."

허소산이 나직이 읊조렸다. 그러나 물속의 아버지는 그저 미소만 지을 뿐 어떤 말도 하지 않았다.

"힘이 드느냐?"

그때 문득 옆에서 원보의 목소리가 들려왔다.

"어르신."

허소산이 한 발 옆으로 자리를 비켰다.

"견디기 힘드느냐?"

"그런 건 아니지만 지쳐요."

허소산이 솔직하게 말했다.

"그래. 사실 나도 지친다. 하지만 이 정도 어려움은 이겨내야지. 앞으로 더한 날들도 많을 테니."

"그렇겠지요?"

"암, 타향에서 사는 것이 결코 쉬운 일은 아니다."

원보의 말에 허소산이 말없이 고개를 끄덕였다. 그러자 원보가 지나가듯 말했다.

"그동안 보니 무공 수련을 하지 않는 것 같던데?"

"아침저녁 운기를 하는 것 말고는 못하고 있어요."

"왜냐?"

"상황이 이러니 무공 수련에 의욕이 안 생겨요."

"저런. 그럼 안 된다. 오히려 더욱 수련에 힘써야지. 그것으로 이 지루한 싸움을 이겨내는 것도 좋단다. 본시 무인이란 언제라도 무공에서 몸과 마음을 멀리하면 안 되는 법이다. 수련에 열중해 보거라. 그것이 오히려 네게 큰 도움이 될 수도 있으니."

원보가 신중하게 충고를 했다. 그러자 허소산이 고개를 끄덕였다.

"어르신 말씀이 맞을 지도 모르겠어요. 알았어요. 오늘부터 모든 걸 잊고 무공 수련을 해야겠어요."

"그래 그렇게 고통을 이겨내는 것이 네게 큰 도움이 될 거다."

그날부터 허소산은 물고기로 허기를 채우는 시간 외에 거의 모든 시간을 무공 수련으로 보내기 시작했다. 가끔 지친 감명과 감아라가 허소산에게 다가왔지만 그도 잠시 허소산의 무공 수련은 이른 아침부터 밤늦게까지 계속되었다.

추안 등은 허소산의 무공 수련을 하루 정도 지켜보았으나 이내 흥미를 잃고 다시 지친 몸을 쉬는 것에 열중했다. 그렇게 바다 위의 시간이 가고 있었다.

"구름!"

허소산이 원보의 충고대로 무공 수련에 나선지 엿새째 되던 날, 이산공을 한바탕 수련하고 난 허소산이 지친 몸을 갑판에 뉘였을 때 문득 수평선 저 멀리 검은 구름이 일어나는 것이 보였다. 그러고 보니 얼마 전부터 그의 얼굴에 닿는 바람의 기운도 달라져 있었다.

"탁!

허소산이 가볍게 허리를 튕겨 자리에서 일어났다. 그리고는 번개처럼 달려 망루로 올라섰다.

"왜?"

망루에서 지친 몸을 눕히고 있던 추안이 갑작스런 허소산의 행동에 놀라 자리를 차고 일어났다.

"구름이에요."

허소산이 나직하게 말했다.

"구름? 구름이 뭐 어쨌다고."

하늘에 구름이 떠 있는 것은 당연하다는 듯 추안이 심드렁하게 물었다.

"먹구름이에요. 비가 오려나 봐요."

"엉?"

허소산의 말에 추안이 놀라며 시선을 돌렸다. 소발과 주걸루 역시 지친 눈에 생기를 돋우며 일어났다.

"정말이군. 저건 분명 비구름이야."

주걸루가 중얼거렸다.

"이러고 있을 때가 아니오. 물을 받을 준비를 해야지."

평소 만사에 불만이 많던 소발이 앞장서서 부지런을 떨었다. 순식간에 사람들이 바쁘게 움직이기 시작했다. 배에 있는 통이란 통은 모두 갑판으로 나왔다. 그리고 드디어 한두 방울 비가 떨어지기 시작했다.

"이런 젠장!"
소발의 입에서 욕설이 터져 나왔다.
"정신 차려. 빨리 돛을 내려!"
멀리서 원보의 호통 소리가 들려왔다. 선내의 사람들이 원보의 호통에 비틀거리며 세 개의 돛을 내리기 시작했다. 빠르게 도주할 때는 유용하던 세 개의 돛이 폭풍이 불자 오히려 큰 짐이 되어 일행을 위험하게 했다.

생명수처럼 여겨졌던 비는 또 다른 악몽의 시작이었다. 먹구름은 비를 몰고 왔지만 그 안에 거대한 폭풍도 함께 데리고 왔던 것이다. 허소산 등이 탄 배는 금세 위태로운 지경에 빠졌다. 애초에 그들이 탄 배는 대해를 빠르게 이동하기에는 좋은 모양이었지만 폭풍을 견디기에는 취약한 모양을 하고 있었다.

배가 마치 가랑잎처럼 폭풍에 날렸다. 그나마 원보의 공력이 키를 놓치지 않아 겨우 겨우 거센 파도를 타고 있는 실정이었다.

"모두 배 안쪽으로 들어와. 난간에 서 있다가는 파도에 휩쓸린다!"
돛이 모두 내려지자 원보가 사람들을 배 안쪽으로 모았다. 사람들이 바람에 날아갈 것처럼 비틀거리면서 원보의 곁, 망루 아래로 모였다.

"이거 이러다 정말 물고기 밥이 되는 거 아닌지 모르겠네."

추안이 투덜거렸다.

"젠장, 재수없는 소리 하지 마쇼."

소발이 눈에 쌍심지를 켰다.

"흐흐, 그동안 하도 물고기를 많이 잡아먹어서 용왕님이 노했나보군."

추안은 소발의 고성에도 아랑곳하지 않고 농을 던졌다.

"용왕이란 놈도 이 소발을 잡아가진 못해. 제기럴!"

소발이 바로 눈 앞에 용왕이 있는 것처럼 소리쳤다. 그때 다시 원보의 목소리가 들렸다.

"꽉 잡아! 큰 파도다!"

원보의 경고에 사람들이 저마다 단단히 기둥을 잡았다. 순간 배가 거의 수직으로 곤두섰다.

쏴아아!

배 아래에서 파도 갈리는 소리가 폭포 소리처럼 들려왔다. 그리고 다음 순간 배의 선수가 급격하게 아래로 고꾸라졌다.

"조심해!"

누가 먼저랄 것도 없이 사람마다 소리를 질렀다. 배는 마치 바닷속으로 꽂히듯이 수직으로 파로를 타고 내려갔다.

콰아아!

다시 커다란 파도 소리가 일어나더니 산더미 같은 파도가 배를 넘어와 일행을 덮쳤다.

"컥!"

한 사발 물을 먹은 추안이 사래가 들린 듯 헛구역질을 해댔다.

"정말 죽고 마는 건가?"

소발의 입에서조차 절망적인 음성이 흘러나왔다. 허소산이 급히 시선을 돌려 키를 잡고 있는 원보를 바라봤다. 원보는 산처럼 밀려드는 파도를 보면서도 냉정한 표정을 유지하고 있었다. 천군만마를 두려워 않는 장수처럼 원보는 그렇게 대 자연의 광란을 응시하고 있었다.

'살 수 있을 거야. 원 어르신과 함께라면……'

문득 허소산의 가슴속에 원보에 대한 강렬한 믿음이 생겨났다. 그리고 그 순간 다시 배가 파도를 타고 오르기 시작했다. 허소산이 눈을 부릅뜨고 하늘과 바다가 뒤섞이는 광경을 노려봤다. 배는 연처럼 날아 천지구분이 없는 세계로 뛰어들었다.

第五章
무인도

독경 讀經

세 개의 돛 중 두 개가 부러져 나갔다. 하늘은 빛을 보여주지 않았다. 낮도 칠흑 같은 어둠이 지배했다. 빗줄기는 화살처럼 내리꽂혔고, 바람은 모든 것을 날릴 듯 거칠었다. 파도가 지붕을 만들었고, 바다는 용암처럼 꿈틀거렸다.

그 광폭한 자연 속에서 그나마 난파당하지 않고 배를 보존할 수 있었던 것은 오로지 원보의 침착함 때문이었다. 그러나 원보조차도 그저 배가 난파되지 않는 것으로 만족할 수밖에 없었다. 배가 어디로 가는지, 그 방향이 동인지, 혹은 서쪽인지 가늠할 수조차 없었다. 그렇게 배는 풍랑의 바다를 표류했다.

그리고 미친 듯한 자연의 광란이 이틀 만에 끝이 났다. 하늘에는 여전히 먹구름이 몰려 있었고, 밤인지 낮인지 분간이 되지 않는 어둠이 세상을 지배했다. 유일하게 이 광란의 시간이 끝나간다는 점을 알려주는 것은 잠잠해진 파도뿐이었다.

파도가 잔잔해지자 이틀 동안 한 잠도 자지 못한 사람들이 이리저리 쓰러져 잠을 청하기 시작했다. 원보조차도 키를 묶어놓고 그 옆에서 잠을 청했다.

배는 잔잔해진 파도를 넘실거리며 홀로 여행을 시작했다.

"형, 형!"

허소산은 아련하게 들리는 감명의 목소리에 눈을 떴다. 이틀 동안 쌓인 피곤이 여전히 몸에 남아 있었지만 그래도 머리는 맑았다.

"명아, 무슨 일이니?"

허소산이 낯설게 느껴지는 햇살을 손으로 가리며 물었다.

"형, 섬이에요."

"섬?"

허소산이 되묻자 감명이 햇살을 등지고 고개를 끄덕였다. 순간 허소산의 몸이 튕겨지듯 일어났다.

"어디지?"

"저기……."

감명의 손이 향한 곳에는 어느새 감천홍과 감아라가 난간을 잡고 서서 무성한 수목이 우거진 기괴한 모양의 섬을 바라보고 있었다.

"아! 정말 섬이로구나!"

허소산이 탄성을 지르며 감천홍이 있는 곳으로 달려갔다. 그러자 그 소리에 잠들어 있던 사람들이 부스스 눈을 떴다.

"뭐야? 무슨 일이야?"

소발은 잠을 깨운 소란이 불만인지 누운 채로 소리를 질렀다. 그러자 주걸루가 옆에서 대답했다.

"섬이 나타났네."

"흠… 섬이라… 섬?"

한순간 소발의 목소리가 커졌다. 그리고는 그 어느 때보다 빠르게 자리에서 일어나더니 사방을 둘러봤다.

"오! 정말 섬이로구나. 섬이다!"

소발이 마치 세상에서 가장 귀중한 보물을 발견한 것처럼 소리쳤다. 그사이 잠에서 깨어난 사람들이 모두 선수로 몰려들었다. 그리고는 오랜만에 보는 땅과 나무의 모습을 신기한 듯 바라봤다.

"정말 섬이로구나. 다시는 못 볼 줄 알았는데."

추안이 감격에 겨운 목소리로 중얼거렸다.

"그러게 말이우. 어서, 어서 섬으로 배를 댑시다."

소발이 서둘렀다.

"침착해. 일단 섬을 좀 살펴봐야겠다."

원보가 들뜬 사람들을 진정시켰다.

"아니 뭘 살펴본단 말입니까? 어서 배를 대지."

"섬에 누가 있을지 어떻게 안단 말이냐. 해적이라도 나타나면 네가 상대할 거냐?"

원보의 힐난에 소발이 흠칫하며 고개를 저었다.

"그, 그렇군요. 해적이라도 있으면……."

"섬에 들어가는 것은 늦어도 상관없지만 자칫하면 만사 공염불이 될 수 있어. 자, 배를 타고 섬을 한 바퀴 돌아보자고."

원보가 서둘러 키가 있는 곳으로 걸음을 옮겼다.

섬의 형상은 기이했다. 두 개의 거대한 석산을 양쪽에 낙타 등처럼 지니고 있는 섬은 아래쪽은 무성한 숲이었지만 봉우리 쪽은 바위로 되어 있었다. 그리고 그 바위들 사이에서 가끔 뿌연 연기 같은 것이 솟구치고 있었다.

처음에 일행은 바위 봉우리에서 나는 연기로 인해 이 섬에 사람이 살고 있는 것이 아닌가 의심을 했지만 자세히 살펴보면 연기는 사람이 아니라 지하에서 올라오고 있는 게 분명했다.

"화산섬이군."

주걸루가 중얼거렸다.

"화산섬이오?"

소발이 물었다.

"그렇소. 내 북쪽 백두 인근에서도 저렇게 땅속에서 수증기가 올라오는 곳을 본 적이 있소. 백두도 화산이 잠들어 있는 산이오."

"그럼 위험한 곳이군. 언제 화산이 터질지 모르지."

"화산은 그렇게 쉽게 터지지 않수."

주걸루가 퉁명스럽게 대답했다.

"아이고, 그걸 어찌 아슈? 화산이 뭐 나 터진다 하고 경고하고 터진답니까?"

소발이 곁에서 빈정거렸다. 그런데 그때 문득 감명이 소리쳤다.

"저것 좀 봐요!"

사람들이 감명의 외침에 놀라 시선을 돌리니 섬의 북쪽 두 개의 봉우리 사이로 움푹 들어간 지형이 눈에 들어왔다. 그 안쪽으로 급한 해류가 흐르고 있어 바다의 부유물들이 빨려 들어갈 수밖에 없는 곳이었다. 그런데 사람들을 놀라게 한 것은 그 지형이 아니라 안쪽 해안가에 모여 있는 산더미 같은 선박의 잔해들이었다.

"제장 이제 보니 난파선들이 흘러들어 오는 곳이군. 다시 말해 죽음의 섬이란 거야."

소발이 재수없다는 듯 소리쳤다.

"그래도 우린 죽지 않았잖아. 너무 호들갑 떨지 말게."

추안이 면박을 주듯 말했다.

"내가 무슨 호들갑을 떨었다고 그러쇼? 그냥 재수가 없다는 거지."

그런데 두 사람이 티격 거리며 말싸움을 하는 사이 원보가 배를 난파선이 있는 곳으로 몰아갔다.

"아니 뭐하는 겁니까?"

소발이 놀라서 소리쳤다.

"저곳에 배를 댄다."

원보가 멀리서 대답했다.

"아니 하필이면 난파선들이 쌓여있는 곳에 배를 댑니까? 해골이 있을 수도 있는데……."

"섬에서 제일 안전한 곳이다. 태풍이 불어도 너끈히 버틸 곳이야."

원보의 대답에 감천홍이 고개를 끄덕였다.

"원 어르신의 말이 맞네. 보게, 섬 안쪽으로 들어가 있어 바람을 피할 수 있지 않은가?"

감천홍까지 나서자 소발이 입을 한번 삐죽이고는 더 이상 불평을 늘어놓지 않았다.

배는 서서히 작은 포구처럼 생긴 만 안쪽으로 들어갔다. 난파선들이 쌓여 있는 곳은 작은 모래사장이었는데 원보는 교묘하게 난파선들 사이에 배를 세웠다.

다행히 모래사장 근처의 물결은 잔잔해서 배는 안전하게 움직임을 멈췄다.

"닻을 내려!"

원보의 목소리가 들려오자 추안과 주걸루가 서둘러 닻을 바다에 던져 넣었다.

"일단 하선을 하지."

배가 멎자 원보가 사람들에게 다가오며 말했다.

"그러지요. 이거 얼마 만에 땅을 밟아보는 것인지… 멀미나 나지 않으려나?"

추안이 고개를 갸웃하고는 먼저 배 아래로 몸을 던졌다.

풍덩!

추안의 몸이 바다에 빠져들었다. 바다는 그의 허리 깊이여서 위험해 보이지는 않았다.

"자자, 어서들 내려요."

추안이 물속에서 사람들을 재촉했다.

"가지."

원보가 다시 사람들을 재촉하자 배 안의 사람들이 저마다 배를 내려가기 시작했다.

"야, 이게 땅이로구나!"

섬에 발을 디딘 추안이 마치 처음 땅을 밟아보는 사람처럼 중얼거렸다. 그러는 사이 사람들이 모두 발을 적시며 섬으로 올랐다.

"조심들하게. 이 안쪽에 뭐가 있을지 모르니. 보아하니 사람이 살지 않는 무인도 같기는 하지만……."

"일단 뭐 먹을 게 없나 찾아봐야 하지 않을까요?"

허소산이 말했다. 그러자 원보가 고개를 끄덕였다.

"맞는 말이다. 그동안 변변히 먹은 것이 없으니 일단 먹을 것을 찾아보도록 하자."

"난파선을 뒤질까요?"

추안이 물었다. 그러자 원보가 고개를 저었다.

"모습으로 보아서 난파된지 꽤 오래된 배들 같네. 먹을 것이 있다고 해도 모두 썩었을 거야. 그러니 먹을 것을 찾으려면 섬 안쪽으로 들어가야 할 거야."

"맨몸으로 숲으로 들어갈 수는 없지 않습니까? 무슨 칼이라도 들고 가야지."

추안이 말을 하고는 다시 배로 오르기 위해 물속으로 들어갔다.

추안은 이내 배에서 칼이며 활 등을 가지고 돌아왔다. 사람들은 추안이 가져온 병장기들을 몸에 지니고는 천천히 모래사장과 이어진 숲으로 들어가기 시작했다.

꽥꽥!

숲으로 들어서자 원숭이 소리가 들려왔다. 몇 마리 새들도 울음소리를 흘리며 하늘로 날아갔다.

"원숭이들이 산다는 건 먹을 게 있다는 말인데……."

가장 앞에 선 주걸루가 중얼거리며 주변을 두리번거렸다. 그러자 과연 멀지 않은 곳에 야생의 과일들이 주렁주렁 매달린 나무들이 모습을 드러내기 시작했다. 한 눈에 보아도 먹을 수 있는 과일들이었다.

"흐흐, 이거 먹을 게 지천이군."

소발이 풍성한 숲의 정경에 마음이 흡족한지 미소를 지었다.

"일단 먹을 것들을 가지고 해안으로 돌아가세. 배를 채우고 난 이후에 앞으로의 일을 논의해 보세."

원보의 말에 사람들이 사방으로 흩어졌다. 그리고는 저마다 나무에 올라 과일을 따기 시작했다. 그렇게 일각여가 지나자 손에 들지 못할 만큼의 열매가 모였다. 사람들은 과일들을 가지고 다시 해안가로 나와 한데 모여 과일로 배를 채우기 시작했다.

"어허, 이거 정말 세상에 이렇게 맛있는 과일이 있을 수 있나!"

추안이 연신 과즙을 빨아들이며 중얼거렸다.

"과일 처음 먹어보는 사람도 아니고……. 쯔쯔!"

소발이 그런 추안을 보며 빈정거리다가 이내 손에 든 씨를 숲으로 던져버리고는 모래사장에 벌렁 드러누웠다.

"아이고 배부르니 졸립구나. 이젠 한숨 좀 자자!"

머리를 땅에 댄 소발이 금세 코를 골기 시작했다. 그러자 과일로 너끈하게 배를 채운 사람들이 하나 둘 모래 위에 쓰러져 잠을 청하기 시작했다.

사람들이 단잠에 빠진 사이 시간이 흘러 어느새 해가 서쪽으로 기울기 시작했다. 그러자 가장 먼저 잠이 들었던 소발이 눈을 떴다.

"뭐야? 모두 자고 있는 거야? 이것 참 팔자들 좋군. 맹수라도 달려들면 어쩌려고… 쯔쯔!"

"어이, 일어났어?"

소발의 목소리에 추안과 주걸루가 눈을 뜨며 몸을 일으켰다.

"잘들 잤수"

소발이 퉁명스레 물었다.

"아주 잘 잤네. 이런 단잠이 얼마만인가 몰라."

"아이구, 모래밭에서 자서 그런지 몸이 찌뿌둥하구나."

소발이 몸을 일으켜 어깨를 돌리며 말했다. 그때 문득 추안이 난파선들을 보며 말했다.

"어떤 재수없는 작자들이 이곳까지 밀려와 죽었을까?"

"그러게 말이우. 뭐 분명 해적들이었을 거요. 상선이 있을 수도 있고……."

소발이 대답했다.

"한번 살펴볼까?"

추안이 난파선에 호기심을 보였다.

"제길 다 부서진 배에 무슨 관심이우?"

"아니 모르지. 혹시 알아, 배 안에 보물이라도 있을지?"

추안이 주적주적 난파선들의 잔재들이 쌓인 곳으로 걸어가며 말했다. 그러자 소발이 고개를 갸웃했다.

"보물? 보물이라… 정말 있을지도 모르겠는걸? 우리도 가 봅시다."

소발이 주걸루를 보며 말하자 주걸루가 고개를 끄덕였다.

"가 봅시다, 보물은 몰라도 필요한 물건들이 있을지도 모르니."

주걸루가 성큼 성큼 추안이 향한 난파선을 향해 걸음을 옮겼다.

난파선으로 향했던 삼 인은 근 반 시진 동안 난파선을 뒤진 후에 몇 개의 물건을 들고 돌아왔다. 그들은 뭔가 떨떠름한 표정들을 짓고 있었는데 그사이 깨어난 허소산 등에게 다가와 물건을 던지며 투덜거렸다.

"젠장 해적들 배가 분명한 모양이오. 무슨 귀한 것은 없고 보이는 거라곤 모두 흉한 무기나 밥 짓는 도구들뿐이니……. 개중 좋아보이는 병장기 몇 개하고 밥 지을 솥과 그릇을 가져 왔습니다, 섬을 돌아볼 때 필요할 것 같아서. 우리 배에 있던 병장기는 우리 인원에 비해 너무 적지 않습니까?"

소발이 원보를 보며 말했다. 그러자 원보가 심드렁하게 대답했다.

"잘들 했네. 좋은 병장기를 얻어왔으니 저녁은 사냥을 해 오랜만에 고기 맛 좀 보세."

"사냥할 게 있을까요?"

추안이 물었다. 그러자 허소산이 나섰다.

"제가 잡아올게요."

"소산, 네가?"

소발이 못미더운 눈으로 허소산을 보며 되물었다.

"이래 뵈도 백두 최고의 사냥꾼이 저희 아버지셨어요."

"오! 그러냐? 그럼 기대가 좀 되는데?"

소발이 짐짓 과장된 목소리로 말했다.

"기다려 봐요."

허소산이 세 사람이 가져온 병장기 중에 활과 화살 그리고 한 자루 짧은 검을 집어 들고 숲으로 향했다.

"저거… 혼자 보내도 되나?"

추안이 걱정스런 표정으로 말했다.

"걱정 말게. 자네들보다 나을 테니."

원보가 손을 저으며 말했다.

"어르신은 언제나 소산이 편만 든다니까."

소발이 심드렁한 표정으로 말하고는 숲으로 향했다.

"어딜 가나? 자네도 사냥을 하게?"

소발을 보며 추안이 소리치자 소발이 고개를 저었다.

"난 사냥 같은 것 못하우. 대신 사냥을 해오면 구워먹을 준비는 할 수 있지요."

"땔감을 찾으러 가는 구먼."

"맞았수."

"허! 자네가 그런 부지런을 떨 때도 있군."

추안이 놀리듯 말하자 소발이 고개를 돌려 눈을 찡긋하며 소리쳤다.

"본래 최후의 만찬은 화려해야 하는 법 아니우?"

소발이 그 말을 남기고는 숲속으로 사라졌다.

"망할 놈이 꼭 죽을 놈처럼 말하네, 최후의 만찬이라니. 하는 짓하고는 원… 쯔쯔!"

원보가 소발의 행동이 마음에 들지 않는다는 듯 혀를 찼다.

허소산이 돌아온 것은 그가 숲으로 들어간 지 반 시진 정도
가 지난 후였다. 그의 어깨에는 토끼 세 마리가 매달려 있었
다.

툭!

소산이 사람들이 모여 있는 가운데에 토끼를 내려놓자 소발
이 손으로 토끼들을 뒤적이며 말했다.

"뭐야? 겨우 토끼 세 마리야? 백두 최고의 엽사를 아버지로
뒀다며?"

"이 섬에는 그 정도가 다인 것 같아요. 석봉을 넘어가면 또
모르겠지만 그러자면 시간이 너무 오래 걸리죠."

허소산이 대답했다.

"아이구, 토끼면 어때? 진수성찬이지. 우리가 고기 맛 본 게
언젠데? 젠장 하긴 난 노비로 살다보니 고려에서도 고기 구경
은 연중에 한두 번이었지. 이봐, 소발!"

"왜 부르슈?"

"자네가 구울 거지?"

"난 고기 구울 줄 모르는데……."

소발이 뒤로 빠졌다. 그러자 주걸루가 허소산이 사냥해 온
토끼를 집어 들었다.

"그런 일이라면 내게 맡겨두시오."

주걸루가 토끼를 손질을 하려는 듯 숲 깊은 쪽에 흐르는 개
울로 향했다.

"누가 야인 아니랄까봐. 쳇!"

소발이 주걸루를 흘겨보며 짐짓 투덜거렸다.

주걸루는 무척 능숙하게 토끼를 구워냈다. 노릇하게 구운 토끼 고기는 일행에게 낮에 먹던 과일과는 또 다른 기쁨을 안겨주었다. 해적선에 갇혀 이동하는 동안 고기를 맛본 일이 없었고, 도주를 해서는 줄곧 원보가 잡아 올리는 물고기만 먹었기에 노릇하게 구워진 토끼 고기는 그야말로 진미 중의 진미였다.

그렇게 든든한 저녁을 먹은 일행은 배 안에서 침구들을 가지고 나와 숲과 모래사장의 경계에 잠자리를 마련했다. 나뭇가지를 베어 이슬을 피할 지붕을 만들고 잠자리 앞에는 커다란 모닥불도 피웠다. 그러자 제법 아늑한 잠자리가 마련되었다.

오랜만에 맞는 육지의 밤은 꿀처럼 단잠을 일행에게 선물했다. 무인도였으므로 누가 경계를 서지도 않았다. 일행은 그렇게 수십 일 만에 깊은 잠 속에 빠져들었다.

끼이익끼이익!

깊은 잠에 빠져 있던 허소산의 귀에 문득 날카로운 마찰음이 들려왔다. 처음에는 소리를 무시하고 계속 잠을 청하려했으나 규칙적으로 들려오는 소리는 결국 허소산의 잠을 깨웠다. 소리에 밝은 사냥꾼의 귀는 이럴 땐 제법 잠을 자는데 방해가 되었다.

"무슨 소리지?"

사그라지는 모닥불의 불빛에 잠시 시야를 잃었던 허소산이 눈을 비비며 소리가 나는 쪽으로 고개를 돌렸다. 소리는 기이하게도 바다 쪽에서 나고 있었다.

"뭐지?"

허소산이 자리에서 일어나 몇 걸음 해안 쪽으로 이동했다. 그리고 다음 순간 허소산의 눈이 커졌다.

"저… 저건!"

허소산이 화들짝 놀라며 바다를 향해 달려갔다. 그러면서 큰 목소리로 소리쳤다.

"큰일 났어요! 배가, 배가 떠내려가요!"

허소산의 외침에 잠 든 사람들이 놀라서 잠에서 깨어났다.

"소산! 무슨 일이냐?"

"배가 떠내려가고 있어요! 바다 쪽으로요!"

"뭣? 배가?"

원보도 놀란 음성을 토해내며 한달음에 허소산의 곁으로 뛰어왔다.

"저것 보세요. 어쩌죠?"

허소산이 이미 백여 장 밖으로 밀려나간 배를 보며 동동거렸다.

"도대체 이게 어찌 된 일이지? 해류는 안으로 흐르고 닻도 내려놓았는데 배가 떠내려가다니!"

원보도 망연자실한 표정으로 바다로 향해 흘러가는 배를 보며 중얼거렸다. 그때 감천홍이 두 아이를 데리고 허소산과 원보 곁으로 다가왔다. 그리고는 침울한 표정으로 입을 열었다.

"그들이… 우릴 두고 떠난 모양입니다."

"그들? 누구 말이오?"

원보가 감천홍을 돌아봤다.

"그들 삼 인이 보이지 않는군요."

감천홍의 말에 원보가 급히 노숙지 주변을 살폈다. 그러자 과연 그 어디서도 추안과 주걸루 그리고 소발의 모습이 보이지 않았다.

"이 이놈들이……? 도대체 왜?"

원보가 분노와 의문이 가득한 얼굴로 뇌까렸다. 도대체 추안 등 삼 인이 일행 몰래 배를 몰고 바다로 나갈 이유가 없었기 때문이었다. 물론 그동안 원보가 그들을 조금 무시하듯 대하기는 했으나 원보의 존재는 그들의 생존에 도움이 되면 되었지 방해가 되지는 않았다.

아니 지금까지 그들이 살아서 노예선을 탈출한 것 자체가 원보의 힘이 없었다면 불가능한 일이었을 것이다. 그런데 그들이 왜 원보의 강한 무공에 의지하지 않고 배를 훔쳐 달아난 것일까.

"아버지, 이것 좀 봐요!"

허소산과 원보 그리고 감천홍이 삼 인이 떠난 이유를 머릿속으로 찾고 있을 때 문득 감명과 감아라가 감천홍에게 달려오며 소리쳤다.

"무슨 일이냐?"

감천홍이 두 아이를 돌아보며 묻자 감명이 새벽어둠 속에서도 번쩍거리는 물건을 감천홍에게 내밀었다.

"이것 봐요."

"응? 이건? 이걸 도대체 어디서 난 거냐?"

감천홍이 놀란 눈으로 감명이 내민 물건을 받아들며 물었다.

"아니, 그건 황금이 아니오?"

원보 역시 의아한 표정으로 감천홍의 손에 들린 황금덩어리를 바라봤다.

"이게 모래밭에 떨어져 있었어요. 어제 낮에는 이런 게 없었는데……."

감명이 손으로 그들과 난파선들 사이의 모래사장을 가리키며 말했다. 그러자 원보가 뭔가를 깨달은 듯 무릎을 치며 소리쳤다.

"알겠군."

"뭘요?"

허소산이 물었다.

"놈들이 떠난 이유 말이다."

"그들이 떠난 것과 이 황금이 무슨 관계가 있다는 건가요?"

"그래. 분명 관계가 있다. 아마 놈들은 이 황금 때문에 이곳을 떠난 것일 게다. 어제 놈들이 난파선을 뒤질 때 황금을 발견한 것이 분명해. 황금을 발견한 놈들은 욕심이 생겼겠지. 자신들이 그 황금을 독차지할 욕심 말이다. 그래서 어둠을 틈 타

난파선에서 황금을 빼내 배에 싣고 이곳을 떠난 것이다. 망할 놈들……!"

원보가 어둠 속으로 사라지는 배를 보며 욕설을 흘렸다.

"하지만… 그들이 살아남을 수 있을까요?"

허소산이 걱정스런 표정으로 물었다.

"소산, 이 지경이 돼서도 놈들을 걱정하느냐?"

"이곳은 너무 위험한 곳이잖아요. 해적들을 만난다면 아마 그 금덩이들이 그들을 더 위험하게 할 거예요."

"그걸 모를 놈들이 아니다. 하지만 욕망에 눈이 멀어 자신들의 운명을 도박판 위에 올려놓은 거지. 다행히 대처로 나갈 수 있다면 큰 부자가 되겠지. 해적선을 만나면 죽든지 노예로 팔리든지. 그러나 일단 인연을 끊고 떠나간 놈들 걱정할 필요는 없다. 본래 욕망에 물든 자는 한 발 앞 낭떠러지도 보지 못하는 법이니까. 에잇! 그나저나 큰일이군. 배가 없으니 앞으로 어떻게 할꼬!"

원보가 화를 내며 걸음을 옮겨 모닥불 곁으로 다가갔다. 허소산과 감천홍도 힘 빠진 모습으로 걸음을 옮겼다. 배가 없다면 그들은 꼼짝없이 이 무인도에 갇힐 수밖에 없었다. 어쩌면 평생을 이 무인도에서 보낼 수도 있었다. 그 은은한 두려움이 사람들을 침묵하게 만들었다.

"일단… 한동안 이곳에서 살 준비를 해야겠소."

아침 해가 뜰 무렵 원보가 감천홍을 보며 말했다. 햇살을 받은 섬은 장내의 침중한 분위기와 달리 천국처럼 아름다웠다.

"휴, 그래야겠지요."

"잠시 쉬어간다고 생각합시다. 난파선이 있다는 건 배들이 간혹 이 근처를 지난다는 말이니 어쩌면 손쉽게 다른 배를 얻어 탈 수 있을 것이오."

그러나 말을 하는 원보도 그 일이 쉽지 않다는 것을 알고 있었다. 난파선이 있다는 것은 다른 의미에서 이곳이 항로를 잃은 배들이 밀려오는 곳이란 뜻도 되기 때문이었다. 즉, 상선들이 다니는 일반적인 항로가 아니라는 말이었다.

"먼저 지낼 곳을 정해야겠소. 이곳보다는 조금 위쪽으로 올라가는 게 좋을 듯하오. 아무래도 오고가는 배를 발견하려면 시야가 좋아야 하니."

"그러지요."

감천홍이 고개를 끄덕였다. 그러자 원보가 허소산에게 말했다.

"소산, 일단 필요한 짐들을 꾸려라. 하루라면 모를까 얼마간 살아가려면 좋은 곳을 찾아야지."

"알았습니다, 어르신."

허소산이 고개를 끄덕이고는 주섬주섬 짐들을 챙기기 시작했다. 다른 사람들도 당장 요긴하게 쓰일 물건들을 챙기고는 아침이슬을 머금은 숲으로 들어갔다.

일행은 섬의 두 개 봉우리 중 동쪽에 위치한 봉우리에 올랐다. 어느 정도 위로 올라가자 처음 보았던 대로 서서히 숲이 사라지기 시작하더니 이내 시야가 트이기 시작했다. 멀리 푸른 바다와 눈 아래로 펼쳐진 녹색의 숲이 한 눈에 들어왔다.

"경치 하나는 정말 좋구먼. 쯔쯔."

원보가 혀를 찼다. 좋은 풍경을 즐기고만 있을 수 없는 현실이 안타까운 모양이었다.

"저기를 좀 보세요."

문득 허소산이 손을 들어 서남쪽에서 섬의 중심부를 향해 있는 작은 공터를 가리켰다. 다른 곳과 달리 그곳은 위쪽까지 수목이 자라 있었고, 그 안쪽으로 작은 동굴 몇 개도 모습을 드러내고 있었다.

"음, 지낼 만하겠는데? 가보자."

원보가 고개를 끄덕이고는 산비탈을 타고 석산을 횡으로 걷기 시작했다. 그렇게 일각 정도 움직이자 드디어 처음 허소산이 가리켰던 공터에 도착했다.

"좋군요."

감천홍이 주변을 돌아보며 말했다. 높은 지대라 멀리 바다의 전망이 한눈에 들어왔고, 수목이 없는 다른 곳과 달리 몇 그루의 이름 모를 나무와 풀들이 자라고 있어 햇빛을 가릴 만했다. 특히 공터의 뒤쪽으로 나 있는 두 개의 동굴은 만약 동물이 살고 있지 않다면 당장 기거할 만한 장소였다.

"저기 샘도 있군."

원보가 공터에서 좀 더 서쪽으로 돌아간 곳 십여 장 아래,

숲이 시작되는 부근에서 솟아나는 샘물을 가리켰다.

"마치 이곳에서 살라고 준비해 준 자리 같아요."

허소산이 말하자 원보가 고개를 끄덕였다.

"이곳으로 해야겠소이다. 이보다 좋은 자리는 찾기 힘들 것 같소."

원보가 감천홍을 보며 말했다.

"저도 그렇게 생각합니다."

원보의 말에 감천홍도 동의했다.

"일단 동굴 안을 좀 살펴봅시다. 집을 짓는 것은 시간이 걸릴 테니."

원보의 말에 일행이 뒤쪽에 나 있는 두 개의 동굴로 향했다.

동굴은 그리 크지 않았다. 안쪽으로 깊이 파여 들어간 것도 아니어서 겨우 십여 장 정도의 넓이를 가지고 있었다. 두 개의 동굴이 마치 쌍둥이처럼 같은 모양을 하고 있는 것도 특이했다.

"이거 굳이 오두막을 지을 필요도 없겠는걸. 손을 좀 보면 어떤 집보다도 좋은 집이 될 것 같군."

원보가 동굴 안쪽을 살피며 말했다.

"좋군요."

감천홍도 고개를 끄덕였다.

"그럼 오른쪽 것은 녹사 나리가 아이들과 쓰시오. 우린 왼쪽 동굴에 머물겠소."

원보의 말에 감천홍이 고개를 끄덕였다.

"그렇게 하시지요."

"자, 소산. 그럼 일단 동굴 청소부터 할까?"

"네, 알았어요."

허소산이 고개를 끄덕이고는 팔을 걷어 부치고 동굴 안으로 들어갔다.

한 바탕 청소를 끝내자 동굴은 기대했던 대로 어떤 집보다도 아늑했다. 화산섬이라 그런지 동굴이라면 의례히 있어야 할 습기도 없어 쾌적했다.

두 개의 동굴은 하루가 지나기 전에 일행의 마음을 푸근하게 만들어줄 안식처로 변했다. 지낼 곳이 생기자 마음이 든든해져서인지 사람들의 얼굴에 한결 여유가 생겨났다.

일행은 거처를 만든 후 동굴 앞 공터에 모여 앉아 두런두런 이야기를 나누며 해가 지는 것을 구경했다. 그리고 별 쏟아지는 밤이 오자 각자의 동굴로 들어가 잠을 청했다. 어제 해안가에 임시로 만든 노숙지에서 자던 것과는 또 다른 달콤함이 일행을 찾아왔다. 그건 오랜만에 느껴보는 집의 편안함이었다.

새로운 환경이 사람에게 주는 흥분은 그리 오래가지 않는다. 단 이삼 일이 지나도 사람은 금세 자신이 처한 환경에 익숙해지게 마련이었다. 허소산 일행도 마찬가지였다. 섬에서의 사흘째가 되자 사람들의 얼굴에 무료함이 떠올랐다.

섬은 바쁘게 움직이는 것이 단 하나도 없었다. 먹는 것조차도 숲으로 내려가면 지천으로 널린 과일과 작은 동물들 그리고 바닷가에 발만 디뎌도 구할 수 있는 해산물이 즐비했다. 본래 사람이란 먹고사는 문제가 가장 중요한 법인데 그 문제가 쉽게 해결되자 일행은 딱히 할 일이 없었다.

할 일이 없으니 시간도 느리게 흘러갔고, 그 느림은 사람들을 지치게 만들었다.

"이렇게는 살 수 없는데……."

문득 감천홍이 중얼거렸다. 이 무료함은 해적선에 잡혀 옥에 갇혀 있던 그 막막함과도 비슷했다. 그들은 섬에 갇혀 버린 것이다. 좀 더 넓고, 좀 더 많은 하늘을 볼 수 있는 옥이란 것이 다를 뿐, 섬은 곧 그들에게 또 다른 뇌옥이나 마찬가지였다.

"뭘 할 수 있을까요?"

감천홍의 옆에 앉아 있던 허소산이 중얼거리듯 물었다. 그러자 감천홍이 무심히 고개를 저었다.

"글쎄. 이 작은 섬에서 뭘 할 수 있을까?"

그러자 한동안 침묵을 지키고 있던 원보가 불쑥 입을 열었다.

"살아야지."

"네?"

허소산이 되물었다.

"사람이 숨을 쉬고 있으면 할 일은 단 하나다. 사는 것, 사는 것이 사람에게 주어진 천명인 것이다. 할 일은 찾아보면 되는 것이고… 이 섬이든, 한 평의 뇌옥이든, 아니면 천하에 나간다

해도 결국 사는 것일 뿐 다를 것은 없다. 그러니 평소에 하던 대로 살면 돼. 감 녹사!"

원보가 편하게 감천홍을 불렀다.

"예, 어르신!"

"관에 나가지 않을 때는 무얼하고 지냈소?"

"아이들과 시간을 보냈지요. 어려서 어미를 잃은 아이들이라 제 손길이 필요했지요."

"아이들과 어떤 일을 했소?"

"글을 가르치고, 옛 이야기를 들려주고……."

"좋소. 그럼 오늘부터 아이들에게 계속 그 일들을 해주시구려. 그게 사는 것 아니겠소? 무인도에 갇혔어도 아이들에게 글을 가르칠 수는 있지 않겠소?"

원보의 말에 감천홍이 뭔가를 깨달은 듯 고개를 끄덕였다.

"그렇군요. 그런 일들을… 찾으면 되겠군요."

"그렇소. 그게 사는 것 아니겠소? 그렇게 할 수 있는 일을 하면서 살아봅시다. 사람이 적을 뿐 여기도 세상이니까. 소산아!"

원보가 이번에는 허소산을 불렀다.

"네, 어르신!"

"넌 어떤 할 일이 있느냐?"

그러자 허소산이 잠시 생각에 잠겼다가 입을 열었다.

"두 가지 일을 해볼래요."

"그래? 두 가지씩이나? 어떤 일이지?"

원보가 호기심을 보였다.

"첫째는 무공 수련을 제대로 해봐야겠어요. 이렇게 시간이 많았던 적은 없으니까."

"옳거니. 그도 좋지. 본래 무인들은 일부러 폐관수련도 하니까. 그래, 다음은?"

"이곳에서 사는 것들을 조사해봐야겠어요."

"그게 무슨 소리지?"

"제가 원래 사냥꾼에 약초꾼이었거든요."

"하하, 그러니까 여기서도 약초꾼으로 살겠다?"

"혹시 약초가 필요할지도 모르잖아요?"

"그렇지. 그럴지도 모르지. 재미있는 일이겠구나. 그러자면 섬 곳곳을 모두 돌아봐야 할 테니 시간도 좀 걸리겠고."

원보가 고개를 끄덕였다. 그러자 이번에는 허소산이 원보에게 물었다.

"어르신은 무슨 일을 하실 거예요?"

"나? 내게도 할 일이 있다. 일단 몸을 좀 더 추슬러야겠다."

"아직도 완전히 회복된 것이 아니에요?"

"보통 사람의 몸으로는 완전히 회복됐지. 하지만 무인의 몸으론 부족하다. 예전의 나로 완전히 돌아가려면 시간이 걸릴게다. 얼마나 걸릴지 알 수 없지만… 어쨌든 이렇게 모두가 할일이 있으니 그나마 다행이군. 내일부터는 바쁘겠어. 하하!"

원보가 짐짓 웃음을 흘렸다.

원보의 말처럼 그 다음 날부터 섬 안의 사람들은 각자의 삶을 바쁘게 살아가기 시작했다.

허소산은 자신의 결심대로 두 가지 일에 몰두했다. 아침에는 한적한 장소를 찾아 무공을 수련하고 오후에는 석산 아래로 내려가 수림 속에서 섬에서 나는 약초와 독초 그리고 동물들을 하나하나 알아갔다. 남방의 섬이라 그런지 허소산이 평소보지 못했던 기화이초들의 사방에 널려있었고 이름을 모르는 동물들도 여럿 발견할 수 있었다.

시간이 지나면서 허소산에게는 또 하나의 일이 생겼다. 그건 섬에서 발견한 기화이초들을 캐와 거처 주변에 작은 정원을 만드는 일이었다. 지대가 높아 잘 자랄 수 있을까 걱정도 했지만 일행의 거처는 석산에서도 가장 따뜻한 곳이라 옮겨 심은 기화이초들은 이내 보기 좋게 자라 작지만 풍성한 정원을 이뤘다.

감명과 감아라는 시간이 날 때마다 허소산을 도와 정원을 함께 만들고 그들이 만든 정원에서 감천홍으로부터 글을 배웠다. 그러는 사이 사람들이 놀랄 일이 또 하나 생겼다.

바로 허소산의 학식이었다. 처음 감천홍은 허소산이 스스로 사냥꾼의 아들에 약초꾼임을 자처했으므로 학문에 대해선 그리 큰 기대를 하지 않았었다. 그런데 가끔씩 두 아이가 감천홍으로부터 배운 글들을 어려워할 때마다 허소산이 그 뜻을 쉽게 설명해주는 것이었다. 그런 사실을 알게 된 감천홍은 허소산의 학문이 범상치 않음을 눈치챘고, 급기야 어느 날 허소산을 불러 학문에 대한 문답을 나누게 되었다.

문답 이후 감천홍과 원보의 허소산을 보는 눈은 또 한 번 달라졌다. 허소산의 학식은 그들이 지금껏 경험한 그 어떤 준재들보다도 뛰어났다. 두 사람은 그런 허소산이 이런 고립무원의 무인도에서 살아야한다는 것을 무척 안타까워했다. 물론 그들 자신도 무인도 생활이 행복한 것은 아니었지만 허소산이 큰 인물로 성장할 수 있는 기회를 놓치게 되는 것이 아닐까 하는 안타까움이 더 컸던 것이다.

그러나 허소산은 그런 두 사람의 걱정과 달리 그 자신에게 놀라울 정도로 완벽한 시절을 보내고 있었다. 이유는 여러 가지가 있을 수 있지만 가장 중요한 것은 무인도에 독(毒)이 많다는 것이었다. 독초와 독충 그리고 독을 지닌 물고기들까지……. 무인도의 보이지 않는 이면에서는 독을 지닌 생물들이 우글거렸다. 그리고 그런 독들은 허소산에게 있어 하늘이 내려준 보물과도 같았다.

천독공은 독으로 사람을 상하게 하는 무공은 아니지만 독이 없으면 수련할 수 없는 무공이었다. 독기를 흡수해 그 기운으로 내공을 쌓는 이 무공에서 독은 반드시 필요한 존재였다. 그 독이 산재한 무인도는 그래서 허소산이 천독공을 수련하기엔 더없이 좋은 장소였던 것이다.

허소산은 사람들의 눈을 피해 숲으로 들어간 시간에는 독들을 찾아 다녔다. 그리고는 은밀히 독을 흡수한 후 거처로 돌아와선 그 독들을 천독공으로 정화했다.

물론 겉으로 드러난 허소산의 무공 수련은 금강밀공과 이산공 그리고 풍로검에 국한되어 있었다. 그중에서 풍로검의 수련 또한 무척 조심스럽게 이뤄지고 있었는데 그건 풍로검이 살검이었기에 원보나 감천홍의 시선을 의식하지 않을 수 없기 때문이었다.

하지만 다른 사람들이 보지 않은 곳에서의 수련은 천독공과 풍로검에 집중됐다. 시간이 지나면서 그 두 가지 무공이 험난한 강호를 살아가는 데 있어서는 금강밀공과 이산공보다 훨씬 유용한 무공이란 것을 깨달았기 때문이었다.

그렇게 무인도에서의 시절이 흘러갔다.

第六章

세월

독경 讀經

철썩철썩!

해안가 붉은 암벽으로 파도가 밀려와 거친 포말을 일으켰다. 산산이 부서진 물방울들이 다시 바다로 돌아가 먼 곳으로 여행할 준비를 했다. 그 암벽의 중앙, 나는 새도 쉬어가지 못할 위태로운 곳에 한 청년이 서 있었다. 헤어진 옷 사이로 드러나는 굴강한 근육들이 청년의 강인함을 고스란히 드러냈다.

청년의 손에는 한 자루 긴 작살이 들려 있었는데 청년의 눈은 요동치는 수면을 응시하고 있었다. 그의 눈에서는 바다 깊숙한 곳까지 뚫을 듯한 푸른 정광이 흘러나왔는데 그건 젊음이 가져다주는 생동감과는 또 다른 빛이었다. 그렇게 얼마나 시간이 흘렀을까. 문득 청년의 발이 암벽을 찼다.

팟!

암벽을 떠난 청년의 몸이 허공에서 멋진 곡선을 만들어내더니 돌고래처럼 바닷속으로 파고들어갔다.

광!

물방울은 거의 튀지 않았다. 그저 작은 돌 하나가 바다에 빠진 듯한 소음이 잠시 일었을 뿐이다. 청년의 신형은 물속으로 들어간 뒤 한동안 그 모습을 보이지 않았다. 어쩌면 자살을 했을지도 모른다고 생각할 정도의 시간이 흐른 순간, 갑자기 커다란 물결을 일으키며 청년의 신형이 바다 밖으로 솟구쳤다.

파아앗!

솟구치는 청년의 몸 주위로 바닷물이 시원한 폭포수를 이루며 떨어져 내렸다. 그런데 곧이어 청년을 뒤따라 바다위로 올라온 작살에는 예닐곱살 소년만한 크기의 번들거리는 물고기가 꿰어 있었다.

"소산 오라버니 잡았군요!"

갑자기 바닷가 암벽과 이어진 모래사장에서 한 소녀의 목소리가 들려왔다. 소녀는 열대여섯 살은 되어 보였는데 이제 막 소녀에서 여인으로 변해가는 얼굴을 하고 있었다.

"그래, 잡았다!"

"역시 오라버니세요. 명이 오라버니는 어디서 뭐하나 몰라?"

소녀가 주위를 돌아보며 투덜댔다. 그러자 갑자기 왼쪽 바닷속에서 불쑥 한 소년이 모습을 드러냈다.

"나도 한 마리 잡았지."

소년은 대략 십육칠 세 정도의 나이로 보였는데 그 건장함이 이십대 청년에 못지않았다. 그의 손에는 꿈틀거리는 문어 한 마리가 들려있었는데 문어는 촉수들을 이용해 소년의 팔을 완전히 휘감고 있을 만큼 컸다.

"오라? 문어네. 명이 오라버니도 오늘은 한 건 했네요."

"흥, 아라 넌 매일 날 놀려먹지만 사실 나도 괜찮은 어부거든."

"그래도 소산 오라버니만은 못하죠."

"아아, 소산 형님이야 본래 바다에서나 육지에서나 타고난 사냥꾼이니 내가 어떻게 따라가겠어!"

소년이 한탄하듯 말하자 커다란 고기를 작살에 꿴 청년이 싱그러운 웃음을 흘리며 두 소년 소녀에게로 다가왔다.

"그래. 명이 넌 타고난 학자이고, 난 타고난 사냥꾼이지."

청년의 말에 소년이 손을 내저었다.

"어디 가서 그런 말 마세요, 형님의 학문이 저보다 열 배는 뛰어난걸 아는데. 아무튼 오늘 저녁도 해결됐네요."

"그래. 그만 돌아가자꾸나. 어르신들이 기다리고 계시겠다."

"예, 형님. 아라야, 가자!"

"알았어요, 오라버니. 그런데 소산 오라버니."

"왜?"

"진주는 언제 찾아 주실 거죠? 분명 이곳에 진주조개가 있다고 했잖아요."

"아차, 오늘도 그걸 잊어버렸네. 다음엔 분명히 가져다주마."

"칫, 이럴 때 보면 소산 오라버니는 절대 천재가 아니라니까. 약속을 이렇게 잘 잊어버리다니."

"누가 나더러 천재라든?"

"할아버지와 아버지 두 분 다 매일 소산 오라버니는 천재라고 칭찬하시잖아요. 그래서 나와 명 오라버니는 매일 아버지께 꾸중을 듣고."

"오라. 그게 불만이었구나?"

"그러니 좀 적당히 똑똑한 척하시라구요. 우리도 좀 편히 살게요."

"하하하, 알았다, 알았어. 앞으로는 조심하마."

청년이 햇살 아래 밝은 웃음을 흘렸다. 소년과 소녀는 그런 청년을 눈부시게 바라봤다. 청년은 이제 스무 살이 갓 넘은 허소산이었다.

푸른 기운이 허소산의 몸을 감싸고 있었다. 달빛 때문은 아니었다. 오늘 밤은 달이 없어 별들이 저마다의 빛으로 세상을 밝히고 있었다. 허소산은 그들이 거처에서 서북쪽으로 이어진 외도로 연결된 곳에 자신만의 수련장을 만들어 놓고 있었다.

허소산은 대부분의 시간을 이 암벽 중간의 수련장에서 보냈는데 가끔은 이곳에서 밤을 새고 돌아가 원보를 서운하게 만들기도 했다. 오늘도 역시 허소산은 늦은 밤까지 외진 수련장에서 천독공의 수련에 열중하고 있었다.

허소산이 이렇게 외진 곳에 수련장을 만든 이유는 다른 사람의 방해를 받지 않고 무공을 수련하기 위함이었는데 특히나 천독공과 풍로검의 수련에는 반드시 필요한 장소였다.

허소산의 몸을 감싸고 있던 푸른빛들이 어느 순간 서서히 꿈틀대며 회전하기 시작했다. 마치 별빛이 내려앉아 허소산의 몸 주변에 은하수를 만들 듯, 그렇게 허소산을 감싼 푸른빛들은 신비로웠다.

"알 수 없는 아이야."

한 순간 외도의 중간 지점에서 늙은 사람의 목소리가 흘러나왔다. 원보였다. 허소산이 외진 곳에 수련장을 만든 이유를 모르는 것은 아니지만 원보는 가끔 이렇게 허소산의 수련장을 방문했다. 특히나 밤늦게까지 허소산이 돌아오지 않을 때는 걱정된 마음에 수련장을 방문에 허소산의 안전을 확인하고 거처로 돌아가곤 했다.

"저 기운의 정체를 모르겠어. 공력이 삼매의 경지에 이르러 자연스레 발현되는 현상인지 아니면 저 아이가 익힌 신공의 특징인지 알 수가 없단 말이야. 만약 저것이 저 아이의 순후한 공력 때문이라면 아마도 저 아이는 무림 역사상 가장 놀라운 속도로 삼매에 이른 아이로 기록될 것이다."

원보가 나직한 탄성과 함께 중얼거리며 팔짱을 꼈다. 좀 더 허소산의 수련을 지켜볼 요량이었던 것이다. 그러는 사이 허소산의 몸을 휘감으며 용트림을 하던 푸른빛들이 한순간 허소산의 전신으로 빨려 들어갔다.

"저 현상도 기이하구나. 보통의 경우는 흘러나온 진기의 기운들은 입이나 코를 통해 회수되는 법이거늘 저 아이는 온몸으로 진기를 발출하고 회수하니……. 무리를 벗어난 무공을 익히고 있는 것 아닐까? 아니, 그렇다면 분명 몸과 마음에 이상이 있어야 하는데 저 아이는 누구보다 건강하거든, 정신과 몸이 모두. 알 수 없는 무공이다."

원보가 다시 한 번 고개를 저었다. 그때 허소산이 살짝 눈을 떴다. 그러자 그의 눈에서 한순간 파란 청광이 나타났다 사라졌다.

"오셨어요?"

운기를 끝낸 허소산이 고개도 돌리지 않고 원보의 존재를 알아챘다.

"이 녀석, 귀신이 다 되었구나. 보지도 않고 내가 온 것을 알다니."

"이제 어르신의 기척은 너무 익숙해서 백 장 밖에 계셔도 알 수 있지요."

"후후, 그건 익숙함 때문이 아니라 네 무공이 그만큼 진보했기 때문이란다. 잠시 지켜보았지만 정말 특별한 무공을 익히고 있구나. 그래 몸에는 이상이 없는 거지?"

원보가 확인하듯 물었다.

"걱정 마세요. 전 건강해요. 보시는 바와 같이!"

"후후, 하긴······."

원보가 나직하게 웃음을 흘렸다. 그러다가 다시 허소산을 보며 물었다.

"오늘도 여기서 밤을 새울 생각이냐?"

"검을 좀 수련할까 해서요."

"풍로검 말이냐?"

이제 원보도 풍로검의 정체를 알고 있었다. 천독공은 숨길 수 있어도 풍로검의 존재는 원보와 같은 고수에게 숨기기 힘들었다. 그 검식 일초만으로도 원보는 풍로검이 살검이라는 걸 알아챌 수 있는 고수였던 것이다. 그러나 원보는 풍로검이 하모극으로부터 전수된 것이고 하모극이 허소산에게 풍로검을 전한 이유를 듣고는 풍로검의 수련을 반대하거나 걱정하지 않았다. 그도 허소산의 심성이 풍로검의 살기를 제어할 만하다고 생각하는 모양이었다.

"풍로검은 이런 밤중에 수련해야 제맛이죠."

"하하. 그렇기는 하구나."

원보가 고개를 끄덕였다. 살기가 강한 검법이니 밤이 어울리는 것은 당연한 일이었다.

"한 수 겨뤄볼까?"

문득 원보가 허소산을 보며 말했다.

"웬걸요. 상대가 돼나요?"

"누가 말이냐? 내가 네 상대가 아니라는 거냐?"

"어르신도 참! 어르신 같은 고수를 제가 어떻게 상대하냐는 거죠."

그러자 원보가 고개를 저었다.

"아니, 어쩌면 내가 질지도 모르지."

"그런 말씀 마세요. 어른신이 온전히 몸을 회복하신 것을 알고 있어요."

허소산의 말에 원보가 고개를 끄덕였다.

"맞다. 이제 내 몸은 완전히 회복됐다. 그러나 너도 성장했지. 솔직히 말해 난 지금껏 너와 같은 무인을 본 적이 없다. 두 해 전부터 너의 무공을 가늠할 수도 없었고. 그래서 더욱 겨뤄 보고 싶구나."

"알았어요. 그럼 한 수 배울게요."

허소산이 선선히 비무에 응했다. 기실 허소산은 무공을 수련하면서도 한 번도 원보와 비무를 한 적이 없었다. 본래 무공이란 실전을 통하면 그 성장의 폭이 훨씬 큰 법이다. 그래서 무공을 수련하는 사람들은 실전이 부족할 때 비무를 하게 마련인데 허소산은 그 비무를 원보에게 단 한 번도 청하지 않았다. 어쩌면 그건 천독공을 원보에게 드러내고 싶지 않았기 때문일 수도 있었다.

그런 허소산이 오늘 원보와의 비무를 받아들인 데는 나름대로의 이유가 있었다. 허소산은 며칠 전부터 자신의 몸밖으로 흘러나가는 진기에서 독의 기운을 온전히 없앨 수 있는 경지를 경험하고 있었다. 다시 말해 그가 내공을 극도로 끌어올려도 체내의 독기를 밖으로 드러내지 않을 수 있다는 말이었다.

독의 기운은 이제 그의 단전에서 양처럼 순후해져서 마치 정공을 수련한 사람처럼 맑은 기운으로 변해 있었다. 물론 그것으로 독성이 완전히 사라졌다는 의미는 아니었다. 언제라도 그 기운은 치명적인 독기로 변할 수 있었다.

그럼에도 불구하고 그가 외부에 독의 기운을 드러내지 않을 수 있게 된 것은 천독공 다섯 개의 단계 중 독정(毒井)과 독류(毒流)의 단계를 지나 산독(散毒)의 경지를 완성했음을 의미하는 것이었다.

산독이란 어찌보면 독을 외부로 흘려내는 기술을 의미하는데 그건 천독공이 가지고 있는 기본적인 원리, 즉 독의 기운을 흡수해 적공을 하는 수법과는 조금 다른 류의 비결이었다. 산독이 일컫는 경지는 독을 그 기운과 순수한 독으로 체내에서 분리할 수 있는 경지를 의미했다.

독을 기운과 순수한 독물로 분리하는 것은 어찌 보면 독을 정제한다는 의미도 있었고, 달리 보면 해독의 수법이라고 볼 수도 있었다. 또 달리 보면 독에서 순수한 기운만을 뽑아내는 또 다른 적공의 비법이라고도 할 수 있으니, 그 효용이 무척 방대한 비결이었다.

덕분에 허소산은 체내의 기운에서 독의 기운을 제거할 수도 있고, 다른 한 편으로는 세상에서 가장 순수한 독을 몸속에 만들 수도 있었다. 아마도 천독공의 네 번째 단계인 무형독(無形毒)의 경지는 그렇게 모인 순수한 독이 하나의 절대지독을 형성하는 단계를 의미할 터였다.

쓰임은 다르지만 산독의 효능 중 하나로 무공을 전개할 때 그의 진기에서 독기를 완벽하게 제거할 수 있게 되었으므로 오늘 원보와의 비무에 있어서도 독기를 드러내지 않을 수 있게 된 허소산이었다. 그러니 이제 더 이상 원보와의 비무를 마다할 이유가 없었다.

스르릉!

원보의 허리춤에 매달려 있는 도갑에서 번쩍이는 빛과 함께 도가 뽑혔다. 원보는 일단 비무를 시작하자 지금까지의 다정다감하던 노인이 아니었다. 그 눈빛만으로 상대를 베어 버릴 것 같은 치열함이 원보의 표정에서 드러났다.

'고수는 상대가 누구든, 어떤 싸움이든 최선을 다한다.'

허소산이 내심으로 과거 하모극이 그에게 무공을 전수할 때 해주었던 말을 생각했다. 고수란 모든 싸움에 거짓이 없다는 말인데, 칼을 뽑을 때는 자신의 모든 것을 던져 최선을 다하라는 의미의 당부였다.

그런 의미에서 보자면 원보는 충분히 고수의 자격이 있는 사람이었다. 그의 무공이 하모극이나 다른 만재사신, 혹의 망산오선의 경지를 넘었는지는 허소산으로서도 알 수 없었다. 원보 역시 자신이 모든 것을 드러낼 기회가 없었기 때문이다. 그러나 한 가지 분명한 점은 원보에게 그런 사람들과 어깨를 나란히 할 충분한 자격이 있다는 것이었다. 혹은 그들보다 더 강한 사람일 수도 있었다.

허소산도 천천히 검을 들어 올려 가슴 앞에 세웠다. 그리고
는 검을 왼쪽으로 조금 틀어 사선을 만들며 수비의 초식도, 방
어의 초식도 아닌 자세를 취했다.

애초부터 검이 검집을 벗어나 있었으므로 풍로검 제일결의
절학인 발검술을 보일 기회는 잃었지만 그 기수식만으로도 상
대를 긴장시키는 기이한 기수식이었다.

원보가 허소산이 검을 들자 한 걸음 뒤로 물러났다. 의도하
지 않아도 차가운 살기가 흐르는 허소산의 검세를 죽여 보려
는 의도였다. 그러자 허소산이 원보를 향해 한 걸음 다가섰다.

풍로검은 적의 사혈을 파고는 드는 살초들로 이루진 검법이
다. 검이 검집을 벗어나면서부터 검 끝은 언제나 상대의 사혈
에 겨냥되어 있는 것이 풍로검의 특징이었다.

그래서 그 검의 겨냥을 당한 상대는 풍로검의 시전자를 상
대하는 내내 긴장의 연속일 수밖에 없었는데, 그 긴장 속에 한
치의 허점이라도 보이면 풍로검은 사정없이 상대의 사혈을 끊
어 놓는 것이다.

허소산이 그렇게 한 걸음 다가서자 원보가 이번엔 아예 홀
쩍 몸을 날려 오장여 뒤로 물러났다.

사사삭!

원보가 한 번에 거리를 벌리자 허소산이 미려한 보법을 밟
으며 원보를 따라붙었다. 순간 원보가 가볍게 땅을 찼다.

슈우욱!

원보의 신형이 어두운 밤하늘로 솟구쳤다. 별만이 가득한

하늘에 원보의 몸이 괴물처럼 둥실 떠올랐다. 그런데 그 순간 원보의 도에서 한 줄기 빛이 번쩍였다.

원보의 도는 정확히 초승달 모양의 빛을 만들어냈다. 그리고 그 초승달처럼 유려하게 휘어진 도기가 무서운 속도로 허소산을 향해 떨어져 내렸다.

'월출도라 하셨던가?'

허소산은 원보의 이 도법에 대해 얼추 알고 있었다. 달밤에 아름다운 선을 그려내는 그의 도법을 보고 그 이름을 물었을 때 원보는 도법의 이름이 월출도라고 했었다.

그러나 수련할 때는 한없이 아름답던 월출도가 정면에서 상대하자니 풍로검 못지않게 살기 어린 도법으로 변했다.

팟!

허소산의 몸이 미끄러지듯 왼쪽으로 이동하며 월출도의 도세에서 벗어났다. 그리고 월출도의 위쪽으로 일초의 검식을 전개했다.

슈욱!

도가 지나간 빈틈을 타고 허소선의 검이 원보의 가슴 사혈을 찔렀다. 순간 원보가 빙글 신형을 회전하더니 만월을 그리듯 둥글게 도를 회전시켜 허소산의 검을 쳐 냈다.

깡!

검과 도가 부딪히며 한줄기 섬광이 일었다. 동시에 두 사람의 신형이 십여 장의 거리로 멀어졌다.

뒤로 물러난 원보의 눈에 은은한 놀람의 빛이 서렸다. 반면 허소산의 얼굴은 평온했다. 수십 년 적공의 원보를 상대하고도 평정심을 유지하고 있다는 것은 허소산의 공력이 원보를 능가하는 경지에 있다는 것을 의미했다. 원보로서는 놀라지 않을 수 없는 일이었다.

"조심하거라."

원보가 한마디 경고를 흘리고는 다시 허공을 치솟았다. 그리고는 번개처럼 다섯 번의 칼질을 했다.

번쩍!

원보의 도가 다섯 번의 선을 그리자 금세 다섯 개의 초승달이 만들어졌다. 다섯 개의 초승달은 마치 류이 던져지듯 번갈아 회전하며 허소산을 향해 날아들었는데 그 날카롭기가 날선 칼을 그대로 집어던진 것 같았다.

순간 허소산의 검이 움직였다.

슈우욱!

허소산의 검은 날아오는 다섯 개의 도기를 막아내는 대신 그 도기 속으로 뚫고 들어갔다. 그러면서 미세하게 검이 흔들렸는데 그 미세한 움직임에 다섯 개의 도기가 살짝 살짝 방향이 틀어지면서 허소산이 뚫고 지나갈 공간을 만들었다.

팟!

허소산의 몸이 한순간에 도기를 뚫고 나와 번개처럼 원보를 향해 뛰어들었다.

"음!"

원보가 침음성을 흘리며 재빨리 도를 휘둘렀다. 순간 그의 몸 앞에 둥근 반월이 생겨났다.

창!

다시 한 번 날카로운 소성이 장내에 터져 나왔다. 어느새 다가온 허소산의 검이 원보가 만들어내는 반달 모양의 도기에 부딪히며 터져 나온 소리였다.

순간 허소산이 재빨리 허공으로 몸을 띄우더니 몸을 빙글 회전시켰다. 그러자 그의 신형이 번개처럼 원보의 오른쪽으로 돌아갔다. 원보가 허소산의 움직임을 놓치지 않으려고 재빨리 몸을 돌렸다. 그러나 허소산의 움직임이 너무 빨라 찰나의 순간 허소산의 머리 하나쯤의 공간을 놓쳤다. 그리고 그 순간 허소산의 검이 원보의 머리 뒤쪽으로 다가왔다. 원보가 그 기세만으로 검의 위치를 짐작하고 도를 휘둘렀다.

창!

검과 도가 허공에서 격돌했다. 그리고 이번에는 두 사람 모두 뒤로 물러나지 않았다. 두 사람은 도와 검을 맞대고 서로의 얼굴 세 뼘 정도의 거리까지 다가섰다. 그렇게 얼마나 지났을까. 문득 원보가 한 줄기 미소를 지으며 말했다.

"더 버티면 추하겠지?"

"아뇨. 충분한 힘이 남아 계시잖아요."

허소산이 대답했다.

"하지만 네가 사정을 두지 않았다면 이미 내 목이 먼저 날아갔겠지?"

"어르신은 분명 피해내셨을 겁니다."

"후후후, 끝까지 내 체면을 세워주는군. 좋아. 소산, 비무는 끝이다."

원보가 훌쩍 도를 회수했다. 그러자 허소산도 검을 거둬들인 후 다섯 걸음 뒤로 물러나 원보에게 깊이 허리를 숙여보였다. 그러자 원보가 마주 포권을 해보이며 말했다.

"오늘 경험하기 힘든 검식을 보여줘 고맙구나."

"오히려 제가 큰 가르침을 얻었어요."

"겸양할 것 없다. 네게 더 이상 타인의 가르침은 필요없을 것이다, 오직 너 자신과의 싸움만이 남아 있을 뿐. 무공이란 그런 거다. 어느 순간이 오면 스승도, 비결도 밟고 올라서야 하는 거지. 그게 무공이다. 이젠 네 스스로의 무공을 찾을 시기가 된 것 같구나."

말이 쉽지 지금 원보가 한 말은 무공을 익힌 무인에 대한 최고의 찬사였다. 본시 자신만의 무공을 찾아낸 사람을 사람들은 대종사라 부르는데 원보는 지금 스무 살의 허소산에게 대종사의 길을 가라고, 이미 그 길에 들어섰다고 말하고 있었다.

"과찬이세요."

"아니, 과찬이 아니다. 그렇다고 자만도 말거라. 강호에서 대종사의 칭호를 얻은 사람들은 하나같이 네 나이에 너 정도의 성취는 이루었으니⋯⋯."

"명심하겠습니다."

"뭐, 그렇다고 대종사가 많은 것은 아니지. 고금을 통틀어도 손에 꼽을 정도니. 그렇게 보면 조금 자만해도 되겠다. 하하하!"

원보가 기분 좋은 웃음을 터뜨렸다. 그러자 허소산도 빙그레 미소를 짓더니 이내 원보 앞으로 다가왔다.

"오늘은 동굴에 가서 자지요."

"오라. 아부를 떠니 함께 자겠다는군. 종종 아부를 떨어야겠는걸?"

원보가 다시 한 번 시원한 웃음을 터뜨렸다.

감천홍은 언제나처럼 꼿꼿한 자세로 앉아 목판에 무엇인가를 쓰고 있었다. 그건 그가 섬에 머무는 육 년의 세월 동안 하루도 빠짐없이 하는 일이었는데 아이들을 가르칠 나무 책을 만드는 것이었다. 섬에 종이가 없으니 부드러운 나무를 깎아 만든 판자에 글을 새겨 아이들을 가르칠 목책을 만드는 것이 감천홍이 선택한 일상이었다.

"소산!"

문득 감천홍이 허소산을 불렀다.

"부르셨어요?"

허소산이 그와 원보가 사용하는 동굴 입구에서 검을 손질하고 있다가 감천홍이 부르는 소리를 듣고 그에게 다가왔다.

"읽어봐라."

허소산이 다가오자 감천홍이 글이 쓰여진 판자를 건넸다. 열 개의 판자에 조밀하게 쓰여진 글씨들은 감천홍이 서법에도 일가견이 있다는 것을 보여주고 있었다.

"중용인가요?"

"그래. 틀린 글자가 없느냐?"

"아저씨가 언제 틀리게 적으신 적이 있나요?"

"또 모르지 않느냐? 천재의 머리를 좀 빌려보자꾸나."

"중용은 저도 정확하게 기억하지 못해요."

"그래도 한번 읽어보려무나."

감천홍의 권유에 허소산이 열 개의 목판을 하나하나 살피기 시작했다. 그렇게 일각여가 흐른 뒤 허소산이 입을 열었다.

"제가 보기에는 틀린 곳이 없는 것 같은데요."

"그래? 아직은 내 머리가 쓸 만한가 보구나."

"어사대 최고의 학문을 지니셨던 분이니 틀릴 리가 있나요."

"누구 그러든?"

"지난번에 명이가 그러더군요."

"녀석 아비 자랑이나 하고……."

그렇게 말하면서도 감천홍은 허소산의 말을 부인하지 않았다. 그 자신의 학문에 대한 자신감은 충분한 모양이었다.

"문무를 겸전하셨으니 고려에 남아 계셨다면 큰일을 하셨을 텐데요."

"후후, 그렇지도 않구나."

허소산이 화제를 돌리자 감천홍이 씁쓸한 미소를 지으며 고개를 저었다.

"무슨 말씀이세요?"

"너도 잠시 개경에 있어봐서 알겠지만 고려의 조정은 그 시작부터 호족들의 세상이었다. 그들의 세력을 등에 업지 않으면 절대 자신의 뜻을 펼칠 수 없지. 그런데 그들의 도움을 얻으려면 그들이 요구하는 일을 해야 하거든. 난 그렇게 융통성 있는 사람이 아니다."

대쪽 같은 자신의 성품으로는 조정에서 크게 중용되지 못했을 거란 말이었다. 감천홍의 성정을 알고 있는 허소산에게 이해가 가는 말이기도 했다.

"하지만 미련은 있으시죠?"

"애민(愛民)의 마음을 가지고 벼슬을 하고 있었으니까. 하지만 이것도 좋다. 만약 해적선을 타지 않았다면 어찌 이런 자유를 만끽할 수 있었겠느냐. 선사들이 세상을 버리고 산으로 들어가는 이유를 이제야 알겠구나. 세상은 한 사람의 기개로 변하지 않으니… 그래서 그들이 그리했겠지."

"그들… 이라뇨?"

허소산이 우울한 감천홍의 표정을 살피며 물었다. 기실 어사대 녹사 벼슬의 감천홍이 해적들에게 잡힌 것은 쉽게 이해할 수 없었다. 해적들이 아무리 대담해도 조정의 관리를, 그것도 서슬 퍼런 어사대의 녹사에게 손을 대기란 여간 어려운 일이 아니었다.

"그런 일이 있구나."

사연의 깊음 때문인지 감천홍이 쉽게 입을 열지 않았다.

"고려로 돌아가서야 할 이유가 있으시군요?"

허소산이 물었다.

"글쎄다. 예전에는 반드시 돌아가야 한다고 생각했지. 가서 잘못된 것을 바로 잡아야한다고. 그렇게 생각했었다. 그런데 지금은 모르겠다. 그것이 과연 이 자유를 포기할 만큼 가치있는 일인지……."

감천홍이 목판을 조심스럽게 정리하며 중얼거렸다. 그 목소리에서 감천홍의 깊은 고뇌가 느껴졌다.

'무엇이 아저씨를 이렇게 고뇌하게 하는 걸까? 고려에서 무슨 일이 있었던 걸까? 원보 어르신도 그렇고, 하나같이 사연없이 해적선에 탄 사람이 없구나. 아… 아버지……'

허소산이 고개를 돌려 북쪽 바다를 바라봤다. 그곳에 중원이 있을 것이고 그 어딘가에 허산왕이 있을 것이다. 그리고 그의 성정대로라면 어쩌면 허산왕은 무서운 마인이 되어 있을지도 모른다. 그에게 허소산은 전부였으니까.

"꼭 찾아갈게요."

허소산이 나직하게 중얼거렸다. 그러자 목판을 정리하던 감천홍이 깊은 눈으로 허소산을 응시했다. 그러나 그 역시 허소산에게 더 이상 질문을 하지는 않았다.

무인도에서의 삶은 단조로웠다. 사람들은 모두 각자의 일에 열중했다. 그것이 세상과 동떨어진 이 뇌옥 같은 섬에서 삶을 이어갈 수 있는 유일한 방법이기 때문이었다.

문득문득 고립감이 그물처럼 몰려와 그들의 정신을 침범하려 할 때마다 사람들은 더더욱 자신의 일에 몰두했다. 그리하여 그들은 그들이 세상에 있었다면 이를 수 없는 깊은 경지의 세계로 들어가고 있었다.

원보와 마찬가지로 감천홍도 무예를 익히고 있었다. 그가 무(武)보다는 문(文)에 더 가치를 두는 사람이기는 했지만 그렇다고 무를 등한시하는 사람은 아니었다.

그는 정기검(正氣劍)이라는 검술을 익히고 있었는데 그건 대대로 어사대의 관리들이 수련하는 검법이었다. 본시 어사대의 사람들은 관리들의 부정부패나 반역의 모의를 감찰하는 사람들이었으므로 문무의 겸전은 필수적이었던 것이다.

그러나 정기검이 정갈하고 뛰어난 검법이기는 하나 무의 세계에 사는 무사들의 눈에는 온전히 마음에 차는 검법은 아니었다. 관리들이 공통적으로 수련하는 검법에는 그 경지의 한계가 분명했던 것이다.

그런데 그런 정기검의 한계를 뛰어넘을 수 있는 기회가 감천홍에게 주어졌다. 무인도에서 살기 시작한지 일 년여가 지났을 때부터 감천홍은 웬일인지 원보에게 무공의 가르침을 청했고, 하룻밤 감천홍과 이야기를 나눈 원보는 두말 않고 자신의 무공을 감천홍에게 전수하기 시작했던 것이다.

무인도에 들어왔을 때의 감천홍 나이가 사십대 초반, 그런 그에게 새로운 무예를 익히는 것은 결코 쉬운 일이 아니었지만 그의 굳건한 의지는 원보도 놀랄 만큼의 성취를 이뤄냈다. 그리하여 육 년이 지난 지금 감천홍의 검법은 강호에 나가면 일류고수의 반열에 들 만큼 뛰어난 경지에 이르렀던 것이다.

물론 그렇다고 하더라도 그의 무공이 허소산이나 원보의 무공과 견줄 수는 없었다. 이 두 사람의 무공은 처음부터 절대의 신공을 바탕으로 이뤄진 무공이었기에 감천홍이 가늠할 수 있는 경지를 훨씬 넘어서고 있었다.

감명과 감아라 역시 아버지 감천홍의 핏줄을 이어 받아서인지 문무 양쪽에 한결같이 뛰어난 감각을 지니고 있었다. 원보는 두 아이에게도 무공을 가르쳤는데 어떤 면에서는 두 아이에게 가르치는 무공의 세계가 감천홍에게 전한 무공보다 더 고절한 것이었다.

그건 원보가 감천홍과는 달리 두 아이를 온전히 자신의 전인으로 생각하고 무공을 전수했기 때문이었다. 그러므로 실전적인 검술을 전수받은 감천홍과는 달리 두 아이는 무공의 기초인 심법부터 착실하게 원보의 무공을 계승하고 있었다.

가끔 두 아이는 허소산에게도 무공을 배우려 했다. 그러나 허소산은 두 아이에게 무공을 가르치지 않았다. 이유는 두 가지였다. 천독공은 섬 내의 그 누구에게도 노출되지 않은 무공이었으므로 전할 수 없었다. 또한 금강밀공과 이산공 그리고 풍로검은 하모극에게 전해받은 무공이었으므로 그의 허가가 있어야만 타인에게 전할 수 있는 무공들이기 때문이었다.

어쨌든 그렇게 끝없이 이어지는 수련 속에 세월이 흘렀고, 이제 사람들은 다시금 저마다 무인도의 밖의 세상, 그들의 가슴속에 하나씩의 사연을 품고 있는 그 세상을 꿈꾸기 시작했다.

*　　　*　　　*

우르릉!

무인도가 온통 먹구름에 휩싸였다. 무인도는 일 년 중 거의 절반이 폭풍에 잠겼다. 허소산 일행이 무인도로 들어오게 된 것은 우연이 아니었다. 이곳이 난파선의 무덤 같은 곳이 된 데에는 그럴 만한 이유가 있었던 것이다.

섬으로 난파된 배를 밀어오는 해류도 해류였지만 연중 절반을 몰아치는 섬 주위의 폭풍이 그 무엇보다 무인도를 배들의 무덤으로 만든 주된 이유였던 것이다. 덕분에 허소산 등이 무인들에 들어온 이후에도 일 년에 서너 척의 난파선들이 무인도를 찾아들었다. 물론 뼈만 앙상하게 남은 배에 살아 있는 사람의 그림자는 찾아 볼 수 없었다.

그 폭풍이 다시 섬을 덮치고 있었다. 폭포수처럼 떨어지는 빗줄기는 수목을 쓰러지게 만들었고, 강력한 바람이 나무뿌리를 통째로 뽑았다. 그러나 무인도의 숲은 그 손실을 단 열흘이면 복구하는 놀라운 생명력을 가지고 있었기에 허소산 등은 불어대는 폭풍을 걱정하지 않았다.

"어, 시원하다!"

원보가 동굴을 밖으로 쏟아지는 빗줄기들을 보며 말했다.

"길이 또 엉망이 되겠어요."

허소산이 퉁명스레 대답했다.

"그래야 할 일이 좀 생기지."

"그렇긴 해요. 요즘 들어서는 무공 수련도 지루해요."

"그렇지? 나도 그렇다. 솔직히 이 나이에 수련을 더 한들 얻을 것도 없고… 이제는 이 섬을 나가고 싶구나."

원보가 섬을 나가고 싶다는 말을 한 것은 이번이 처음이었다. 허소산이 뜻밖의 말을 한 원보를 돌아봤다.

"고려로 가고 싶으세요?"

"소산 내 나이가 올해 몇인 줄 아느냐?"

"글쎄요. 육십은 넘으셨지요?"

"흐흐흐, 네놈이 날 놀리는 거냐? 이 섬에 들어올 때 이미 육십은 넘었었다. 올해로 딱 예순일곱이구나."

"정말요? 전혀 그렇게 보이지 않으세요."

"내가 좀 젊어 보이기는 하지. 그래서 해적들이 날 팔아먹을 생각을 했을 테고. 어쨌든 이제 칠십을 바라보는 나이니 내가 살면 얼마나 살겠느냐? 그러니… 조바심이 생기는구나. 난 고려에서 매듭지어야 할 일이 있거든."

"어르신은 적어도 백 세는 넘기실 테니 걱정 마세요."

"이크, 징그러운 소리를 하는구나."

"아뇨. 정말이에요."

"흠… 오랜 산다니 기분이 나쁘진 않군. 하지만 어쨌든 이 나이가 되면 언제 어느 때 무슨 일이 생길지 모른단다. 그러니 할 일이 있으면 서둘러 매듭을 지어야 해."

"도대체 고려로 돌아가서 하실 일이 뭔가요?"

허소산이 정색을 하며 물었다. 물론 이들 무인도의 사람들은 각자의 과거에 대해 자신만의 비밀을 가지고 있었지만 그 중에서도 원보의 과거가 가장 알려지지 않은 편이었다. 그러나 허소산의 질문에 원보는 오늘도 대답을 하지 않았다. 그저 무섭게 내리는 폭우에 시선을 주고 있을 뿐이었다. 그러다가 문득 입을 열었다.

"그날도… 이렇게 무섭게 비가 내렸지. 소산, 난 말이다. 고려로 돌아가면 누군가에게 꼭 물어보고 싶은 말이 있단다."

"……?"

허소산이 침묵으로 질문을 대신했다. 그러자 원보가 혼잣말처럼 중얼거렸다.

"도대체 왜 나에게 그래야만 했는지… 그 모든 일들이 거대한 거짓의 세월이었는지, 그걸 물어봐야겠어. 그래야만 난 과거로부터 자유로워질 수 있을 게다."

원보의 얼굴에 폭풍이 몰고 온 먹구름보다 더 어두운 우수가 깃들었다. 허소산은 문득 하나의 구절이 머리에 떠올랐다.

만 가지의 독 중 가장 무서운 독은 심독(心毒)이라……. 심독을 다루는 자 천하를 얻게 되리라.

'어르신도 깊은 심독에 당하신 것일까?'

그날 밤 폭우는 그치지 않고 섬을 강타했다. 그 어느 때보다도 강렬한 폭풍에 섬이 난도질당했다. 상처 입은 섬이 곳곳에서 울부짖었지만 섬의 사람들은 동굴 밖으로 나가 섬을 돌볼 수 없었다. 한 발만 밖을 내디뎌도 거친 바람에 날아갈 것 같기 때문이었다.

그렇게 혼돈의 밤이 지나고 아침이 왔다. 바람은 새벽이 가까워졌을 때 잦아들었지만 비는 여전히 내리고 있었다. 그러나 사람들은 이미 바람의 향기에서 이번 폭풍도 끝나가고 있다는 것을 알고 있었다.

빗줄기가 가늘어지고, 빛이 다시 자신의 온기로 세상을 감싸안을 때 문득 부지런한 감명의 목소리가 들려왔다.

"저것 봐요. 배예요."

감명이 전하는 소식은 새로울 게 없었다. 언제나 폭우 끝에는 섬으로 배들이 찾아들었기 때문이다. 아쉬운 것은 그 배에 산 사람이 없을뿐더러 배도 더 이상 제구실을 할 수 없다는 것이었지만. 그런데 다시 감명의 목소리가 들려왔다.

"난파된 배가 아니에요."

감명의 말에 동굴안 사람들이 거의 동시에 밖으로 뛰어나왔다. 이슬 같은 보슬비가 아직은 폭풍의 여운을 전하고 있었지만 그걸 상관할 사람들이 아니었다. 성한 배라면 장장 육 년의 세월 동안 기다린 배였다. 그러니 어찌 보슬비에 젖는 일을 마다할 수 있을 것인가?

"어디냐?"

감천홍이 서둘러 감명에게 물었다.

"저기요."

감명이 손을 들어 섬에서 수백 장 떨어진 바다를 가리켰다. 배는 아직 섬으로 밀려든 것이 아니었다. 그러나 움직이는 방향이 섬 쪽인 것은 확실했다. 두 개의 돛 중 하나는 가운데가 부러져 있었고, 다른 하나는 바람에 찢어져 돛이 아니라 깃발처럼 날리고 있었다.

"네 말이 맞구나. 배는… 그래, 상하지 않은 듯하다."

감천홍이 고개를 끄덕였다.

"가보세."

원보가 서둘러 산을 내려가며 말했다.

쏴아아!

바다에 비가 아무리 많이 온들 그 태가 날 리 만무하지만 오늘은 왠지 무인도에 바닷물이 좀 더 많이 밀려들어온 듯싶었다. 해류는 여전히 거칠었고, 바닷물에 떠내려 온 이름 모를 배들의 잔해들도 해안가 이곳저곳을 어지럽히고 있었다.

배는 어느새 섬의 백여 장 안쪽으로 들어서고 있었다.

"저 정도의 배가 표류를 한다는 건 이해하기 어렵군. 운이 나빠 이 무인도의 해류에 휩쓸렸다 해도 지금쯤이면 사람이 나와 물길을 잡을 수 있을 터인데……?'

원보가 가랑잎처럼 해류에 휩쓸려오는 배를 보며 고개를 갸웃했다. 배의 상태는 돛대가 하나 부러진 것과 성한 돛대에 달린 돛이 찢어진 것 말고는 큰 문제가 없어 보였던 것이다.

"이곳에서 잠시 쉬어가려는 걸까요?"

허소산이 물었다.

"글쎄다. 그렇다고 해도 저렇게 배를 방치하며 다가오지는 않을 텐데……."

"일단 경계를 해야지 않겠습니까?"

감천홍이 다가오는 배를 주의 깊게 살피며 말했다.

"음, 그렇군. 일단 뒤로 물러나지. 혹 화살이라도 퍼부으면 재미없는 일이 될 테니까."

원보가 해안가에서 멀어지며 말했다. 그러자 다른 사람들도 일제히 원보를 따라 해안가를 떠나 숲의 그늘로 들어갔다. 그런데 그때 갑자기 배 안에서 날카로운 소성이 터져 나오기 시작했다.

차차창!

한 번 터져 나온 격렬한 격돌음은 시간이 지나도 끊이지 않고 이어졌다. 갑작스런 소란에 허소산 등의 경계심이 더욱 깊어졌다.

"잘들 살피게. 무슨 일이 벌어질지 모르니."

원보가 일행에게 당부를 하는 사이 어느새 배는 바람처럼 밀려들어 해안가 모래사장 깊숙이 그 머리를 들이박았다.

콰아악!

배가 모래에 박히며 오른쪽으로 한참을 기울어졌다. 그러자 그 충격에 배에서 터져 나오던 격돌음이 잠시 멎었다. 그러나 그도 잠시 배의 움직임이 완전히 멎자 다시금 요란한 병장기 소리가 배에서 흘러나오기 시작했다.

차창!

"모두 베어라!"

날카로운 목소리가 격돌음 중에 터져 나왔다.

"오랑캐들인 모양이군."

원보가 중얼거렸다.

"한어를 쓰는 것 같습니다만."

감천홍이 의아한 표정으로 묻자 원보가 고개를 끄덕였다.

"우리 입장에서야 고려 밖에 있으면 모두 오랑캐지."

"그런 의미시라면……."

"왜, 자네도 유학을 신봉하는 사람이라 중원의 사람들을 오랑캐라 부르는 것이 걸리는가?"

"꼭 그런 것은 아닙니다만……."

"뭐, 그야 상관없는 일이고, 이 먼 남해 바다까지 와서 싸움질을 하고 있다니 보통 원한이 있는 자들이 아닌 모양이야?"

"아니면 배에서 반란이 일어났을 수도 있지요."

허소산이 말했다.

"반란? 음, 그도 그럴 듯하구먼. 보자……. 상선 같지는 않은데? 그렇다고 관선도 아니고, 해적선은 더더욱 아닌 것 같고. 뭘 하는 작자들일까?"

원보가 새삼스레 배에 탄 사람들에게 관심을 보이는데 문득 배에서 예닐곱 명의 사람이 배 밖으로 뛰쳐나왔다.

"쫓아!"

배 안에서 날카로운 음성이 터져 나오더니 다시 십여 명의 사람이 앞서 배에서 뛰어내린 자들을 쫓아 바다로 뛰어들었다.

"숲으로 간다!"

도주하는 사람들 사이에서 다급한 목소리가 흘러나왔다.

"멀리 가지 못할 거요. 지 장로, 결국 이 섬이 당신들의 무덤이 될 테니."

쫓는 자들의 입에서 살기 어린 음성이 터져 나왔다.

촤아악!

도망자와 추격자들이 파도를 가르며 모래사장으로 뛰어 올랐다. 그리곤 섬의 숲을 향해 일제히 질주하기 시작했다.

第七章
금림혈사(金林血事)

독경
讀經

"어쩌죠?"

도주자들의 방향이 자신들 쪽으로 향하자 감명이 당혹스런 표정으로 물었다. 감천홍이든 원보든 얼른 그의 질문에 대답을 달라는 듯 두 사람을 번갈아 보면서. 그러자 원보가 대답했다.

"일단 싸움을 멈추게 해야지."

"관여하시겠단 말입니까?"

감천홍이 놀란 눈으로 물었다. 강호에서 타인의 은원에 관여하는 일은 모두가 꺼리는 일이었다.

"어쩔 수 없잖은가? 우린 이 섬을 나가야 하고 그러자면 배가 필요해. 배를 타려면 저들의 일에 관여치 않을 수 없네."

"아, 배!"

그제야 감천홍은 그들이 드디어 육 년 만에 이 무인도를 떠날 기회를 잡았다는 걸 떠올렸다. 그들의 눈앞에서 벌어지는 싸움의 뒤쪽에 이 섬을 떠날 수 있는 배가 정박해 있었다. 비록 돛 하나는 부러져 있지만 얼마간 손질을 하면 분명 그들을 이 섬에서 뭍으로 데려갈 수 있는 배였다.

"그리고 이 섬은 좁아서 숨어 있을 곳도 없네."

원보가 한 가지 이유를 더 말하고는 훌쩍 신형을 날려 숲을 벗어났다.

"웬 자냐?"

원보의 출현은 도망자들이나 쫓는 자들 모두를 놀라게 했다. 그들도 이 섬이 무인도인 줄 알았던 모양이었다. 그런데 낡고 낡아 더 이상 바람을 피할 수 없는 옷을 입은 노인이 불쑥 나타나자 양쪽 모두 놀랄 수밖에 없었다. 그뿐인가. 그 노인의 뒤쪽으로 건장한 청년과 중년인, 그리고 두 명의 소년 소녀까지 모습을 나타냈으니 일단은 서로의 싸움을 중단할 수밖에 없었다.

"누구냐?"

처음 질문은 도주하던 자들의 입에서 다음 질문은 추격하던 자들의 입에서 흘러나왔다.

"이 섬의 주인이오."

원보가 천연덕스럽게 말했다.

"섬의 주인?"

추격자들 중 날카로운 눈매의 노인이 되물었다.

"그렇소. 아주 오래전부터 이 섬은 우리들의 것이었소. 해서 손님을 마중하러 나왔는데… 이것 참, 기이한 손님들이시구려. 어디서 온 분들이오?"

원보가 정말 섬의 주인이라도 된 것처럼 물었다. 그러자 도망자와 추격자들 모두 당혹스런 표정을 짓다가 이내 도망자들 중 눈에 띄게 고귀해 보이는 여인이 입을 열었다.

"우린 오산금림의 사람들이에요."

"오산금림! 강호팔황의 그 오산금림 말이오?"

"그래요. 우린 바로 그 오산금림의 사람들이에요."

"오산금림이라… 팔황 중 가장 신비하다는 금림의 사람들이 어찌 오늘 이 지경에 처하신 거요? 저들은 누구요?"

원보가 추격자들을 가리키며 물었다. 그러자 여인이 추격자들을 노려보며 소리쳤다.

"저들은 오산금림의 반역자들이에요!"

"소림주! 말을 함부로 하지 마시오. 누가 금림의 반역자란 말이오?"

추격자들 중 처음 입을 열었던 날카로운 인상의 노인이 차갑게 반박했다.

"그대들이 반역자가 아니면 누가 반역자인가? 감히 림주님을 유폐하고 간계한 술책으로 소림주님을 죽이려 하고 있지 아니한가?"

이번에는 여인의 곁에서 검을 든 채 추격자들을 노려보고 있던 한 노인이 일갈했다.

"오산금림이 어찌 림주 일족의 것이오. 오산금림은 애초부터 한 사람의 것이 아니었소. 오산금림에 영웅호걸이 모래알처럼 많은데 어찌 어린 여아에게 금림의 대사를 맡긴단 말이오? 이는 오산금림을 몰락으로 몰아갈 일이란 말이오. 우린 오산금림의 파멸을 막기 위해 부득이하게 검을 들었을 뿐이오."

"소림주께서 천고의 기재란 사실은 천하가 모두 인정한 일이다."

"그래 봐야 아직 어리고 약한 여인일 뿐이오. 결코 팔황의 난세 속에서 오산금림을 이끌 수 없소."

"소림주를 중심으로 오산금림이 뭉쳤다면 금림은 팔황을 넘어서 독패의 시대를 열어갈 수도 있었을 것이다. 그런데 그대들의 그 알량한 권력욕이 이 모든 것을 망친 것이다. 이렇게 사분오열된 금림이 어찌 팔황의 다른 패자들을 상대할 수 있을 것인가! 아, 아직도 그대들의 잘못을 깨닫지 못하다니……!"

"지 장로 그대가 생각하듯 오산금림은 사분오열되지 않을 것이오. 림주의 혈족이 사라진다고 금림이 사분오열될 거란 생각은 너무 단순한 생각이오. 결국 금림의 형제들은 새로운 금림을 세우는 데 동의하게 될 거요. 그게… 세상이란 걸 그대도 알지 않소? 그러니 지 장로 그대도 우리와 함께합시다. 그대라면 림주가 없어도 금림을 하나로 모을 수 있을 것이오."

"나 지우상은 더러운 권력보다 명예로운 죽음을 택하겠다.

아니, 반드시 살아서 그대들의 행동에 보답을 해주겠다. 종우군, 이 반란은 결코 성공할 수 없어.”

“지 장로, 내가 그대를 대접해 주는 데도 한계가 있소. 더 이상 우리 일을 방해한다면 그대라 해도 죽이지 않을 수 없소. 그대는… 적으로 살려두기엔 너무 위험한 인물이니까.”

“자신있다면 와서 죽여보라!”

지우상이라 불린 노인이 두어 걸음 앞으로 나서며 종우군이란 노인을 도발했다. 그러나 종우군은 그 자리에서 움직이지 않았다.

“지 장로, 난 그렇게 어리석은 사람이 아니오. 우리 십이장로 중 홀로 그대의 무공을 상대할 사람이 거의 없다는 건 나 자신이 더 잘 알고 있소. 지금 우린 무공을 겨루려는 게 아니라 생사를 가르려는 것이니 어찌 그대와 애꿎은 무공 대결이나 하고 있을 수 있겠소.”

“흥, 무인으로서 부끄러움을 모르는구나.”

“무인… 그렇지. 당신은 무인이지. 하지만 난 그저 칼 든 사람일 뿐이오. 비웃어도 좋지만 난 무척 실리적인 사람이 아니었소?”

“이 소문이 강호에 퍼지면 그대들은 얼굴을 들고 강호에 나서지 못하리라.”

“하하하, 누가 있어 오늘의 일을 강호에 전한단 말이오? 금림의 변란조차도 강호엔 미담으로 전해질 거요. 림주께서 스스로 우리에게 금림을 맡기고 홀연히 은거했다는 이야기로 말이오."

"세상의 눈은 그렇게 허술치 않다."

지우상이 차갑게 말했다.

"걱정 마시구려. 절대 오늘의 일이 밖으로 새어나가는 일은 없을 테니. 물론 똑똑한 자들이야 짐작은 할 테지만 누구도 증거가 없이 함부로 입을 놀리지 못할 거요. 특히 오늘 이 섬에서의 일은 더더욱. 왜냐하면 그대들 중 살아남을 사람이 없을 테니까."

종우군이라 불린 노인이 차가운 살기를 흘리며 말했다. 그런데 그때 문득 원보가 두 사람의 대화에 끼어들었다.

"잠깐잠깐, 갑자기 내 물어볼 말이 있소."

"너 따위가 낄 자리가 아니다."

종우군이 벌레 보듯 원보를 보며 말했다.

"내가 왜 댁 따위에게 말을 걸지 못하겠소? 이 섬은 내 집이고 주인은 객에게 질문할 자격이 있는데!"

"네가 정녕 죽고 싶은 모양이구나. 걱정 말고 기다리거라. 어차피 죽어야 할 목숨이니."

"아! 질문을 하기도 전에 대답을 하니 당신은 정말 뛰어난 사람이구려. 내가 묻고 싶었던 것이 바로 그거요. 당신은 오늘 이곳에 있는 모든 사람을 죽이겠다고 했는데 그 모두에 우리도 포함되느냐고 물으려고 했었던 것이라오. 그런데 이렇게 미리 대답을 해주다니. 역시 오산금림의 장로님은 다르군."

원보가 자신들을 죽이겠다는 종우군의 말에도 별반 두려움을 느끼지 않는지 여유롭게 대꾸했다. 그러자 종우군이 살짝 아미를 좁혔다. 원보에게서 심상찮은 기운을 느꼈기 때문이었다. 그때 원보가 이번에는 지우상을 보며 물었다.

"그대에게도 한 가지 질문이 있소."

"말해보시오."

지우상은 처음부터 원보 일행이 보통 인물들이 아님을 느끼고 있었기에 위급한 중에도 최대한 정중하게 대답했다.

"사실 우린 지난 육 년 동안 이 섬에 갇혀 있었소. 섬을 떠나자면 배가 필요한데 지난 육 년 동안 이 섬에 온 배는 저렇게 부수어진 난파선들뿐이었소. 그런데 오늘 이렇게 오산금림의 배가 이 섬을 방문했소. 혹 이 섬을 떠날 때 배에 우리의 자리를 마련해 줄 수 있소?"

원보의 질문에 지우상의 눈빛이 한차례 번쩍였다. 원보의 말속에는 자신들을 도울 수도 있다는 의미가 내포되어 있기 때문이었다.

"물론 우리 오산금림의 사람들은 길 잃은 자들을 외면하지 않소."

"음, 좋소. 그럼 거래는 성립됐소. 어떠신가?"

원보가 감천홍을 돌아봤다. 그러자 감천홍이 고개를 끄덕였다.

"불의를 보았으니 그냥 넘어가는 것도 도리는 아니지요."

"후, 누가 어사대 녹사 아니랄까 봐. 어쨌든 반대는 아니란 말이군. 소산, 너는?"

"저야 어르신 결정이면 따라야죠."

"좋다. 그럼 오늘 한바탕 칼춤을 춰야겠군. 감 녹사는 싸움에 끼지 말고 아이들을 잘 보살피시오."

"알겠습니다."

감천홍이 고개를 끄덕였다. 그러자 원보가 다시 시선을 돌려 종우군을 보며 말했다.

"당신에게도 한 가지 제안을 하겠소."

"흥, 거렁뱅이의 제안 따위 듣고 싶은 생각이 없다. 목숨을 거두면 그뿐인 것을……."

"허허, 싸움은 말리고 거래는 붙이랬다고 하지 않았소? 그러니 일단 들어나 보시오. 우리는 이 섬에서 육 년 동안 지내며 제법 그럴듯한 거처를 마련했소. 정원도 있고, 수련장도 있고, 당연히 밤이슬을 피해 아늑하게 잘 수 있는 곳도 있소. 그러니 그대들은 오늘부터 이 섬에서 지내는 것이 어떻겠소?"

"하하하, 우리더러 이 섬에 남고 너희들은 떠나겠다?"

"본래 그게 세상의 이치 아니겠소? 오는 사람이 있으면 가는 사람도 있는 법이니……."

"후후후, 그렇게 좋은 곳이라면 너희들이나 영원히 이 섬에 머물도록 하여라."

"저런, 이 거래를 받아들이지 않으면 생사가 불명할 텐데?"

"풋, 이따위 언쟁을 벌일 이유가 없지. 모두 쳐라! 한 목숨도 살려두지 마라. 오늘의 일은 이곳에서 영원히 묻혀야 한다."

갑자기 종우군이 살명을 내렸다. 그러자 그의 뒤에 있던 십여 명의 사내가 일제히 도검을 치켜들고 지우상 일행과 허소산 일행을 향해 덮쳐 왔다.

차앙!

맑은 검음이 허공으로 번져 갔다. 허소산의 검이 눈앞에 다가온 적의 검을 막아내며 일으킨 소리였다.

'만만치 않은 자들이다.'

허소산은 벼락처럼 자신에게 달려든 사내의 검에서 느껴지는 둔중한 무게감에 번쩍 경계심이 들었다. 이들이 오산금림의 고수들이라는 사실이 새삼스레 그의 머리에 떠올랐다.

'오산금림은 팔황 중 가장 신비한 곳이라던데 과연 그 무예가 범상치 않구나. 하지만 그렇다고 죽을 수는 없지!'

허소산의 신형이 갑자기 그 자리에서 아래로 꺼졌다. 그러자 상대의 몸이 앞으로 쏠리며 훌쩍 허소산의 머리를 날아 넘었다. 순간 허소산이 대나무 휘듯 뒤로 허리를 젖히며 번개 같은 일검을 뻗어냈다.

팟!

소름끼치는 파공음이 허소산의 검에서 일어났다.

"웃!"

오산금림의 고수가 닥쳐드는 서늘한 살검의 기운을 본능적으로 느끼고 헛바람을 흘려내며 몸을 옆으로 틀었다.

삭!

허소산의 검이 아슬아슬하게 적의 옷깃을 스치고 지나갔다.

"놈!"

오산금림의 고수 입에서 노성이 터졌다. 허소산의 검을 피해낸 그의 검이 번개처럼 움직여 지나치는 허소산의 등을 내려쳤다. 그런데 그 순간 허소산의 신형이 기이한 각도로 꺾이더니 갑자기 상대의 품 안쪽으로 파고들었다.

"엇!"

갑작스런 허소산의 움직임에 오산금림의 고수가 당혹해하는 사이 허소산을 향해 내려친 그의 검이 허소산 몸 뒤쪽으로 떨어져 내렸다. 그사이 허소산은 어느새 상대의 가슴팍으로 파고들어 강력한 일권을 내지르고 있었다.

쿵!

허소산의 일권이 오산금림 고수의 명치에 격중했다.

"컥!"

급소를 가격당한 오산금림의 고수가 숨이 멎는 신음성을 터뜨리며 휘청거렸다.

탁!

순간 연이어 허소산의 오른발이 상대의 오금을 가격했다. 그러자 오산금림의 고수가 무릎이 부러진 듯 그 자리에 한쪽 무릎을 꿇으며 주저앉았다.

"죽고 싶지 않으면 그대로 있어요."

무릎을 꿇으면서도 검을 들어 허소산을 상대하려던 오산금림 고수의 목에 허소산의 검이 와 닿았다.

"네… 놈……?"

오산금림의 고수가 자신의 패배를 받아들일 수 없다는 듯 허소산을 노려봤다.

"당신은 졌어요. 난 사람을 해하지는 않지만 그렇다고 내 목숨을 함부로 내놓지도 않아요. 그러니 당신이 반항하면 나도 어쩔 수 없이 당신을 벨 수밖에 없지요. 그러지 않길 바라요."

허소산의 말에 오산금림의 고수가 수치심으로 부들부들 몸을 떨다가 힘없이 검을 내려놓았다. 목숨은 언제든 그 무엇보다 중요한 것이었다.

"잘 생각했어요."

허소산이 만족한 듯 고개를 끄덕이고는 재빨리 손을 뻗어 상대의 혈도를 제압했다. 그러자 오산금림의 고수가 잠자듯 모래사장 위에 몸을 뉘였다.

"도대체 뭐하는 놈들인가?"

오산금림의 노고수 종우군이 당혹스런 얼굴로 중얼거렸다. 추격자들이 도망자들과 허소산 일행을 덮쳐 갈 때도 종우군은 뒤쪽에 빠져 있었다. 수적으로 우세할 뿐 아니라 상대에겐 여인들과 소년 소녀들까지 섞여 있었으므로 자신이 나서지 않아도 충분히 이 싸움의 승리를 얻을 수 있다고 생각했던 모양이었다.

그런데 싸움이 시작된 지 채 일각이 지나지 않아 종우군은 자신의 판단이 잘못되었다는 것을 깨달았다. 도망자들의 실력이야 이미 알고 있는 사실이었지만 이 섬의 터줏대감을 자처하는 자들의 무공이 그의 예상과는 너무 달랐기 때문이었다.

특히나 소년 소녀를 보호하는 중년 사내를 제외하고 나머지 둘의 무공은 수십 년 강호행에서도 몇 만나보지 못한 경지의 고수였던 것이다.

"이러다가 일이… 잘못될 수도 있겠어……."

종우군이 어두운 얼굴로 중얼거렸다. 그리곤 갑자기 고개를 돌려 배가 있는 쪽을 바라보며 소리쳤다.

"모두 나와라!"

순간 기울어진 배 안에서 다섯 명의 사내가 새롭게 모습을 드러냈다. 그들은 종우군의 호출에 지체없이 몸을 날려 장내로 달려왔다.

"모두 베라! 소림주만 제외하고!"

종우군의 명에 다섯 사내가 싸움에 뛰어들었다. 그러자 팽팽하던 싸움이 추격자들 쪽으로 급격하게 기울어지기 시작했다.

"늘대를 사냥을 할 때는 말이다. 일단 그 대형을 끊고 우두머리를 잡아야 하는 법이란다."

허소산이 문득 어릴 때 허산왕에게 배웠던 사냥법을 떠올렸다. 싸움이 새롭게 가세한 다섯 명의 사내에 의해 불리하게 진행되기 시작한 순간이었다.

'늘대 사냥을 해야겠어.'

허소산의 시선이 자연스럽게 종우군에게로 향했다. 일단 싸움이 시작되자 오산금림의 고수들에 대한 두려움은 사라졌다. 대신 자신의 무공에 대한 자신감이 시간이 지날수록 강해지는 허소산이었다.

지난 육 년 사이 허소산은 자신도 모르게 강호의 절대고수로 성장해 있었던 것이다. 원보는 이미 그를 고수로 인정했지만 허소산 스스로는 오늘에서야 자신의 힘을 체감하고 있었다.

그래서 그 자신감이 이들 추격자들의 우두머리 종우군을 잡아야겠다는 생각을 만들어냈다. 허산왕으로부터 길러진 사냥꾼의 본성이 우두머리에 대한 집착을 만들어냈는지도 모른다. 하지만 그것이 싸움을 끝낼 가장 빠른 방법이라는 것은 확실했다.

천독공의 깊은 공력이 서서히 단전에 일어났다. 허소산은 마치 사냥에 나선 사냥꾼처럼 바다에서 불어오는 바람을 맞으며 종우군에게로 다가갔다. 새로운 자들을 투입해 싸움의 기선을 제압한 후 제법 여유를 찾고 있던 종우군은 그를 향해 다가서는 사냥꾼의 기척을 눈치채지 못했다.

그건 정말 기이한 일이었다. 우거진 숲도 아니고 사방이 탁 트인 모래사장에서 자신을 향해 다가오는 허소산의 존재를 느끼지 못한다는 것은 고수인 종우군에게 있을 수 없는 일이었다.

그러나 종우군은 허소산이 자신의 바로 옆에 다다를 때까지 그의 존재를 느끼지 못했다. 그리고 급작스럽게 한 자루 검이 자신을 향해 찔러올 때야 드디어 벼락 맞듯 퍼뜩 자신의 위기를 깨달았다.

"놈!"

종우군의 입에서 차가운 노성이 터져 나왔다. 이 자리에서 감히 자신에게 도전할 자가 존재한다는 것에 기분이 상한 듯, 또한 이 갑작스럽고 전율적인 살검에 놀란 듯 종우군의 신형이 핑그르르 팽이처럼 회전했다.

팟!

허소산의 검이 애꿎게 허공을 갈랐다.

'역시!'

고수일 거라 생각했지만 기습적인 자신의 일 검을 이렇게 쉽게 피해낼 거라 생각지 못했던 허소산이 급히 신형을 뒤로 물렸다.

"어딜!"

허소산의 검을 피해낸 종우군이 벼락처럼 반격을 가해왔다. 그의 검이 허공에서 한차례 그어지는 순간, 푸른빛이 번쩍거리더니 이내 허소산의 얼굴에 화끈한 기운이 느껴졌다.

깡!

허소산이 본능적으로 검을 들어 종우군의 검을 막았다.

"음!"

종우군의 입에서 한마디 침음성이 흘러나왔다. 비록 검이 날카롭기는 하지만 아직은 젊은 나이의 허소산이 자신의 일격을 막아낸 것은 의외였다. 그의 공력은 수십 년 적공으로 이룬 것인데 이제 약관으로 보이는 허소산이 자신과 필적할 만한 공력을 가지고 있다는 점은 쉽게 인정하기 힘든 일이었다.

팍!

종우군이 허소산의 뜻밖의 공력에 놀라는 찰나 허소산의 발이 강하게 종우군의 옆구리를 걷어찼다.

"흥!"

종우군이 몸을 비틀며 냉소를 흘렸다. 그런데 단순히 자신을 물러나게 하기 위해 차올렸다고 생각한 허소산의 발이 갑자기 그의 옆구리를 지나쳐 목뒤로 날아들었다.

"엇!"

이번에 당혹스런 음성이 종우군의 입에서 흘러나왔다. 허공에서 자유자재로 발의 방향을 바꾸는 허소산의 각법은 결코 무시할 수 있는 것이 아니었던 것이다.

턱!

애써 고개를 돌려 피했지만 허소산의 발은 종우군의 목덜미 대신 어깨에 걸쳐졌다.

"윽!"

순간 종우군은 천 근의 쇳덩어리가 어깨에 떨어지는 느낌을 받으며 자신도 모르게 신음성을 흘려냈다. 그 순간 이번에는 허소산의 주먹이 종우군의 가슴을 쳤다.

팡!

가죽주머니가 터지는 소리가 흘러나오며 종우군의 몸이 삼

장 뒤로 날아갔다. 허소산이 뒤로 날아가는 종우군을 따라붙으며 번개처럼 검을 뻗어냈다. 풍로검의 살검이 충격에 흔들리는 종우군의 목젖을 그대로 뚫을 것처럼 다가갔다. 그러나 마지막 순간 허소산이 살짝 검을 틀었다.

펵!

생사의 갈림길에 선 종우군은 자신의 죽음을 확신했으나 허소산의 검은 그의 목에 가는 상처를 남기며 땅 위에 쓰러진 그의 등 뒤 모래사장에 박혀들었다. 그리고 다음 순간 검 대신 허소산의 손이 종우군의 몸을 파고들었다.

퍼퍼펵!

한순간에 종우군의 전신혈도가 허소산의 손에 제압됐다. 종우군이 믿을 수 없다는 표정으로 고개를 떨궜다.

"모두 싸움을 멈춰요!"

허소산이 종우군의 신형을 앞에 두고 소리쳤다. 허소산은 평소에 절대 언성을 높이는 사람이 아니었지만 일단 고성을 터뜨리자 사자후가 터져 나온 것처럼 장내를 일순간에 압도했다. 그러자 치열한 싸움을 벌이고 있던 사람들이 일제히 도검을 멈췄다.

"이 사람을 살리고 싶다면 모두 검을 버리세요."

다시 허소산의 차가운 목소리가 흘러나왔다.

"장로님!"

그제야 종우군이 허소산에게 패해 쓰러져 있는 것을 발견한 추격자들이 당황한 목소리로 종우군을 불렀다. 그러나 종우군은 아혈까지 제압당해 그들에게 대답도 할 수 없었다.

"하하하! 소산, 소산! 역시 너로구나. 어떻게 그자를 제압했지?"

원보가 놀란 얼굴로 허소산에게 다가서며 물었다.

"운이 좋았어요. 그는 나를 너무 얕잡아 봤지요."

"후후, 고수란 자가 널 얕잡아 봤다고? 그럼 제 무덤을 판 격이군. 어쨌든 싸움은 이대로 끝날 수도 있을 것 같구나. 어떻소?"

원보가 아직 싸움의 여운이 가시지 않은 듯 붉게 상기된 얼굴을 하고 있는 지우상을 보며 물었다. 그러자 지우상이 소림주라는 여인의 앞을 호위하듯 가로막으며 추격자들을 향해 소리쳤다.

"선택은 너희들의 몫이다. 어쩌겠는가? 그의 목숨을 포기하고 계속 이 싸움을 할 것이냐? 아니면 그만 검을 내리겠는가?"

지우상이 묻자 추격자들이 쉽게 결정을 내리지 못하고 망설였다.

"우 장로 결정하시오!"

지우상이 망설이는 자들 중 작은 키에 단단한 체구를 갖고 있는 노고수를 향해 대답을 재촉했다.

"우리더러 항복을 하란 말이오?"

"항복은 필요없소. 도발을 하지 않으면 되오."

"같은 말을 어렵게 하시는구려."

"정녕 그의 목숨을 돌보지 않을 생각이오?"

지우상이 훌쩍 몸을 날려 종우군 옆에 내려서더니 종우군의 목에 검을 들이댔다. 그러자 키 작은 노고수가 얼른 입을 열었다.

"잠깐, 성급하게 행동하지 마시오!"

"대답하시오. 그의 목숨을 포기하겠소?"

"음… 나 우금이 종 노형과 의형제를 맺은 것이 이미 수십 년. 내 어찌 종 노형의 목숨을 포기할 수 있겠소."

"그렇다면 어서 검을 버리시오."

"그럴 수는 없소."

"그의 목숨도 포기할 수 없다. 검을 버릴 수도 없다. 그렇다면 어찌하겠단 말이오?"

"우리가 검을 버린다면 그대들이 우리 모두를 베지 않을 거라 어찌 장담하겠소? 그대들은 이미 우리에게 깊은 원한을 가지고 있으니……."

우금이란 노고수가 두려운 빛을 드러내며 말했다. 그러자 듣고 있던 원보가 입을 열었다.

"음, 서로가 서로를 믿지 못하니 새로운 방법이 필요하겠군."

원보가 나서자 지우상이 반가운 얼굴로 되물었다.

"노사께선 어떤 비책이 있으시오?"

"뭐, 비책이랄 것도 없소. 서로가 원하는 대로 일을 처리하면 되니까. 저들은 이곳에 남고, 우린 떠나면 되는 일 아니겠소? 그러면 저들은 목숨을 건지는 거고, 당신들과 우린 제 길을 갈 수 있으니 더 이상 피를 흘리는 것보다는 훨씬 좋은 방법인 것 같소만……."

"말도 안 되는 소리. 이 섬에 남는 것은 곧 죽는 것과 다를 바 없소. 절대 받아들일 수 없소."

오산금림의 노고수 우금이 노기를 드러내며 소리쳤다. 그러자 원보가 나지막한 목소리로 협박하듯 말했다.

"그럼 서로 마지막 한 사람까지 상대를 죽여야겠군. 배는 하나고 양쪽은 함께 갈 수 없는 적이니 섬에 남지 않겠다면 생사를 가를 수밖에. 먼저 이자의 목부터 베지. 소산이야 마음이 착해 사람의 목숨을 아껴두지만 이 원보는 그렇게 선하지 않거든."

원보가 서슴없이 도를 들어 올렸다. 단번에 종우군의 목을 칠 기세였다. 또한 원보의 표정을 보건대 상대를 겁박하기 위해 하는 행동이 아니었다. 그는 정말 종우군의 목을 벨 생각인 듯싶었다.

"잠깐!"

원보의 도가 종우군을 향해 떨어지려는 순간 우금이 다급하게 소리쳤다.

"왜 생각이 바뀌셨는가?"

"오월동주란 말이 있다. 함께 배를 타고 뭍으로 나가는 것은 어떤가?"

우금이 서둘러 다른 방책을 내놨다. 그러자 원보가 빙그레 미소를 지으며 고개를 저었다.

"안 될 말! 이미 그대들이 우리에게 살의를 가지고 있는 걸 아는데 어찌 함께 뭍으로 나갈까. 이 섬에서라면 모를까, 뭍에서는 대오산금림의 칼을 피하기 힘들지. 그대들이 말했듯이 이곳에서의 일은 이곳에 묻어두는 게 좋을 거요. 내가 이렇게 복잡한 방법을 내놓는 것은 단지 서로 피를 덜 흘리자는 의미요. 피를 보겠다면 사양치는 않겠지만 육 년 만에 뭍으로 나가는 길에 손에 피를 묻히는 것은 역시 불길하니까. 자! 선택하시오. 이곳에서 머물다 보면 우리처럼 이렇게 지나가는 배를 발견하는 행운도 깃들 것이오."

원보가 다시 도를 들어 올렸다. 그의 기세로 보건대 길게 대답을 기다릴 것 같지 않았다. 그러나 우금은 쉽게 답을 주지 못했다. 결국 우금은 자신의 도를 내렸다.

"좋소. 그대의 제안 받아들이겠소."

"후후, 잘 생각했소. 사실 다시 싸워본들 당신들이 이길 가능성은 많지 않아. 이쪽에는 아주 대단한 고수가 한 명 있어서……."

원보가 흘깃 허소산을 바라봤다. 그러자 허소산이 짐짓 시선을 돌려 다른 곳을 바라봤다.

"자, 그럼 모두들 도검을 내려놓으시오."

"우리의 목숨을 보장할 수 있겠소?"

우금이 의심 어린 목소리로 물었다. 그러자 원보가 지우상을 바라봤다.

"생각 같아서는 모두 베고 싶으나 이곳의 주인들께 폐를 끼칠 수 없으니 더 이상 검을 들지 않겠소."

"좋소. 거래는 끝났군. 그럼 우린… 떠날 준비를 해야지?"

원보가 허소산을 바라봤다. 그러자 허소산이 고개를 저으며 말했다.

"준비랄 게 뭐 있나요? 그냥 이대로 가면 돼지."

"이대로? 그래도 몇 가지 물건은 챙겨야 하지 않을까?"

"뭘 챙겨가실 건데요?"

허소산이 되묻자 원보가 곰곰이 생각에 잠겼다가 피식 실소를 흘렸다.

"생각해 보니 정말 챙겨갈 것이 없군. 녹사 나리는 어떠신가?"

원보의 물음에 감천홍이 미소를 지으며 고개를 저었다.

"빈손으로 왔으니 가지고 가야 할 물건은 없지요. 이곳에서 만든 거라곤 목판에 새긴 글들뿐인데 뭍에서야 그런 목책은 거들떠보지도 않지요."

"하하, 맞아. 이곳에선 귀중한 물건도 뭍에선 쓰레기일 뿐이지. 우린 모든 준비가 됐소. 그만 갑시다."

원보가 지우상을 바라봤다. 그러자 지우상이 가볍게 고개를 끄덕이고는 소림주라는 여인을 보며 말했다.

"소림주님, 앞서 가시지요. 너희들은 어서 소림주님을 모셔라."

지우상의 명에 여인의 곁에 있던 무복 차림의 또 다른 여인

둘이 서둘러 소림주란 여인을 호위해 배가 있는 쪽으로 걸어
가기 시작했다. 그러자 원보가 다시 지우상에게 말했다.

"먼저 가서 배를 띄우시구려. 우리가 뒤를 맡겠소."

"하지만……."

지우상이 미안한 기색을 보이며 말꼬리를 흐렸다.

"이곳은 걱정 마시오. 우리 몸 하나 지킬 능력은 되니. 감 녹
사, 자네도 아이들과 얼른 배에 오르시게."

"그럼 먼저 가겠습니다."

감천홍이 감명과 감아라를 데리고 서둘러 배가 있는 쪽으로
달려갔다. 지우상 역시 잠시 머뭇거리다가 이내 배로 향했다.

배를 움직이는 일은 그리 쉽지 않았다. 배가 모래사장 위로
일 장 정도 올라와 있기 때문이었는데 배를 움직이기 위해 모
든 사람들이 달려들어 이각여를 밀어낸 뒤에야 배가 바다에
떴다. 원보는 떠날 준비가 끝나자 허소산을 보며 말했다.

"우리도 가야 할 시간이야."

"그러죠."

허소산이 고개를 끄덕이고는 땅에 쓰러져 있는 종우군을 홀
쩍 어깨에 둘러맸다.

"종 노형을 어디로 데려가는 것이냐?"

우금이 갑작스런 허소산의 행동에 놀라 소리쳤다.

"걱정 마세요. 배가 떠나면 돌려드릴 테니. 이곳에서 기다
리고 있다가 이 양반이 바다에 떨어지면 와서 구해가세요. 설

마 이 양반의 목숨을 두고 허튼짓을 하진 않을 거라 생각해요. 가요, 어르신!"

"먼저 가거라."

원보의 말에 허소산이 고개를 끄덕이고는 배를 향해 바람처럼 달리기 시작했다.

"작별은 이곳에서 합시다. 단 한 걸음도 배가 있는 곳으로 다가오지 마시오. 당신의 의형이란 자를 살리고 싶다면!"

원보가 차가운 경고를 남기고 훌쩍 몸을 날려 허소산의 뒤를 따랐다.

"장로님, 이대로 보내실 생각이십니까?"

허소산과 원보까지 장내를 떠나자 추격자들이 우금이란 노고수를 바라보며 다급한 표정으로 물었다.

"어쩔 수 없다. 종 노형의 목숨을 두고 모험을 할 수는 없어. 더군다나 다시 싸운다 해도 승리를 장담할 수 없다. 저자들의 무공은… 우릴 능가하고 있어. 도대체 어떤 자들이기에 저런 자들이 이런 무인도에 살고 있었을까."

우금이 고개를 갸웃했다. 그러나 다른 사람들은 허소산 등에 대한 의문보다는 이 무인도에 갇혀야 한다는 사실이 더 심각한 일이었다.

"이대로 이곳에 갇히면 평생을 이곳에서 살아야 할지도 모릅니다."

다시 추격자 중 하나가 소리쳤다.

"어리석은 소리. 그럴 일은 없을 테니 걱정 마라."

"하지만……."

"지나가는 배가 없으면 배를 만들어서라도 떠날 테니 걱정 말거라."

"어떻게 배를 만든단 말입니까?"

"난파선이 적지 않고 숲에 나무도 많으니 잘하면 얼마 후 섬을 벗어날 수 있는 배를 만들 수 있을 게다. 그리고 내가 대충 이곳의 위치를 짐작할 수 있으니 일단 이곳을 벗어나면 지나가는 배를 발견하는 것은 그리 어려운 일이 아니야. 그것보다 지금 걱정해야 하는 일은 소림주의 행보다. 이렇게 떠나보내면 필히 신황림으로 갈 터인데……."

"신황림을 그리 쉽게 발견할 수 있겠습니까? 설혹 신황림을 발견한다 해도 이미 금림을 떠난 지 십 년이 훌쩍 넘은 삼왕을 만나 다시 금림으로 데려오는 일은 결코 쉽지 않을 겁니다."

"물론 그렇겠지. 삼왕이 금림을 떠날 때 다시는 금림에 돌아오지 않겠다고 했으니……. 하지만 문제는 소림주가 간다는 거다. 소림주라면 삼왕의 마음을 돌릴 수도 있어. 알다시피 삼왕은 소림주에겐 손녀와 같은 존재니까."

"그렇긴 하지요……."

"음, 모든 사람을 놓쳐도 소림주를 놓치면 안 되는 것인데… 백에 하나라도 삼왕이 다시 오산금림의 일에 관여하게 된다면 일의 성패는 가늠할 수 없는 지경에 빠지게 될 거다."

우금이란 자가 어두운 안색으로 고개를 저었다. 그러는 사이 허소산과 원보도 어느새 배에 오르고 있었다.

두 사람이 배에 오르자 하나밖에 남지 않은 돛이 펼쳐졌다. 돛은 여러 군데가 찢어져 있었지만 그래도 바람을 안아 배를 움직이기는 했다. 그리고 배에 탄 사람 중 몇몇이 양쪽으로 다섯 개씩 달린 노 중 네 개를 붙들고 힘차게 노를 젓기 시작했다.

"종 노형을 놓고 가라!"

우금이 퍼뜩 정신을 차리고는 떠나가는 배를 향해 달려가며 소리쳤다.

"이쯤에서 놓아줘도 되겠지요?"

허소산이 원보를 보며 물었다.

"그렇게 하려무나. 이제는 누구도 이 배에 오르지 못할 테니. 더군다나 활도 있고……."

그러고 보니 갑판 한쪽에 십여 개의 철궁이 화살과 함께 너부러져 있었다.

"좋아요!"

허소산이 고개를 끄덕이고는 메고 있던 종우군을 바다로 던졌다.

"자, 어서 데려가세요. 늦어서 죽으면 그건 당신들 책임이에요!"

풍덩!

종우군의 신형이 큰 소리를 내며 바다에 떨어졌다. 그러자 바람처럼 달려온 우금과 그 수하들이 종우군을 바다에서 건져

내 해변으로 데려갔다. 해변에 이른 우금이 재빨리 종우군의 전신혈도를 타격해 혈도를 풀었다.

"커컥!"

바다에 던져져 한껏 물을 먹었던 종우군이 한 사발 물을 토해내더니 번들거리는 살기를 드러내며 소리쳤다.

"놈들을 잡앗! 배를 보내면 안 된다."

"형님, 하지만 잡기 힘든 거립니다."

우금이 고개를 저으며 말했다.

"아우… 아니야. 잡아야 해! 만약의 경우 소림주가 삼왕을 불러낸다면 우리의 대업은 실패로 끝나고 말걸세. 삼족이 멸하는 것은 물론이고!"

"하지만……."

"쫓아!"

다시금 종우군의 입에서 거친 명이 떨어졌다. 그러자 그를 둘러싸고 있던 십여 명의 오산금림 고수가 일제히 바다로 뛰어들었다.

"몇 죽어야 정신을 차리겠군."

바다로 뛰어들어 필사적으로 배로 접근하는 오산금림의 고수들을 보며 원보가 중얼거렸다. 그러자 허소산이 철궁을 집어 들었다.

"화살 몇 대면 족하지요."

허소산이 세 대의 화살을 들어 두 개를 입에 문 채 한 대를 시위에 걸었다. 그리고는 서슴없이 시위를 당겼다.

팡!

날카로운 파공음과 함께 철궁을 떠난 화살이 바다로 뛰어든 오산금림 고수들을 향해 날아갔다.

퍽!

육지라도 피하기 힘든 허소산의 화살을 물속에서, 그것도 이십여 장이 채 안 되는 거리에서 맞이한 오산금림의 고수 한 명이 여지없이 어깨에 살을 맞고 물속에 고꾸라졌다. 그러자 금세 그의 주위로 붉은 피가 번져 가기 시작했다.

퍼퍽!

그런데 숨 돌림 틈 주지 않고 다시 두 대의 화살이 날아들어 당황하는 오산금림의 고수 둘을 격중시켰다.

"악!"

"억!"

두 마디 신음성과 함께 바다가 다시 붉게 물들어갔다.

"물러가라. 다음번엔 심장을 노릴 것인즉!"

원보가 전진을 멈춘 오산금림의 고수들을 보며 소리쳤다. 어느새 그 옆에서 허소산이 다시 하나의 살을 시위에 걸고 있었다. 그 기세에 오산금림의 고수들이 더 이상 견디지 못하고 부상자들을 들어 업고 해안가로 되돌아가기 시작했다.

그때 문득 오산금림의 소림주와 장로 지우상이 갑판 앞으로 나와 섰다. 그리고는 망연자실한 채 떠나는 배를 바라보고 있는 종우군과 우금을 향해 노기가 서린 음성으로 소리쳤다.

"잘들 계시오. 삼왕을 모시고 나오면 한 번 들르리다. 그때가 되면 그대들이 어떤 잘못을 저질렀는지 뼈저리게 느끼게 될 것이오. 혹, 운이 좋아 이 섬을 떠나게 된다면 돌아가 림주를 잘 모시기 바라오. 우리가 돌아갔을 때 림주님의 신변에 한 올의 이상이라도 있다면 그대들은 그 천 배의 대가를 치러야 할 거요."

쟁쟁한 지우상의 경고가 해안가에 울려 퍼졌다. 그리고 배는 드디어 바람의 힘을 받아 서서히 무인도를 벗어나기 시작했다.

第八章
땅을 밟다

독경 讀經

무인도 주위의 강한 해류는 근방을 지나는 모든 배들을 무인도로 이끌었다. 그래서 무인도에서 대해로 나오는 길은 그리 쉽지 않았다. 거친 해류를 거슬러 오르려면 강한 노꾼들이 필요했다. 가끔 바람이 바다 쪽으로 부는 날은 수월하게 떠날 수도 있지만 그런 날은 일 년에 며칠 되지 않았다.

그런데 운이 좋게도 오늘은 바람이 무인도에서 바다 쪽으로 불었다. 그것도 때맞춰 일행이 섬을 떠나려는 순간부터 불기 시작한 바람이었다.

"정말 떠날 때가 되었던 건가?"

원보가 바람을 머금은 찢어진 돛을 보며 중얼거렸다. 돛이 성했다면 아마 이미 먼 대해로 나갔을 터였다.

"그러게 말입니다. 바람의 방향이 좋군요. 이런 날은 연중에 얼마 되지 않는데……."

섬에서 얼추 배가 멀어지며 위험이 사라지자 감천홍도 감명과 감아라를 데리고 갑판에 나와 있었다. 비록 급작스럽게 떠나게 되었지만 육 년 동안 지낸 섬을 떠나는 감회가 없을 수 없는 일행이었다.

"좋은 곳이었어요."

아쉬움이 묻어나는 목소리로 허소산이 말했다.

"맞아. 좋은 곳이었지. 어느 누가 인생의 한 시절을 우리처럼 평화롭게 보낼 수 있었겠느냐? 그러니 섬에서의 생활이 복이라면 복이겠지. 그리고 보면 길흉화복은 결국 생각하기 나름인 거야."

"그렇지요. 결국 마음의 문제지요."

본래 성정이 깐깐한 감천홍이었지만 지난 세월이 그를 좀더 부드러운 사람으로 만들어놓은 듯했다.

"그런데… 어디로 가는 거지?"

원보가 배의 키를 잡고 있는 중년 사내를 보며 중얼거렸다.

오산금림의 소림주를 따르는 사람들은 모두 여섯이었다. 그중 둘은 소림주라는 여인도 어려워하는 노고수들이었고, 다른 둘은 중년의 사내들이었다. 그리고 나머지 둘은 이삼십대의 여인들이었는데 추격자들을 상대로 일전을 벌일 만큼 뛰어난 무예를 지니고 있으면서도 소림주란 여인의 곁을 떠나지 않은 것으로 보아 그녀의 시비들인 듯싶었다.

"그들과 앞으로의 일을 상의해 봐야지 않겠습니까?"

감천홍이 원보에게 물었다.

"그래야겠지. 하지만 우린 객이니 일단 그들의 행보를 따를 수밖에 없지 않겠는가?"

"그렇긴 하지만……."

감천홍은 배를 돌려 중원으로 가고 싶어하는 듯 보였다. 중원으로 나아가면 그곳에서 고려로 가는 배는 쉽게 구할 수 있었다. 그런데 그때 문득 감아라가 물었다.

"아버지, 오산금림이란 곳이 어떤 곳이에요?"

"그래요. 정말 어떤 곳이죠?"

감명도 호기심을 드러냈다.

"나도 그들에 대해선 잘 모른단다. 하지만 그들이 중원 무림의 팔황 중 한 곳이란 건 알고 있다. 그들은 무척 신비로운 집단이라고 하던데……. 노사께선 그들에 대해 잘 알고 계십니까?"

감천홍이 오히려 원보에게 질문을 돌렸다. 그러자 원보가 고개를 끄덕이며 말했다.

"그들이 강호의 신비세력이란 건 맞는 말이네. 그들에 대해선 제대로 알려진 게 없어. 그들의 본산이 어디에 있는지도 정확하지 않네. 혹자는 귀주에 있다고도 하고, 혹자는 광동에 있다고도 하지. 운남이라는 설도 있고. 하지만 오산금림의 고수들이 일단 강호에 출도하면 어느 누구도 그들을 경시할 수 없었지. 그들이 간혹 팔황에 속하는 절대삼문이나 사천맹, 그리고 남황문과 분란을 벌였지만 단 한 번도 패한 적은 없는 것으로 알려졌다네."

"뭐, 오늘 보니까 대단치 않은 것 같던데요? 어르신과 소산 형님께 패하고 말았잖아요."

감명이 어깨를 으쓱하며 말했다.

"그건 그들이 우릴 경시했기 때문이란다. 오늘의 모습이 그들의 진정한 힘은 아니지. 더군다나 그들은 이미 배 위에서 격전을 치러 무척 지쳐 있었고……. 그러니 그들을 무시하지 말거라."

원보가 감명의 방심을 걱정하며 말했다.

"하지만 어쨌든 어르신과 소산 형님이 그들보다 강한 것은 사실이잖아요?"

"하하, 명아 네 말이 맞다. 원 노사님과 소산이 있다면 우린 그 누구도 걱정할 필요가 없지."

웬만해선 호기를 부리지 않은 감천홍조차도 오늘 두 사람의 무공에 깊은 인상을 받은 듯 감명의 말을 거들었다.

"허허, 오랜만에 두 부자가 뜻이 맞는구면!"

원보도 웃음을 흘렸다. 그런데 그때 문득 오산금림의 소림주라는 여인이 두 명의 시비와 두 노고수를 대동하고 허소산 등이 있는 곳으로 다가왔다.

"여러분의 도움에 깊이 감사드려요. 전 정아원이라고 해요."

"난 지우상이라고 하외다. 이 사람은 홍목공이라고 하는데 우리 두 사람은 부끄럽게도 오산금림의 십이장로들이외다. 오늘의 도움 깊이 감사드리오. 또한 금림의 부끄러운 모습을 보여드려 민망할 따름이오."

지우상이 얼굴에 엷은 부끄러움을 담으며 말했다. 그러자 원보가 고개를 저으며 말했다.

"뭐 그리 대단한 공치사를 받을 일은 아닌 것 같소. 우리야말로 육 년 동안 갇혀 있던 섬을 떠나게 되었으니 고맙기로 따지면 오히려 우리가 더하지요. 그리고 사실 오산금림의 일이야 그리 부끄러워할 일이 아니외다. 사람 사는 곳에 평지풍파가 없는 곳이 어디 있겠소. 세상사 다 그런 거지."

"그렇게 이해를 해주시니 고맙소이다. 그런데 대협들의 존대성명을 알 수 있겠소이까?"

지우상이 조심스럽게 물었다. 섬에서 육 년 동안 살아온 사람들이었다. 이런 사람들에겐 본시 깊은 사연이 있게 마련이어서 함부로 그 이력을 묻기가 어려운 법이었다.

"이름을 말해주는 게 뭐가 어렵겠소. 난 원보라 하오. 이쪽은 감천홍이란 사람이오. 이 아이들은 감 대협의 자식들이라오. 얘들아, 어른께 인사드리거라."

원보의 말에 감명과 감아라가 수줍은 듯 조심스레 앞으로 나서며 고개를 숙였다.

"감명이라고 합니다."

"감아라예요."

두 아이가 얼른 자신들의 이름을 밝히고는 이내 감천홍의 뒤로 물러났다.

"하하, 아이들이 오랫동안 사람 구경을 하지 못해 어색한 모양이오. 소산, 너도 인사를 드리거라."

원보가 미소를 지으며 허소산을 바라봤다. 그러자 허소산이 가볍게 고개를 숙이며 입을 열었다.

"허소산이라고 합니다."

그러자 지우상이 허소산에게 관심을 드러냈다.

"허소산이라… 혹 출신을 말해줄 수 있겠는가? 자네의 무공을 얼핏 보았네만 그 나이에 그런 무공을 가지고 있다는 것이 실로 믿기지가 않아서 말이네."

지우상의 질문에 허소산이 가볍게 미소를 지으며 말했다.

"출신이라고 말할 것도 없지요. 전 본시 고려 백두의 사냥꾼이었습니다. 우연한 기회에 만재방에 들어 그곳의 고수분에게 무공을 배웠지요."

"만재방!"

지우상이 만재방의 이름을 알고 있는지 되뇌었다. 그러자 허소산이 눈을 가늘게 뜨며 물었다.

"혹 만재방을 아십니까?"

"물론 아네. 과거 해동 최고의 상가였던 만재방을 어찌 모르겠는가? 아마 수년 전에 가업을 항주로 옮겼지?"

"최근의 소식은 혹시 들으셨는지요?"

"음… 최근에는 강호의 정세에 신경 쓸 여력이 없어서 자세한 소식은 모르네. 하지만 몇 년 전 중원상계에 큰 분란이 있었는데 그 일에 만재방이 관여했다는 소문을 듣기는 했네. 이후로 그 일이 어찌 되었더라?'

지우상이 홍목공이라는 노인에게 물었다. 그러자 홍목공이 입을 열었다.

"당시 상계의 싸움에선 승자도 패자도 없었지요. 팔황의 여러 문파도 은밀히 엮여 있던 싸움이라 흐지부지 끝이 났을 겁니다. 그런데 제가 최근에 만재방의 소식을 들은 것이 있습니다만."

"오, 그러신가? 무슨 소식이었나?'

"만재방주가 가솔들을 모두 데리고 천산남로를 타고 서역으로 교역을 떠났다는 소식이었지요. 석년의 상계 싸움에서 큰 피해를 입어 특별한 타개책이 필요했다는 소식이었지요. 그래서 건곤일척의 승부를 보려고 서역상행을 떠난다고 했는데 그게 이삼 년 전의 소식이었으니까 아직은 돌아오지 못했을 겁니다. 만재방 정도의 상단이라면 대식국까지도 염두에 두고 있을 테니까요. 아마도 길면 오륙 년이 걸릴지도 모르지요. 뭐 대식국까지 가지 않는다면 곧 돌아오겠지만……."

"음… 만재방이 서역행을 하다니. 그렇게 큰 위기에 처했던 걸까?'

지우상이 고개를 갸웃했다. 그러자 홍목공이 대답했다.

"글쎄요. 그건 잘 모르겠습니다. 하지만 그런 승부수를 던질 정도면 만만찮은 상황이었겠지요."

홍목공의 대답에 지우상이 허소산을 보며 말했다.

"미안하네. 우리가 알고 있는 것은 여기까지네. 그런데 만재방의 사람이 어쩌다 이런 곳에……."

지우상의 물음에 원보가 허소산을 대신해 대답했다.

"사연을 말하자면 긴 이야기요. 우린 모두 고려 사람들이오. 고려에서 해적선에 붙들려 이곳까지 왔다가 마침 기회를 얻어 탈출했는데 그만 풍랑에 휘말려 무인도에 머물게 된 것이오."

"아, 그렇게 된 일이셨구려. 그런데 이상하구려. 노사와 이소협의 솜씨라면 해적들을 상대하는 것이 어렵지 않았을 터인데……."

"그때 난 몸이 좋지 않았고, 소산은 어린아이였소. 우리가 섬에 머문 지 육 년이니……."

"음, 그렇겠구려. 내가 잠시 그게 육 년 전 일임을 잊었소이다. 육 년이라……. 참 무던히도 힘든 시간이었겠구려."

"하하하, 웬걸요. 세상의 풍파에서 벗어나 있으니 편한 시간이었소이다. 그런데… 오산금림엔 무슨 일이 벌어진 것이오?"

원보의 질문에 지우상이 살짝 얼굴을 찌푸렸다. 그러다가 잠시 후 한숨을 쉬며 말했다.

"본래 우리 오산금림은 강호의 패권엔 관심이 없는 곳이지요. 그래서 강호출행도 극히 조심하는 바가 있었소이다."

"그건 알고 있소이다. 오산금림이 강호팔황으로 불리면서도 신비세로 알려져 있으니까 말이오."

"음… 본시 오산금림의 사람들은 세속을 피해 금림에 들어온 사람들이라 강호의 은원에 개입하는 것이 철저하게 금지되어 있소이다. 대대로 외부의 일에 관여할 때는 반드시 림주의 허락이 있어야 했소. 또한 금림에 들어오는 것은 큰 제약이 없지만 일단 금림에 몸을 의탁하면 금림을 떠나는 것은 스스로 결정할 수 없게 되어 있소이다. 오산금림의 실체가 외부로 전해지는 것을 막기 위한 불가피한 제약이었지요. 그런데 그렇게 외부의 은원에 관여치 않고 내실에 충실하다 보니 금림의 세력은 무척 강해졌소이다."

"음, 그렇겠구려. 본래 강호의 세력들은 세력 다툼으로 스스로의 원기를 훼손하는 법인데 금림은 봉문을 한 듯 지냈으니……."

원보가 고개를 끄덕였다. 그러자 지우상이 다시 말을 이었다.

"그런데 그렇게 안으로 힘이 넘치다 보니 자연히 그 속에서 야망을 품은 자들이 생기더이다."

"야망이라……. 위험한 일이지요."

"맞소이다. 그리고 그들은 정말 위험한 선택을 했지요. 금림의 전통을 지키려는 림주를 더 이상 설득할 수 없자 사람들을 규합해 반란을 일으킨 것이오. 이 반란에는 무척 많은 자들이 가담하여 지금까지도 우린 적아를 구분하지 못하고 있는 실정이라오."

"그럼 그대들은 소림주를 모시고 도주를 하고 있었던 것이구려?"

원보의 질문에 지우상이 고개를 저었다.

"글쎄올시다. 과연 도주라고 해야 할지……."

"무슨 말씀이신지?"

"사실 우린 금림을 제자리에 돌려놓기 위해 과거 금림에 몸담았던 분들을 찾아가고 있었소이다. 현재 금림은 반역자들에게 장악되어 있어 내부의 힘으론 전세를 역전시키기 어려운 상황이라서……."

"아니 도대체 오산금림과 같은 곳이 기대려는 분들은 어떤 분들이오?"

원보가 호기심을 드러내며 물었다. 강호팔황은 고수가 모래알처럼 몰려 있는 집단들이었다. 그래서 본시 한두 사람의 힘으로 그 운명을 결정지을 수 없는 곳이 강호팔황이었다. 그런데 그런 곳의 운명을 결정지을 수 있는 사람이 있다니 놀라운 일이 아닐 수 없었다. 원보의 호기심에 지우상이 서쪽을 보며 대답했다.

"본래 오늘날 오산금림이 강호의 팔황 중 한 곳으로 성장하게 된 것은 세 분의 힘이 있었기 때문이라오. 금림에선 그분들을 삼왕이라 높여 부르오. 그분들은 금림의 일에 관여하신 세월이 이십여 년 정도였소. 그런데 그 이십여 년 동안 금림은 비약적인 발전을 했다오. 그분들의 무공은… 음 일반적인 무림 고수들의 상식을 완전히 뛰어넘는 것이었소. 또한 무척 깊은 혜안을 지니고들 계셔서 그분들이 계시는 동안 금림은 그야말로 평화의 전성기를 누렸다고 할 수 있소. 오늘날 금림의 힘은 바로 그때 이뤄진 것이오. 그런데 십여 년 전 어느 날 그분들이 갑자기 금림을 완전히 떠나셨소."

"무슨 분란이라도 있었던 것이오?"

원보의 물음에 지우상이 고개를 저었다.

"그런 것은 아니오. 그분들은 단지 고향으로 돌아갈 때가 되었다는 말씀을 남기고 금림을 떠나셨소. 본래도 연중에 금림에 머무는 시간이 채 두어 달이 되지 않았지만 십여 년 전에는 완전히 금림을 떠나신 것이오."

"참으로 신비한 분들이구려. 그런데 내가 아직도 이해되지 않는 일이 있소이다."

"무엇이 알고 싶으시오?"

지우상이 되묻자 원보가 정색을 하며 물었다.

"어떻게 적과 한 배에 타게 된 것이오. 지 노사의 말씀대로라면 지 노사께서는 소림주를 모시고 은밀히 금림을 떠난 것일 터인데……."

"아, 그 일은… 음… 솔직히 말하자면 금림을 떠날 때까지만 해도 우린 그들이 적이라고는 전혀 생각지도 못했소이다."

"그 말은……."

"그렇소이다. 그들이 본색을 드러낸 것은 배에 오른 지 닷새 후의 일이었소이다. 그들도 역시 삼왕 어른의 존재를 무척 두려워했던 모양이오. 그런데 본시 삼왕 어른께서 금림을 떠날 때 그분들이 가시는 곳의 위치를 오직 소림주께만 말씀하셨소이다. 그분들이 소림주를 무척 아끼셨기 때문이오. 그러면서 그곳의 위치를 누구에게도 말하지 않겠다는 약조를 소림주께 받아내셨소이다. 해서 그분들을 찾아가려면 반드시 소림주님이 동행을 해야 했지요. 저들은 결국 소림주께서 삼왕 어른을 찾아가실 것이라 예상하고 반란을 일으킬 때부터 일부 자신들의 사람을 우리 쪽에 심어두었던 것이지요."

"음, 정말로 치밀한 자들이구려. 몇 수 앞을 내다보는 계책을 세우다니."

"반란을 주도한 자들은 십이장로 중 여덟이었소. 우리 쪽엔 나를 비롯해 네 명만이 림주를 호위했소. 그러나 결국 역부족으로 두 명의 동료가 죽었고 림주는 그들의 손에 억류되었소. 그리하여 결국 우리 두 사람은 소림주를 데리고 삼왕의 거처를 찾아 떠나지 않을 수 없었소. 그런데 그때까지는 저들의 편에선 여덟 명의 장로 중 노사께서 보셨던 종우군과 우금 두 장로는 우리 편에 서 있었소. 그래서 그들 역시 우리와 함께 배에 올라 삼왕 어른들을 찾아 나섰던 것인데 그 모든 것이 계략이었을 줄 누가 알았겠소. 배에 오른 두 명의 장로와 고수들의 삼분지 이가 결국은 반란자들 편에 서 있던 자들이었소. 그들은 유일하게 삼왕의 거처를 알고 있는 소림주에게서 삼왕의 거처를 확인한 후 우릴 바다에 수장시킬 생각이었던 것이오. 만약 폭풍이 때마침 불지 않았다면 우린 필시 그들에게 모두 죽었을 것이오."

지우상이 침울하게 지금까지 그들에게 일어났던 일의 전말을 이야기했다. 지우상의 이야기가 끝나자 장내에 잠시 침묵이 돌았다. 침통한 표정의 정아원은 당장에라도 눈물을 흘릴 것만 같았다.

"그럼 이제 삼왕이란 분들을 만나러 가시겠구려."

원보가 애써 어색한 침묵을 깼다.

"그래야겠지요. 지금으로선 한시가 급한 상황이니……."

지우상이 고개를 끄덕였다.

"그럼 이 배는 어디로 가는 겁니까?"

문득 감천홍이 물었다.

"배는 대월로 갈 것이오."

"대월이라면……?"

"그곳에서 홍강을 따라 올라가면 운남의 경계에 다다르게 되는데 그곳에서 육로를 타고 한동안 여행을 하면 삼왕 어른이 거하고 계시는 신황림에 도달할 수 있소이다."

"음… 대월이라……."

원보가 난감한 표정으로 중얼거렸다.

"무슨 문제라도 있소이까?"

허소산 등의 표정이 좋지 않자 지우상이 물었다.

"사실 우리는 중원의 어느 포구로 가는 줄 알았소이다. 대월이라면 고려로 가는 배를 찾기가 쉽지 않을 듯하여……."

"대월은 중원에서 멀리 떨어져 있지만 기실은 무역상들이 무척 많이 찾는 곳이외다. 중원으로 가는 상선도 적지 않고, 일단 대월의 대도인 승룡을 갈 예정이니 그곳에서 고려 아니면 항주로 가는 배를 구할 수 있을 것이오. 너무 걱정들 마시구려."

"음… 그렇다면 다행이지만. 이렇게 된 이상 어쩔 수 없군. 세상 구경이나 조금 더 하세나."

원보가 감천홍을 보며 말했다.

"어쩔 수 없지요. 육 년을 기다렸는데 좀 더 기다린다고 큰일이 나는 것은 아니지요."

"하하, 그렇게 생각하게. 그게 편해."

"그런데 한 가지 더 여쭤봐도 될까요?"

문득 허소산이 지우상에게 물었다.

"말해보게, 소형제."

"전 어려서부터 천하각지를 여행하고 싶은 생각이 있었어요. 그래서 세상일을 기록해 놓은 서책들을 두루 접했지요. 그중에 천하지지라는 서책이 있었는데 서책에 그려진 지도를 보면 대월로 가려면 굳이 이렇게 배를 타고 바다를 돌아가는 것은 더 먼 길이 아닌가요? 오산금림이 소문대로 귀주에 있다면……?"

허소산의 질문에 지우상이 고개를 끄덕였다.

"소형제의 말이 맞네. 사실 우린 무척 멀게 길을 돌아가고 있는 것이지. 귀주와 운남은 바로 이웃해 있어 굳이 광주로 나와 배를 타고 대월을 경유할 필요는 없네. 하지만 귀주와 운남으로 이어지는 육로를 택하면 반역자들의 추격을 피할 수 없을 것 같았네. 그래서 이렇게 어렵게 길을 돌아가는 것일세."

"아, 그렇군요."

허소산이 그제야 이해가 간다는 듯 고개를 끄덕였다. 그런데 그때 문득 정아원이 입을 열었다.

"외람되지만 제가 한 가지 부탁을 해도 될까요?"

정아원의 시선은 원보를 향해 있었다.

"이 늙은이에게 부탁하실 일이 뭐가 있을지……?"

"솔직히 말씀드리자면 우리가 이렇게 대월로 길을 돌아가도 추격자들을 모두 피한다는 보장은 없어요. 본시 오산금림은 귀주와 운남 전역에 세력이 미치고 있지요. 길을 우회해도 저들의 눈에 발견될 수도 있어요. 그래서 말인데… 여러분이 저와 신황림까지 동행을 해주실 수는 없을까요? 오늘 본 두 분의 무예는 지금껏 제가 본 그 어떤 사람보다 뛰어나셨어요. 아, 물론 삼왕 어른은 제외하고요. 그러니 두 분이 동행을 해주신다면 제게 큰 도움이 될 것 같은데……."

"음… 동행이라……. 그건……."

원보가 막상 정아원의 부탁을 받자 쉽게 대답을 하지 못하고 감천홍과 허소산을 번갈아 바라봤다. 그러자 정아원이 재빨리 입을 열었다.

"삼왕 어른을 만나기만 하면 금림의 일은 해결된 것이나 마찬가지예요. 그러면 오산금림에서 고려까지 가장 빨리 갈 수 있는 방책을 마련해 드리지요. 승룡에 도착해 배편을 구하는 것도 가능하긴 하지만 마땅한 배편을 구하는데 몇 달이 걸릴 수도 있어요. 이곳은 워낙 외진 곳이라……."

"노부도 같은 부탁을 드리고 싶소이다. 부디 힘을 보태주시구려. 오산금림은 결코 은혜를 잊지 않을 것이오이다."

지우상까지 포권을 하며 부탁하자 원보의 표정이 더욱 난감해졌다.

"음, 사실 난 나이만 많다뿐이지 우리 일행의 행보를 결정할 수 있는 사람은 아니외다. 그러니 소림주의 부탁은 다른 사람들과 상의를 해봐야 할 것 같소. 워낙 고려를 떠나온 지 오래돼서……."

원보의 말에 정아원이 다시 고개를 조아렸다.

"제가 어려운 부탁을 드렸군요. 하지만 저로선 여러분의 도움이 꼭 필요한 상황이라……. 승룡에 도착하려면 며칠 걸릴 테니 그동안 잘 생각해 주세요. 도와주시면 절대 은혜는 잊지 않겠습니다."

"알겠소이다. 한 번 고민해 보리다."

원보가 어렵게 고개를 끄덕였다.

"어찌할까?"

창으로 들어오는 노을을 맞으며 원보가 물었다. 배는 제법 넓었다. 덕분에 허소산과 원보도 하나의 선실을 차지할 수 있었다. 이미 사흘을 달렸으니 이제 곧 뭍에 도달할 터였다. 그러면 일행은 행보를 결정해야 한다.

"일단 승룡이라는 곳에 도착한 후에 생각해요."

허소산이 대답했다.

"그들은 무척 길을 재촉할 텐데……."

"그렇다고 해도 그곳의 사정을 살펴봐야지요. 그런데 사실 전 소림주 일행과 동행하는 것도 괜찮을 것 같아요."

"이유는?"

"솔직히 전 당장 고려로 돌아가지는 않을 거니까요. 일단은 만재방의 사람들을 찾아야 해요. 그들이 서역으로 떠났다고 해도 항주에 일부의 사람들이 남아는 있겠지요?"

"그럴 게다. 항주의 가업을 모두 정리하지는 않았을 거야."

원보가 고개를 끄덕였다.

"그렇다면 전 그들을 먼저 만나봐야 해요. 아버지 행방을 알고 있을 테니까요."

"음, 그러니까 넌 당장 고려로 가는 배를 찾을 이유가 없다는 거구나. 하지만 그래도 승룡에서 항주로 가는 배를 타는 게 낫지 않을까?"

"오산금림이라면 항주에도 사람이 나가 있지 않을까요?"

"물론 그렇겠지. 팔황의 문파들은 새외까지도 은밀히 사람을 보내니까."

"저 혼자 항주로 가서 만재방 사람들을 찾는 것보다는 오산금림의 도움을 받는 게 낫겠지요."

"음, 일리가 있구나. 그게 빠를 수도 있지."

원보가 고개를 끄덕였다. 그러자 허소산이 심각한 표정으로 말했다.

"하지만 저와 달리 어르신과 감 녹사님은 중원에 머물 이유가 없으니… 승룡에서 고려로 가는 배를 찾는다면 굳이 소림주의 청을 승낙할 이유는 없지요."

"소산, 소산. 설마 이제 그만 헤어지자는 말이냐?"

"어르신도 감 녹사님도 고려로 가서서 하실 일이 있잖아요?"

"물론 그렇기는 하다만… 그까짓 일 안 해도 그만이다. 이미 지나간 과거, 들춰내야 상채기뿐이지."

원보는 허소산과 절대 헤어질 생각이 없는 모양이었다.

"감 녹사님과 두 아이들만 배를 태워 보내기는……."

"좀 불안하지?"

"어르신이 동행을 해주시면 큰 힘이 되겠지요."

"음… 하지만 감 녹사가 고려로 돌아가서 할 일은 결국 벼슬아치들 사이의 일일 것 같은데……. 난 조정의 일에는 관심이 없다."

"고려까지만 같이 가주셔도 좋겠지요."

"이 녀석! 나와 헤어지고 싶은 거냐?"

원보가 눈을 부라렸다.

"아뇨. 그런 게 아니라……."

허소산이 얼른 말꼬리를 흐렸다. 그러자 원보가 실소를 흘리며 말했다.

"허허, 농이다. 그런데 사실 감 녹사가 홀로 고려로 가는 것이 무척 위험하긴 하다. 가는 길도 위험하겠지만 고려에 무사히 도착한다 해도 과연 그곳에서 있었던 은원을 제대로 해결

할 수 있을까? 눈치를 보니 아마도 벼슬아치들 간의 암투에서 밀려나 해적선에 넘겨진 것 같던데……. 그런 자들이라면 고려 조정에서 큰 힘을 가진 자들일 거다. 그런데 과연 감 녹사 홀로 그들을 상대할 수 있을까?'

"하지만 위험하다고 가지 않으실 분은 아니죠."

허소산의 말에 원보가 고개를 끄덕였다.

"그렇긴 하지. 워낙 고지식한 사람이니까. 보자, 잘 구슬려서 몇 년 같이 다녀보는 것도 좋을 것 같아. 아이들이 성년이 될 때까지만이라도. 그 아이들을 데리고 고려로 가서 권력의 암투에 뛰어든다면 필시 아이들도 위험해질 게다."

"그렇긴 하죠. 아마 만재방의 서역상행이 성공적으로 끝난다면 그때쯤 만재방도 고려로 눈을 돌릴 거예요. 그들은 벽란도와 개경에 큰 한이 있으니까요."

"좋아. 그럼 한 번 내가 감 녹사를 설득해 보지. 고지식하기는 해도 꽉 막힌 사람은 아니니 아이들을 위해서도, 또 자기가 하고자 하는 일을 위해서도 기다릴 필요가 있다는 걸 알아들을 게다."

"나중에라도 감 녹사님을 도와주실 건가요?"

"에휴, 감 녹사 혼자라면 모를까. 이제 두 녀석은 내겐 제자와 같아서 말이야. 늘그막에 뭔 할 일이 이렇게 많이 생기는지……."

원보가 혀를 차며 침상에 몸을 눕혔다.

"육지예요!"

지루한 항해가 이어지던 어느 날, 문득 갑판에서 감명의 목소리가 들려왔다. 일행은 감명의 외침에 선실에서 뛰쳐나와 갑판으로 올라섰다. 그러자 과연 아스라하게 펼쳐진 해안선이 눈에 들어왔다.

"아, 정말 육지구나!"

원보가 감개무량한 목소리로 탄성을 흘려냈다. 허소산도 난생처음 육지를 보는 사람처럼 길게 이어진 해안선을 바라봤다. 돌이켜 보면 고려에서 해적선에 탄 후 처음으로 제대로 된 육지를 보는 것이었다. 지난 육 년 동안 그들이 올랐던 섬과는 전혀 다른 느낌의 육지, 바다와 섬이 신과 자연의 영역이라면 땅은 사람의 영역이다. 육지를 눈앞에 두자 허소산은 마치 새로운 세계로 들어서는 듯한 느낌에 흥분을 느꼈다.

"강 하구를 거슬러 올라 배로 승룡까지 갈 것이오. 승룡에서 하루 이틀 머문 후 다시 강을 따라 신황림으로 향할 것이오."

묵묵히 육지를 바라보고 있던 지우상이 말했다.

"신황림까지는 계속 배로 가나요?"

허소산이 물었다.

"그건 아니네. 운남의 경계쯤에서 육로를 택해야 하네. 다른 문제가 없다면 앞으로 한 달 안에는 신황림에 도착하게 될 걸세."

지우상이 대답했다. 그러자 이번에는 감천홍이 물었다.

"오산금림은 정확하게 어디에 있습니까?"

"오산금림은 귀주와 광주의 경계에 있소이다. 오산금림이란 이름은 다섯 개의 산에 둘러싸인 살기 좋은 숲이라 하여 붙여진 이름이라오. 금림이라고 금나무가 자라는 것은 아니지만 그만큼 살기 좋은 땅이오. 금림을 둘러싼 오산도 세속을 떠나 수련하기에 좋은 산들이고, 금림은 오산에 둘러싸여 외인의 출입이 어려운 곳이오. 사람들의 눈을 피해 살기에는 하늘이 내려준 땅이라고 할 수 있소."

지우상의 설명에 감천홍이 고개를 끄덕였다. 그러자 원보가 감천홍에게 넌지시 물었다.

"그래 생각은 해봤는가?"

아마도 이미 감천홍에게 오산금림의 고수들을 따라 신황림에 가는 문제에 대해 의견을 물은 모양이었다. 그러자 감천홍이 고개를 끄덕였다.

"노사님 말씀에 따르겠습니다. 사실 고려의 일은 제 자신에겐 중요한 문제지만 아이들에게는 그리 중요한 문제가 아니지요. 아이들이 앞가림을 할 수 있을 때까지는 그 일을 미뤄두는 것도 좋을 것 같습니다."

"그리 생각했다니 반갑구먼. 난 감 녹사가 고려로 가겠다고 고집을 부리면 어쩌나 걱정을 하고 있었다네. 허허, 승룡에 도착해서 결정하려 했는데 생각보다 쉽게 결정이 났군, 지 노사."

원보가 지우상을 불렀다.

"말씀하시지요."

"우린 신황림이란 곳을 한번 구경해 보기로 결정했소이다."

원보의 말에 지우상의 얼굴에 미소가 번졌다.

"부탁을 들어주신다니 정말 고맙소이다. 마치 천군만마를 얻은 듯하오이다."

"나중에 우리가 오산금림의 도움이 필요하면 약간의 힘을 보태주시기 바라오."

"여부가 있겠소이까. 하하하! 얼른 이 소식을 소림주께 알려야겠소이다."

지우상이 얼른 자리를 떴다.

그사이 배가 좀 더 육지에 가까워졌다. 그러자 멀리 두 가지 물색이 경계를 이루는 것이 보였다. 안쪽은 황톳물이었고, 아래쪽은 쪽빛의 바닷물이 힘을 겨루는 곳, 민물과 바닷물이 섞이는 지점이었다.

"강이에요!"

감명이 손을 들어 먼 곳을 가리켰다. 일행이 시선을 돌리니 과연 멀리 넓은 삼각주의 중앙으로 너른 폭의 강이 황톳물을 쏟아내고 있었다.

"이제 정말 땅이로구나."

원보가 감개무량한 표정으로 중얼거렸다.

*   *   *

차가운 안개가 얼굴에 와 닿았다. 너른 강 너머로 안개에 싸인 숲이 눈에 들어왔다. 고려의 숲과는 사뭇 다른 모습, 잎이 너른 나무들이 사람 한 명 들어가기 어려울 정도로 빽빽하게 자라 있었고, 곳곳에서 기이한 새들이 울부짖듯 울어댔다. 허소산은 새로운 이국의 정취에 흠뻑 빠져 있었다. 어릴 때부터 그가 꿈꾸던 여행이 이제야 실현되는 듯 느껴졌다.

이런 삶을 위해 백두를 떠나 만재방에 든 것이지만 운명은 그에게 지난 육 년간 이런 여행을 허락지 않았었다.

'아버지도 함께였으면 좋았을 텐데…….'

불현듯 허산왕의 얼굴이 떠올랐다. 백두를 떠날 때는 이렇게 혼자 새로운 세계를 여행하고 있을 것이라고는 꿈에도 생각지 못했던 허소산이었다.

"어쩌면 아버지도 먼 이국을 여행하고 계실지도 모르지."

허소산이 중얼거렸다. 만재방의 상단이 서역으로 갈 때 허산왕도 그 상단을 따라나섰을지도 모른다.

"잘 계실 거다."

갑자기 그의 등 뒤에서 원보의 목소리가 들렸다. 어느새 원보가 허소산의 뒤에 서 있었다.

"그래요. 잘 계실 거예요, 강한 분이니까."

"음, 나랑 얼추 나이가 비슷하다고 했었나?"

"웬걸요. 어르신보다는 대여섯 살 아래실 걸요?"

"호호호, 내 나이가 되면 아래위 십 년은 친구야."

"아버지는 나이에 비해 무척 젊어 보이시는 분이에요."

"저런 저런, 지난 육 년을 나와 함께 살고도 여전히 아버지

편만 드는구나?"

"당연하죠, 아버진데. 그런데 참 이상한 곳이죠?"

허소산이 관심을 눈앞에 펼쳐지는 숲으로 돌렸다. 그러자 원보가 고개를 끄덕였다.

"그래 정말 기이한 숲이구나. 하지만 아래쪽으로 내려가며 더 무섭고 깊은 숲이 있다고 그러더라. 사시사철 더위가 이어지는……."

"이런 곳에 사람이 산다는 게 신기해요."

"대월은 그래도 역사가 깊은 땅이지. 이곳 사람들은 그 성정이 강인하기로 유명하단다."

"그런가요?"

"중원의 여러 왕조가 이 땅을 정복하려 했지만 제대로 굴복시킨 적이 없으니까."

"그렇군요. 그런데 저곳이 승룡인가 봐요!"

문득 허소산이 손을 들어 안개 저 멀리 뾰족한 지붕의 건물들이 천국의 성처럼 서 있는 것을 발견하고는 소리쳤다.

"오, 그렇구나. 역시 기대대로 신비한 곳이군."

새벽안개 속에서 남방의 성읍 승룡이 그렇게 두 사람 앞에 모습을 드러내고 있었다.

알아들을 수 없는 말들이 사방에서 들려왔다. 승룡은 안개 너머에서 볼 때와는 전혀 다른 모습으로 허소산을 맞이했다. 고려의 벽란도도 상인들의 고함 소리로 시끄럽긴 했지만 이곳처럼 부산하지는 않았다. 어찌 보면 도시 전체에 난장이 펼쳐진 듯한 모습이었다.

"도대체 뭐라고 떠드는지 알 수가 있나?"

원보가 배에서 내리면서 눈살을 찌푸렸다. 배를 포구의 외곽에 정박한 일행은 남방의 거대한 도시 승룡으로 들어서고 있었다. 오산금림의 고수들이 바쁜 행로에도 불구하고 승룡에 잠시 정박한 이유는 두 가지였다.

하나는 그들의 배에 식량이 떨어졌기 때문이었고, 두 번째는 배를 버리고 육로를 택해야 할 때 필요한 말과 물건들을 미리 구하려는 것이었다. 거기에 좀 더 중요한 것이 밀림을 헤치고 나갈 길잡이를 구하는 것이었다.

행로의 준비는 오산금림 사람들의 몫이었기에 기실 허소산 등은 굳이 배에서 내릴 필요가 없었다. 그러나 이런 타지에 와서 구경을 포기하고 배에 머물 사람은 없다. 비록 섬에서 지내기는 했지만 대륙의 땅을 밟는 것은 수년 만이 아니던가.

"어? 어지럽다."

배에서 내려 땅을 밟자 원보가 짐짓 손으로 이마를 짚으며 땅멀미를 하는 것처럼 말했다.

"괜찮으신 거예요?"

감명과 감아라가 걱정스런 표정으로 물었다.

"아이고, 아이들 앞에서는 장난도 못하겠구나. 걱정 마라, 이 할아비가 농을 한 것이니. 하하!"

원보가 너털웃음을 흘리며 말했다. 그러더니 앞서 내린 지우상을 보며 말했다.

"지 노사, 우린 잠시 이곳 구경을 하고 돌아오겠소. 시간을 얼마나 주실 수 있겠소이까?"

원보의 질문에 지우상이 잠시 생각에 잠겼다가 대답했다.

"오랜만에 내렸으니 생각 같아서는 객잔을 구해 편하게 머물고 싶은 생각도 있지만 만약을 생각하면 그건 어려울 것 같소이다. 잠은 배에서 자도록 하지요."

"그 말씀은 오늘 하루 시간이 있다는 말이구려."

"그렇소이다. 필요한 물건을 준비하고 사람을 구하는 데 하루는 걸릴 것입니다."

"음, 이 큰 도읍을 돌아보는데 하루면 넉넉한 시간은 아니지만 그래도 적지 않은 시간이군."

"그럼 좋은 구경들 하십시오. 우린 바삐 움직여야 하니 먼저 가보겠소이다."

"그럽시다. 이거 우리만 편히 구경을 나가 미안하구려."

"무슨 말씀을. 본시 우리가 해야 할 일이외다."

지우상이 고개를 젓고는 소림주 정아원과 오산금림의 무사 셋을 대동하고 난전이 벌어진 포구 안쪽으로 걸음을 옮겼다.

"자 우린 어디로 먼저 갈까?"

원보가 허소산을 보며 물었다. 그러자 감명과 감아라가 소리쳤다.

"맛난 걸 먼저 먹어요!"

"오호라. 너희들이 배에서 먹는 음식에 질린 모양이구나.

하긴 그러고 보니 지난 수년간 제대로 된 음식 맛을 보지 못했지. 오냐. 그럼 먼저 배를 채우러 가자꾸나."

원보가 고개를 끄덕이고는 앞서서 걸음을 옮기기 시작했다.

승룡은 무척 큰 도읍이었다. 개경에는 미치지 못하지만 제법 대단한 위용의 전각들이 곳곳에 들어차 있었고, 시전에는 수많은 이국의 사람들이 각양의 복색을 한 채 거래를 하는 모습도 보였다.

천하각지의 사람들이 모여들다 보니 또한 천하각지의 요리들이 즐비했다. 허소산 일행은 시전의 중간 중간에 서 있는 객점과 주루들을 살피며 요기할 곳을 찾았다. 그러던 어느 순간, 일행의 눈이 번쩍였다.

"고려반점?"

그들의 눈앞에 고풍스런 객점 하나가 나타났는데 일행의 눈길을 사로잡은 것은 그 반점 위에 걸려 있는 현판이었다.

"이곳에도 고려 사람이 하는 객점이 있나 봐요."

감명이 신기한 표정으로 말했다. 그러자 원보가 감천홍을 보며 말했다.

"아니 들어가 볼 수 없는 곳이군."

"그렇지요. 못 보았으면 모를까……."

감천홍도 고개를 끄덕였다. 그러자 일행이 누가 먼저랄 것도 없이 객점 안으로 밀려들어 갔다.

"어서 오세요!"

능숙한 한어가 일행을 맞이했다. 그러나 다음 순간 점소이의 표정이 살짝 변했다. 허소산 등의 빈궁한 옷차림이 점소이의 경계심을 북돋았기 때문이었다. 굶주린 자들이 음식을 시켜먹은 후 은자를 내지 않고 도주하는 경우를 종종 겪은 점소이였다.

"저리로 앉지."

원보가 점소이의 의심 어린 눈초리에는 상관없이 창가 쪽 비어 있는 자리로 일행을 데리고 가 자리를 잡고 앉았다.

"전망이 좋아요."

감명과 감아라가 외부로 난 창문에 붙으며 말했다. 순간 점소이의 눈이 반짝였다.

"혹, 고려 분들이신가요?"

능숙한 해동의 말이다.

"역시, 고려 사람들이 하는 객점이었구먼!"

원보가 기쁜 얼굴로 말했다.

"어? 정말 고려 분들이시네. 아니, 어떻게 이 먼 곳까지……. 장사를 오셨습니까?"

점소이가 주문을 받을 생각은 않고 반가운 기색을 드러내며 물었다.

"뭐, 겸사겸사 오게 되었소. 그런데 이곳 주인이 고려 사람이오?"

"네네. 그렇지요. 그렇지 않다면 고려객점이란 이름을 붙일 일이 있나요?"

"역시 그렇구려. 그런데 그렇다면 고려 사람들이 간혹 온다는 말이겠구려?"

"뭐 자주는 아니지요. 사실 고려 사람들을 대상으로 장사를 하는 건 아닙니다. 그냥 고향이 고려다 보니 그렇게 붙인 거지요. 일 년에 고려의 상인을 보는 건 서너 번에 지나지 않지요. 그것도 근자에는 한 반년 동안 얼굴을 보지 못했습니다. 그런데 오늘 이렇게 고향 분들을 만나게 되는군요. 잠시만⋯ 잠시만 기다리십시오. 본래 고려에서 오신 손님들은 주인께서 직접 맞으십니다요."

점소이가 살짝 고개를 숙여 보이고는 부리나케 객점 안쪽으로 달려들어 갔다.

第九章
기습

독
경
讀經

　오랜만에 듣는 고향의 소식은 정겨웠다. 객점의 주인은 오십대 중반의 선비풍 사내였는데 한눈에 보아도 학식이 풍부한 사람으로 보였다. 그런 사람이 이 먼 타지에서 객점을 하고 있다는 것이 신기하기는 했으나 허소산 일행은 굳이 그의 과거를 묻지 않았다.

　대신 일행은 그로부터 고려의 소식을 전해들을 수 있었다. 그 또한 고려를 떠난 지 오랜 사람이었지만 간혹 들리는 고려의 상인들로부터 고려의 정세를 전해 듣고 있었던 것이다. 물론 그 소식이라는 것이 몇 개월 전의 이야기지만.

　"그래서 지금의 태자께서 단명하실 거란 소문이 자자하답니다."

고려객점의 주인은 이산이라는 이름을 가진 사람이었는데 가볍지 않은 말투로도 제법 재미있게 고려의 소식을 전했다.

"몸이 그렇게 약했었나요?"

문득 허소산이 물었다. 태자라면 허소산과는 인연 아닌 인연으로 묶인 사람이었다. 황보설화에 대한 그의 애정이 만재방을 몰락으로 이끈 한 원인이기도 했으니 말이다.

"왕가의 자손들 중 허약하지 않은 사람을 찾기 힘들지."

원보가 대답했다.

"왜죠? 고려 최고의 의원들이 붙어 있는데……."

"아무리 뛰어난 의원이라도 타고난 허약함을 보할 길은 없어. 더군다나 왕가에 태어난 자손들은 움직임은 극히 적고 입에 단 음식과 색주에 노출되기 쉬우니 오히려 몸들이 약한 편이지. 더군다나… 고려 왕실은 대대로 친족혼을 하고 있어서……."

원보가 고개를 저었다. 허소산 역시 의서를 읽었으니 친족혼이 가져오는 폐해를 잘 알고 있었다.

"어쨌든 그래서 지금 개경은 권력 투쟁의 소용돌이에 휘말려 있다고 하더군요. 벌써 태자의 다음 왕위 계승자를 논의하기 시작한 것이지요."

"음… 황보가 아쉽게 되었겠군. 그 난리를 치고 살려낸 황보설화인 것을……."

원보가 혀를 찼다. 그러자 갑자기 감천홍이 물었다.

"혹 대마사(大馬寺)에 대한 소식을 들으셨습니까?"

"대마사요? 고려에 그런 절이 있었던가요?"

객잔 주인 이산이 고개를 갸웃했다.

"나도 들어보지 못한 절인 것 같은데? 어디 있는 절인가?"

원보도 고개를 저으며 감천홍에게 물었다.

"개경에서 북쪽으로 이틀 거리에 있는 절입니다. 승려의 수가 채 삼십을 넘지 않으니 알고 있는 사람이 적지요."

"음, 그런데 그 절 소식은 왜……?"

"그저… 조금 인연이 있는 곳이라. 그럼 혹 호욕한이란 사람에 대해선 들어보셨습니까?"

"호욕한… 호욕한이라… 아! 호욕한!"

"들어보셨소이까?"

"몇 년 전부터 조정의 신임이 무척 두터워지고 있다는 그 귀화인 말이지요?"

"아시는군요."

"그 사람 무척 대단한 사람인 모양이더군요. 예전부터 귀화인들 중 고려 왕실의 신임을 받은 자들이 꽤 되기는 했지만 그 호욕한이란 사람은 왕실은 물론 조정의 권신들로부터도 제법 존경받는다고 하더군요. 아마 도학에 능통하다지요? 관직은 잘 모르겠지만 지난번에 들으니 제법 높은 관직을 받았다고 하더이다."

이산의 말에 감천홍의 표정이 어두워졌다.

"그는 또 어떤 사람인가?"

원보가 감천홍의 기색이 심상찮은 것을 보고는 조심스럽게 물었다. 그러자 감천홍이 나직한 목소리로 입을 열었다.

"사실 전 그 사단을 겪기 전에 대마사와 그 호욕한이란 사람에 대해 조사를 하고 있었지요. 조정의 권신들도 그자와 여러 인연을 맺고 있어서 어사대에서도 그를 주시하고 있었습니다."

"음, 지금의 감 녹사 처지와 관련이 있다는 건가?"

"그건 정확히 모르겠습니다. 제가 그… 배를 타게 된 직접적인 이유는 그가 아니었습니다. 하지만……."

감천홍이 뭔가를 말하려다 이내 입을 닫았다. 아마도 확실치 않은 사실을 발설하는 것이 꺼려진 모양이었다. 그러자 원보도 더 이상 질문을 던지지 않았다. 대신 그가 이산에게 다른 것을 물었다.

"혹 봉황문에 대한 소식은 들으셨소?"

"봉황문이라면 해동오류의 그 봉황문 말씀이신지요?"

"그렇소이다."

"그들이라면 몇 년 전에 일부의 고수들을 중원으로 보냈다는 소문을 들었습니다만……."

"중원행이라… 무슨 일로 그들이 중원에 나왔는지는 모르시겠구려?"

원보가 넌지시 물었다.

"그런 거야 알 수 없지요. 무림의 일이야 함부로 알아볼 수 없으니. 아 무림 이야기가 나와서 그런데 여러분들은 이 승룡에서 각별히 조심해야 할 겁니다."

"아니, 무슨 일이라도 있소?"

원보가 재빨리 묻자 이산이 주변을 살핀 후 나직한 목소리로 입을 열었다.

"본래 승룡에는 두 개의 무림 문파가 있지요. 등천문과 모천회가 그들인데 비록 중원의 명문에 미치지는 못하지만 승룡에서는 최대 방파들이지요. 두 문파는 서로 견제를 하거나 혹은 외부의 세력이 들어오면 협력하면서 승룡을 장악해 왔지요. 승룡이 비록 중원에서 보자면 변방이지만 자세히 보면 큰 대상들이 왕래하는 곳이라 재물이 제법 도는 터라 두 문파의 성세는 제법 대단하답니다."

이산이 잠시 말을 끊고 잔을 들어 물을 한 모금 마셨다. 평소보다 많은 말을 하다 보니 입이 타는 모양이었다. 사람들은 재촉하지 않고 그가 다시 입을 열기를 기다렸다.

"음, 그런데 무슨 일인지 얼마 전부터 두 문파가 매섭게 대치하기 시작했습니다. 본래 두 문파의 힘을 보자면 한쪽으로 전세가 기울기는 어려운데 이번은 조금 다른 모양이더군요. 모천회의 고수들이 승룡의 삼분지 이를 장악했다는 소문이 파다하고 등천문의 고수 십여 명이 모천회의 고수에게 죽임을 당했다는 소문도 돌고 있소이다. 두 문파의 대립에서 피를 보는 것은 극히 이례적인 일일뿐더러 전세가 한쪽으로 기우는 것 역시 처음 있는 일이라 지금 승룡에는 어쩌면 양패의 시대가 가고 일패의 시대가 도래하는 것 아닌가 하는 소문이 돌고 있는 실정이랍니다."

"이곳에서도 싸움은 있군요."

감천홍이 씁쓸한 표정으로 말했다.

"세상 어디에 다툼이 없는 곳이 있겠소이까?"

이산이 나이가 얼추 비슷한 감천홍에게는 편하게 말을 놓았다.

"얼른 이곳을 떠나는 게 좋을 것 같군요."

"그러게 말이다. 괜한 분란에 엮일 필요는 없지."

허소산의 말에 원보가 동조했다. 그러자 이산이 고개를 끄덕이며 말했다.

"나로서는 고향분들이라 며칠 모시고 싶지만 승룡의 사정으로 보건대 두 문파의 싸움이 끝날 때까지는 이곳을 벗어나 있는 것도 좋을 듯합니다. 그런데 가시면 어디로⋯⋯?"

"강을 거슬러 올라 운남으로 들어가 육로로 중원행을 할 생각이오만⋯⋯."

"음, 그 길이 있기는 하지만 쉬운 길은 아닌데⋯⋯."

"사실 우리 말고 다른 일행도 있다오. 그들은 고려 사람들이 아닌데 그들이 길잡이를 구할 것이오."

"길잡이가 있다면 그 길도 빠른 길이지요. 하지만 운남의 경계는 밀림이 우거지고, 산과 강도 깊어 간혹 사고가 나기도 하니 무척 조심해야 할 겁니다."

"걱정해 주시니 고맙소이다. 마침 이렇게 고향의 음식으로 배까지 채웠으니 힘이 나는구려. 자, 우린 배로 돌아가지."

"벌써요?"

원보의 말에 감명과 감아라가 아쉬운 표정을 드러냈다.

"지금 이곳의 사정이 위험하다니 어르신의 말씀을 따르도록 하자꾸나."

감천홍이 나서자 두 아이가 순순히 고개를 끄덕였다. 두 아이는 언제든 감천홍의 말을 거역하는 법이 없었다.

"자, 그럼 우린 가야겠소. 혹 다시 이곳에 오게 되면 꼭 들리리다."

원보가 자리에서 일어나며 말하자 이산이 크게 고개를 끄덕였다.

"부디 꼭 다시 들려주시기 바랍니다. 저야 이렇게 가끔 고향 분들을 만나는 것이 인생의 유일한 낙이지요."

"허허, 그럼 돌아가면 되지 않소이까? 먼 곳이긴 하지만 아주 못 갈 곳도 아니고……."

"하루에도 서너 번 가업을 정리하고 고려로 돌아가고 싶은 생각을 하곤 하지요. 하지만… 떠날 때의 마음을 떠올리면 다시 돌아갈 자신이 없군요."

"하, 이제 보니 주인장께서도 사연이 깊으신가 보구려."

"이 먼 곳까지 와 있을 때야 여부가 있겠습니까?"

"그렇고말고. 내 더 묻지 않으리다. 하지만 돌아가는 것도 생각해 보구려. 나이가 들면 결국 고향밖에는 돌아갈 곳이 없지 않겠소?"

"그렇지요. 때가 되면……."

객점주 이산이 말꼬리를 흐렸다.

"그럼 잘 지내시구려."

"안녕히들 가십시오. 부디 무사히 고려로 돌아들 가시길 빌겠습니다."

부처를 믿는지 이산이 두 손을 합장하며 작별을 고했다.

*　　　*　　　*

승룡의 사정이 썩 좋지 않다는 말에 일행이 급히 배로 돌아와 보니 정아원 일행은 아직 배로 돌아오지 않은 상태였다. 배에는 두 명의 오산금림 장로 중 한 명인 홍목공과 금림삼룡이라 불린다는 중년의 두 고수 중 어주복만이 남아 있었다.

"일찍 돌아오셨소이다."

허소산 일행이 배에 도착하자 홍목공의 뜻밖이라는 듯 물었다. 배를 내려갈 때 허소산 일행은 한껏 들떠 있어서 해가 지기 전에는 돌아오지 않을 태세였기 때문이었다.

"이 도읍의 사정이 썩 좋지 못하다고 하더이다."

원보가 대답했다.

"사정이 좋지 못하다니요?"

"등천문과 모천회를 아시오이까?"

"물론 알고 있소이다. 이 승룡에선 최고의 명문들이지요. 제법 많은 고수들이 있어 강호의 남쪽에는 꽤 알려진 문파들인데……. 그런데 그들이 무슨 일로?"

"두 문파가 얼마 전 부터 싸움을 시작했다고 하더이다."

"본래 두 문파의 힘겨루기는 계속되어 왔지요."

"그런데 이번에는 좀 다른 모양이더이다. 모천회가 기선을 제압해 등천문이 위기에 몰렸다는 소문이더구려. 그래서 괜히 분란에 빠져들까 봐 서둘러 돌아왔소이다."

"음, 두 문파의 세력은 비슷한 걸로 알려졌는데… 이상하군."

홍목공이 고개를 갸웃했다.

"소림주께서는 괜찮으시겠죠?"

문득 허소산이 걱정스럽게 물었다. 그러자 홍목공이 웃으며 대답했다.

"괜찮을 걸세. 지 장로께서 함께 가셨으니 무슨 일이 있겠는가? 중원이라면 모를까 이 승룡에서야 지 장로님의 무공을 감당할 고수는 없을 걸세."

"그렇긴 하지만……."

"어, 마침 저기 오는구먼!"

홍목공이 고개를 돌려 포구로 이어진 길을 가리켰다. 그러자 과연 길 저쪽에 오산금림의 소림주 정아원을 선두로 성내로 나갔던 사람들이 대여섯 필의 말을 이끌고 급히 돌아오고 있었다.

"그런데 뭔가 좀 이상한데……."

원보가 고개를 갸웃했다.

"추격자가 있는 것 같아요!"

허소산이 급히 소리쳤다. 과연 허소산의 말대로 정아원 일행의 이십여 장 뒤쪽에서 일단의 사람들이 뿌연 먼지를 일으키며 일행을 따라오고 있었다.

"어떤 놈들이 감히!"

홍목공이 노기를 드러냈다.

"일단 준비를 좀 합시다."

원보가 서둘러 배 안에 있던 병장기를 집어 들었다. 허소산도 얼른 하나의 철궁과 화살집을 집어 들고는 배의 선수 쪽으로 달려갔다.

"어서 배를 띄우게!"

배를 향해 달려오며 지우상이 급히 소리쳤다. 그러자 어주복이 재빨리 배를 묶고 있던 줄을 풀고는 서둘러 돛을 내렸다.

끼이익!

배가 갑작스럽게 바람을 받자 기우뚱 몸부림을 치며 움직이기 시작했다. 그사이 일행이 급히 배에서 내려가 서둘러서 지우상 등이 가져온 짐과 말을 배에 실었다.

"서랏!"

그때 추격자들이 배가 접안되어 있는 곳으로 달려오며 위압적인 경고성을 발했다. 추격자들의 숫자는 대략 삼십여 명. 그중 앞서 달려오는 다섯 명의 사내는 고강한 무공을 지니고 있는 듯 한 번 도약할 때마다 삼사 장의 거리를 전진하고 있었다.

"소산!"

추격자들이 다가오자 원보가 소리쳤다. 그러자 허소산이 기다렸다는 듯 추격자들을 향해 화살을 날렸다.

피유융!

이십여 장을 격하고 날아간 화살이 벼락처럼 추격자 중 한 명에게 꽂혀드는 순간 다시 한 대의 화살이 허공을 날았다.

픽!

앞서 날아온 화살을 막아내려던 사내가 뒤이어 날아온 화살을 피하지 못하고 땅 위에 나뒹굴었다.

"욱!"

사내는 옆구리 쪽에 화살이 꽂혔는데 한 번 쓰러진 후 좀체 몸을 일으키지 못했다. 그러자 배를 향해 바람처럼 추격하던 자들이 일제히 걸음을 멈췄다. 그사이 배는 접안대에서 십여 장 거리를 두고 강으로 물러났다.

"잠시 배를 세우게."

배가 접안대에서 충분히 멀어지자 지우상이 어주복을 보며 말했다. 그러자 어주복이 밀려나는 배를 멈춰 세웠다. 그사이 추격자들이 정신을 추스르고 오산금림의 배가 있던 접안대로 몰려들었다.

"네놈들의 정체가 뭐냐?"

추격자들이 접안대에 늘어서자 지우상이 차갑게 물었다.

아직도 추격자들의 정체를 알지 못하는 모양이었다. 그러자 추격자들 사이에서 음흉해 보이는 노인 하나가 앞으로 나섰다.

"내가 먼저 하나의 답을 들어야겠다."

노인의 말에 지우상이 노인을 노려보다 입을 열었다.

"뭐냐? 말해 보라."

"그대들은… 오산금림에서 온 자들인가?"

순간 지우상의 표정이 일변했다. 노인의 말을 들어 보건대 이 자들은 지우상 일행이 오산금림의 사람들임을 알고도 공격을 했던 것이다.

"우리가 금림에서 온 사람들임을 알고도 공격을 하다니…… . 새삼 네놈들의 정체가 궁금하군. 강호에 오산금림을 무서워하지 않는 자들이 있을 줄이야. 그것도 이런 남방의 오지에…… ."

원보의 말에 노인이 한 줄기 음흉한 미소를 지으며 대답했다.

"흐흐, 어찌 천하의 오산금림을 무서워하지 않을까. 우리 역시 오산금림에 대한 두려움은 그 누구보다 강하지."

"그럼에도 우릴 공격했다면 그럴 만한 이유가 있겠군."

"물론 이유는 충분하지. 우리가 두려워하는 것은 오산금림이지, 오산금림의 역도들은 아니니까."

"역도?"

"그렇다. 이미 강호에는 소림주를 납치해 강호로 도주한 오산금림의 역도들에 대한 소문이 파다하게 퍼졌다. 오산금림에 선 그들을 잡아들이는데 만금의 상금을 걸었을 뿐 아니라 향후 어떤 일이든 요구하는 대로의 도움을 줄 것이라는 약속을 하였지. 만금도 만금이지만 오산금림의 친구가 될 수 있는 기회가 왔는데 어찌 이 기회를 놓치겠는가? 마침 금림의 사자들 께서도 이미 달포째 이곳에 머물러 계시니 그분들에게 큰 선물이 되겠지."

순간 지우상의 얼굴이 한차례 흔들렸다.

"금림의 사자들?"

"그렇다. 우리 모천회는 이미 오산금림의 한 울타리가 되기로 하였다. 그러니 어찌 금림의 역도들을 그냥 보낼 수 있겠는 가? 어서 배에서 내려 항복하고 소림주님을 풀어드리라."

"후후후, 과연 교황조의 머리가 비상하구나. 배에 살객을 실어 보낸 것도 모자라 만약을 위해 이곳까지 손을 써 두었다니."

지우상이 짙은 살소를 흘리며 중얼거렸다. 그러자 접안대의 모천회 고수가 다시 소리쳤다.

"이 승룡은 물론 홍하를 끼고 있는 모든 도읍은 우리 모천회의 수중에 들어올 것이다. 이미 오산금림이 모천회의 울타리가 되어 주기로 약조한 것이 대월의 고수들에게 널리 알려져 남쪽의 뭍 고수들이 우리 모천회로 모여들고 있다. 너희들이 비록 홍하를 오르내린다 해도 어느 한 곳 발붙일 곳이 없을 터이니 순순히 배에서 내려 항복하도록 하라."

모천회 고수의 경고가 제법 위협적이었다. 그러자 지우상이 어느새 평정심을 회복한 얼굴로 물었다.

"묻겠다. 승룡에 나온 금림의 사자는 누구인가?"

지우상의 질문에 모천회의 고수가 분노를 드러냈다.

"감히 역도 주제에 금림의 사자분들을 만나려는가? 그분들은 모천회에 머물고 계시니 항복을 하면 자연히 만날 수 있을 것이다."

"그래? 그렇다면 가서 전하라. 나 지우상이 반드시 삼왕을 모시고 오산금림으로 돌아갈 터이니 교황조를 비롯한 반도의 무리들은 목을 잘 씻고 기다리라고 말이다. 그리곤 한 가지 소식을 더 전해주거라. 배에 함께 올랐던 역도들은 이름 모를 무인도에 정착했으니 잘 살기를 빌어달라고 말이다."

지우상이 모천회의 고수를 노려보며 말했다. 그러자 모천회의 고수가 지우상의 기세에 흠칫하는 표정을 지었다. 그러자 지우상이 재차 모천회의 고수를 향해 경고했다.

"그리고… 모천회의 고수들은 들어라. 오산금림의 반역자는 우리가 아니라 지금 금림을 장악하고 있는 자들이다. 우린 소림주를 납치한 것이 아니라 소림주를 모시고 금림의 선대 고수들을 만나러 가는 길이니 더 이상 금림의 일에 간여치 말라. 다시 한 번 금림의 일에 관여한다면 금림이 본래의 모습으로 돌아온 후 내 필히 금림의 고수들을 이끌고 와 그 대가를 치르게 하겠다. 내 이름을 기억해 두라. 난 대 오산금림의 장로 지우상이다! 내 말 명심하라!"

지우상의 서슬 퍼런 경고에 모천회의 고수들이 두려운 빛을 보이며 슬그머니 다른 사람들의 눈치를 살폈다.

　"가세."

　더 이상 모천회 고수의 응대가 없자 지우상이 고개를 돌려 어주복에게 명을 내렸다. 그러자 어주복이 서서히 배를 강의 중심으로 몰아가기 시작했다.

　"어쩌지요?"

　배가 강의 중심으로 떠나가자 모천회의 고수 중 한 명이 지우상과 말거리를 하던 노인에게 물었다. 그러자 노인이 신중한 표정으로 말했다.

　"사실, 어느 쪽이 역도인지는 확실치 않네. 지금 저자의 표정을 보니 그의 말이 거짓 같지는 않아. 소림주인 듯한 여인도 반항을 하지 않았단 말이야."

　"하면… 사자로 온 자들이 역도들인 건가요?"

　"아마도 그런 듯해. 음… 일이 복잡하게 꼬였군."

　"그럼 어찌할까요?"

　"누가 역란의 주모자인지는 중요치 않아. 문제는 지금 오산금림을 누가 장악하고 있는가 하는 것이지. 결국 저들은 도망자에 지나지 않지. 저들이 금림의 전대고수들을 찾아가는 것은 결국 전세를 역전시키기 위함일 텐데 그게 쉽지는 않을 거야. 숫자를 보니 겨우 십여 명에 불과한데 그 인원으로 어찌 추격자들을 따돌릴 수 있겠는가?"

　"하면……?"

"우리야 누가 금림의 주인이 되든 사실 상관이 없지. 단지 그들을 이용해 이 대월의 무림을 일통하면 그뿐. 그러니 적당히 저들이 행선지만 파악해서 금림의 사자들에게 전해. 만에 하나 저들이 정말 다시 금림의 주인이 될 때도 대비해야 하니까."

"알겠습니다."

"자, 그만 돌아가지. 회주께서 기다리고 계실 터이니. 등천문의 소식은?"

"아직 답이 없습니다."

"항복을 권한 지 삼 일이 지났지?"

"그렇지요."

"음, 그럼 약속한 시간이 지났으니 오늘 밤 끝을 봐야겠군."

노인의 얼굴에 차가운 살기가 돌았다.

급하게 포구를 벗어난 일행은 조금 허망한 표정으로 멀어지는 승룡을 바라보고 있었다.

"이거 참, 이게 다 무슨 일인지……."

원보가 혀를 찼다. 객점주 이산의 권유가 아니었다면 어쩌면 오산금림의 사람들과 헤어질 수도 있었던 상황이었다.

"역시 교 장로는 치밀한 사람이군요."

정아원이 탄식하듯 입을 열었다.

"교황조가 누구요?"

원보가 앞서 지우상의 입에서도 흘러나왔던 교황조란 이름에 대해 물었다.

"교황조는 오산금림 십이장로 중 한 사람이오. 이번 반역의 주모자이기도 한데 그 심계가 깊어 오산금림에선 공명의 환생이라는 말까지 듣는 사람이오. 그가 종우군과 우금을 우리 쪽에 심어 놓고도 안심을 하지 못해 이 승룡에도 손을 써 놨던 모양이오."

"무척 치밀한 사람이구려. 하긴 그런 자니 역모를 일으켰겠지만."

"이제 곧 그도 우리 소식을 들을 테니 앞길이 순탄치만은 않을 것 같소이다. 괜히 여러분께 큰 폐를 끼치는 것이 아닌지……. 일이 이렇게까지 될 줄은 몰랐소이다."

지우상이 원보에게 미안한 기색을 드러냈다. 그러자 원보가 고개를 저었다.

"괘념치 마시구려. 한 배를 타기로 했을 때부터 작은 분란은 예상하고 있었소이다."

"작은 분란을 넘어설까 그것이 두렵소이다."

"하하하, 큰 분란이라도 상관없으니 걱정 마시오."

원보가 큰 웃음을 터뜨렸다. 그때 감천홍이 진중한 어조로 입을 열었다.

"적이 출현한 것은 그렇다 치고 길잡이를 구하지 못했으니 그게 걱정이군요."

감천홍의 말에 지우상의 표정이 어두워졌다.

"맞소이다. 신황림을 찾아가려면 길잡이가 반드시 필요했거늘……."

"꼭 승룡에서만 길잡이를 구할 수 있는 것은 아니잖아
요?"

허소산이 물었다.

"물론 그렇기는 하지만 좋은 길잡이는 승룡에 몰려 있다네.
뛰어난 길잡이는 대상들의 일을 하기 위해 승룡으로 모이니
까. 작은 마을에서 과연 밀림의 지리에 통달한 길잡이를 구할
수 있을지……."

지우상이 근심 어린 표정으로 대답했다.

"일단 일이 이렇게 되었으니 하루 이틀 상류로 올라가 봅시
다. 가다보면 길잡이를 구할 만한 마을을 만날 수도 있을 테
니."

원보가 말했다.

"지금으로선 그 길밖에 없는 것 같구려."

지우상이 한숨을 쉬며 대답했다.

배는 낮과 밤을 가리지 않고 강을 거슬러 올랐다. 철분이 많
아 붉어 보이는 강물은 맑고 투명한 고려의 강물과는 사뭇 달
랐다. 이름도 붉은 강물색 때문에 홍하라고 불릴 정도니 강의
특이함이 사람의 눈길을 끌 만했다.

강은 그렇게 상류로 이어져 운남으로 이어지는데 운남과 대
월의 경계에서 일행은 배를 내려 육로를 택해야했다. 정아원
이 삼왕이란 고수들로부터 전해들은 신황림의 위치가 그 즈음

에서 홍하와 멀어지기 때문이었다. 그리고 그곳이 길잡이가 필요한 지점이었다.

배로 나흘을 이동하자 일행이 배에서 내려할 때가 되었다. 그런데 지우상은 무슨 일인지 예정보다 일찍 배를 정박시켰다. 허소산 등은 처음에는 그곳에서 길잡이를 구하려나 보다 했는데 지우상은 예상과 달리 아예 그곳부터 육로로 이동하겠다고 말했다.

하루 이틀은 더 배로 이동하는 것이 수월할 텐데 굳이 일찍 육로를 택하는 이유를 묻자 지우상은 교황조를 비롯한 오산금림의 반역자들이 대월과 운남의 경계 부근에 사람을 풀었을 것이 염려스럽기 때문이라고 했다.

납득할 만한 이유였기에 일행은 그 즈음에서 배를 버리고 육로로 이동하기 시작했다.

알아들을 수 없는 말로 떠들어대는 사람들을 앞에 두고 일행이 난감한 표정을 짓고 있었다. 배에서 내린 일행은 강에서 가장 가까운 마을로 향했다. 가장 급한 것이 길잡이를 찾는 일이기 때문이었다. 길잡이없이 남방의 깊은 밀림에 들어갔다가는 길을 잃기 십상이었다. 아무리 무공의 고수들이라 해도 밀림에서 길을 잃으면 생명의 위험을 피할 수 없었다.

"뭐라는 건지. 춧!"

원보가 뒤쪽에서 답답한 표정을 지었다. 마을의 주민들과 이야기를 하고 있는 것은 지우상이었는데 노련한 고수인 지우상조차도 이곳 사람들과는 대화가 통하지 않았다.

"어렵겠습니다, 소림주!"

한동안 대화를 시도해보던 지우상이 고개를 돌려 정아원을 보며 말했다. 도저히 말이 통하지 않아 길잡이를 구할 수 없었던 것이다.

"그럼 어쩌죠? 이대로 밀림으로 들어가면 너무 위험할 텐데."

"이곳 말고도 마을이 더 있을지 모르니 일단 길을 떠나보지요."

곁에 있던 어주복이 말했다. 그러자 금림삼룡 중 살아남은 다른 한 명인 왕신이 입을 열었다.

"어떻게든 여기서 길잡이를 찾아 떠나는 것이 낫지 않겠습니까?"

"그러나 말이 통하지 않으니 어떡하는가? 여기서 마냥 시간을 보내고 있을 수도 없는 일이고……"

어주복은 여전히 떠나자는 쪽인 것 같았다. 그런데 그때 문득 마을 사람들이 요란하게 떠들기 시작했다.

"제길 무슨 일이지?"

원보가 경계 어린 시선으로 소란스런 마을 사람들을 보며 중얼거렸다.

"누가 와요."

허소산이 유심히 건너편 사람들을 바라보고 있다가 말했다.

"응? 누가?"

"저기… 세 사람인 듯한데 다른 사람들이 어려워하는 걸 보니 마을의 촌장쯤 되는 모양이에요."

"웅, 그래? 그럼 말이 좀 통하려나?"

원보가 기대 어린 시선으로 고개를 빼 들고 마을 안쪽에서 걸어 나오는 삼 인을 바라봤다.

새롭게 모습을 보인 삼 인 중 한 명은 흰 수염이 난 노인이었고, 다른 두 사람은 오십대 초중반으로 보이는 중년인들이었는데 거친 터전에서 살아서 그런지 육십을 넘은 노인보다 얼굴에 주름살이 많았다. 오직 그들의 건장한 몸이 그들의 나이가 오십대임을 말해주고 있었다.

"어디서 오신 분들이오?"

원보의 기대대로 노인의 입에서 일행이 알아들을 수 있는 말이 흘러나왔다. 그러자 지우상이 반색을 하며 노인 앞으로 다가갔다.

"한어를 하시오?"

"조금 배웠소이다."

지우상의 기운이 범상치 않아 보이자 노인이 슬쩍 경계의 빛을 보이며 말했다.

"다행이외다. 말이 통하지 않아 답답했는데. 우린 밀림을 안내할 안내자를 찾고 있소이다."

"안내자라… 길잡이를 말하는 것이오?"

"그렇소이다."

지우상이 고개를 끄덕였다.

"어디로 가시는데……?"

노인의 물음에 지우상이 정아원을 돌아봤다. 그러자 정아원이 앞으로 나서며 말했다.

"흑산을 찾아가려 해요."

순간 노인의 눈에 두려운 빛이 감돌았다.

"지금 흑산이라고 했소?"

"그래요."

정아원이 고개를 끄덕였다. 노인의 기색을 보며 흑산을 아는 것 같았다.

"왜… 왜 흑산에 가려는 거요?"

노인이 여전히 두려운 빛을 거두지 않고 물었다. 그러자 지우상이 정아원 대신 대답을 했다.

"누굴 좀 만나야 하기 때문이오."

"설마… 흑산의 마신(魔神)들을 찾으려는 거요?"

"마신?"

지우상이 노인에게서 의외의 말을 듣자 고개를 갸웃했다. 그러자 노인이 고개를 저으며 말했다.

"이제 보니 흑산에 대해 잘 모르시는 모양이구려."

"솔직히 이름만 알고 있소이다."

"흑산에 왜 가려는지 모르지만 웬만하면 그냥 돌아가시구려. 흑산에 이르는 길은 죽음의 길이나 마찬가지요. 더군다나 흑산에는 마신들이 살고 있소이다."

"그렇게 위험하오?"

지우상이 묻자 노인이 크게 고개를 끄덕이며 말했다.

"그렇소. 흑산에 가자면 두 개의 독림과 하나의 독호(毒湖)를 지나야 하오. 우린 그 길을 지옥도라 부르오. 지금껏 그 지옥도를 통과해 흑산에 갔다 온 사람은… 거의 없소."

"거의 없다는 것은 있기는 있다는 말이구려?"

지우상이 눈빛을 빛내며 물었다. 그러자 노인이 고개를 저었다.

"물론 아주 없는 것은 아니나 없다고 해야 옳을 거요."

"그건 왜 그렇지요?"

이번에는 정아원이 물었다.

"왜냐하면 그는 흑산에 다녀온 후 반신불수가 되었기 때문이오. 거기에 눈도 멀어 더 이상 흑산에 갈 수 없는 사람이오. 정신도 온전치 않고. 그러니 흑산에 다녀온 사람은 없는 거나 마찬가지요."

"그 말고는 흑산에 다녀온 사람이 전혀 없나요?"

다시 정아원이 물었다. 그러자 노인이 잠시 멈칫하다가 입을 열었다.

"없소."

노인의 대답에 정아원이 풀이 죽은 모습으로 뒤로 물러났다. 그러자 뒤쪽에 있던 원보가 앞으로 걸어 나오며 물었다.

"흑산에 가려면 두 개의 독림과 한 개의 독호수를 건너야 한다고 했소?"

"그렇소만……."

갑작스레 앞으로 나선 원보를 경계하며 노인이 대답했다.

"하면 흑산까지는 아니더라도 그 세 개의 지옥도 중 한두 개를 지나본 사람은 있을 수도 있겠구려?"

원보의 질문에 노인이 당황한 빛을 보였다.

"그, 그야……."

"우린 무리하게 안내자를 흑산까지 데려갈 생각은 없소. 지옥도의 어디까지라도 좋으니 갈 수 있는 데까지만 안내를 해줄 사람을 찾아주시오. 이후의 일은 우리가 알아서 하겠소."

완전한 길잡이를 찾는 것이 욕심이라면 흑산 부근까지 안내할 수 있는 길잡이를 찾는 것이 최선이었다.

원보의 말에 노인이 난감한 표정을 짓다가 나직하게 입을 열었다.

"길을 안내해 드리면 어떤 값을 치르시겠소?"

노인의 말에 원보의 눈빛이 반짝였다. 보통의 경우 길잡이의 대가는 대부분 금자다. 그런데 이 노인의 물음 속에는 금자 이외의 대가를 바라는 마음이 엿보였다.

"금자 외에 달리 원하는 것이 있소?"

원보가 묻자 노인이 망설이다 입을 열었다.

"여러분들은 혹 무공을 수련한 사람들이오?"

"그렇소."

"이런 질문이 어떨지 모르지만… 고수분들이오?"

노인이 조심스레 물었다. 그러나 원보가 별 이상한 것을 다

묻는다는 듯 고개를 갸웃하다 대답했다.

"뭐, 스스로 이런 말을 하긴 뭣하지만 무림에서 우릴 상대할 수 있는 사람은 그리 많지 않을 거요."

원보의 말에 노인의 눈에 갑자기 생기가 돌았다. 그건 그에게 거래할 마음이 생겼다는 의미였다.

"길잡이를 원한다면 해줄 수 있소. 대신 한 가지 조건이 필요하오. 우리가 원하는 것은 금자가 아니오."

노인이 다부진 목소리로 말했다. 그러자 원보가 눈을 가늘게 뜨며 물었다.

"원하는 게 뭐요?"

원보의 물음에 노인이 입술을 깨물며 대답했다.

"우린… 아이들을 찾고 싶소."

"참으로 기이한 일입니다."

감천홍이 어두운 표정으로 말했다. 일행은 노인과의 거래를 받아들여 마을의 손님이 되었다. 승룡에서 제대로 쉬지도 못하고 떠나온 터라 일행은 하룻밤을 마을에서 쉬어가기로 했다. 덕분에 그들은 이 마을 사람들이 길을 안내해주는 대가로 원한 것, 자신들의 아이들을 찾고 싶어 하는 사연을 좀 더 자세하게 들을 수 있었다.

"그러게 말이에요. 오산금림의 전설적인 고수인 삼왕이 머무는 곳이 정말 그 흑산이라면 분명 이곳 사람들이 마신이라 부르는 자들과 연관이 있을 것 같은데 설마 그들이 인근 마을의 아이들을 강제로 데려 갔을까요?"

허소산이 물었다. 그러자 원보가 대답했다.

"강제는 아니지."

"하지만 강제나 마찬가지지요. 그런 무서운 자들이 아이들을 보내라고 하는데 아니 보낼 사람은 없잖아요?"

"그렇다고 그들이 누굴 해친 것은 아니잖아?"

"지옥도에 들어선 사람이 여럿 죽었다잖아요?"

"그게 마신들이 그들을 죽였다고는 장담할 수 없지, 지옥도 자체가 보통 사람이 지나기 힘든 길이라고 했으니. 마신들은 분명 사람들에게 아이들을 잘 먹이고 크게 키울 테니 아이들을 보내라고 한 것이고, 마을 사람들은 제 풀에 겁을 먹어 아이들을 보낸 것 아니냐?"

"그래도 결국은 두려움 때문에 보낸 것이니 강제로 데려간 것이나 마찬가지예요. 특히 한 번 흑산에 들어간 아이들은 다신 부모를 만나지 못한다고 하잖아요."

"음, 그건 분명 문제가 있다만……."

흑산에는 주변 마을 사람들이 마신이라 부르는 사람들은 살고 있었다. 그들은 하늘을 날고, 바위를 가르는 힘을 가지고 있어 인근의 마을 사람들에겐 신과 같은 존재로 알려진 자들이었다.

그런데 그들은 존경받는 신이 아니라 두려움의 대상인 마신으로 받아들여지고 있었다. 이유는 단 하나, 그들이 주기적으로 인근 마을을 돌며 아이를 요구해 흑산으로 데려가기 때문이었다.

그리고 한 번 흑산에 들어간 아이는 살았는지 죽었는지도 알 수가 없었다. 흑산에 들어간 아이가 단 한 번이라도 자신의 고향을 찾아온 경우가 없었기 때문이었다.

간혹 아이를 흑산에 보내고 그리움을 참지 못해 아이를 찾기 위해 흑산행을 했던 사람은 대부분 두 개의 독림과 하나의 독호수가 있다는 지옥도에서 죽었다.

지옥도를 지나 유일하게 흑산에 도달했다 나온 사람이 한 명 있기는 했는데 그는 흑산이 사람이 살 수 없는 땅이라고 전했다. 사람들은 반신불수에 눈이 먼 그의 모습을 보고 그의 말을 믿지 않을 수 없었다고 한다. 이후 그는 스스로 미쳐버렸다.

"마신이란 자들이 왜 아이들을 데려갔을까요?"

다시 감천홍이 혼잣말처럼 물었다.

"알 수 없지."

원보가 고개를 저었다.

"혹시 제자를 들이는 방식이 아닐까요?"

허소산이 묻자 원보가 눈살을 찌푸렸다.

"그런 식으로 제자를 들이다가는 제자와 스승 사이가 원수가 되고 말거다."

"그럼 설마 잡아먹기라도 하는 걸까요, 소문처럼?"

감아라가 두려운 얼굴로 물었다. 마을에선 마신들이 어린아이들을 데려가 식인을 한다는 소문까지도 돌고 있는 실정이라고 했다.

"그건 그저 소문일 뿐이야. 누가 사람을 잡아먹겠어, 그런 무공의 고수들이."

감명이 혀를 찼다.

"그럼 왜 아이들을 데려가는데?"

감아라가 따지듯 물었다.

"그야 나도 모르지."

감명이 어깨를 으쓱였다.

기이한 불안감이 감도는 마을에서 하룻밤을 보낸 다음날 아침 일행은 마을을 떠나 흑산으로 향했다. 그런데 길잡이로 나선 사람이 의외였다. 일행은 젊고 건장한 청년이 길잡이로 나설 것이라고 생각했는데, 마을 대표해 길잡이로 나선 사람은 어제 일행을 상대한 노인이었던 것이다.

"반신불수가 된 오설 그 사람 말고 흑산에 가장 가까이 갔던 사람은 나요. 난 두 개의 독림을 지난 후 독호(毒湖) 앞에서 되돌아온 사람이오. 그러니 나만한 길잡이는 없을 거요."

일행이 조금 불안한 시선으로 늙은 길잡이를 맞이했을 때 그가 한 말이었다. 일행은 그렇게 하거웅이라는 이름의 사내를 앞세우고 지옥도로 들어서고 있었다.

허소산 일행이 흑산을 향해 떠난 지 이틀이 지났을 때 낯선 불청객들이 다시 마을을 찾아들었다. 그들은 허소산 일행과는 달리 강렬한 살기를 흘려내는 사람들이었는데 마을 사람들은 그 기세를 감당하지 못하고 허소산 일행이 흑산을 향해 떠났다는 사실을 순순히 실토했다.

불청객들은 마을 사람들 중에서 건장한 청년 세 명을 강제로 앞세우고는 서둘러 흑산을 향해 떠났다.

第十章
동경이 울다

독경 讀經

길은 시간이 지날수록 험해졌다. 길잡이 노인 하거웅이 말하는 두 개의 독림과 하나의 독호수가 나타나기도 전에 일행은 밀림의 숲에 압도당하고 있었다.

한 발 내딛기 어려울 정도의 숲은 사람의 접근을 완강하게 거부하고 있었고, 들짐승들이 다니는 길조차 하루가 지나면 풀이 자라 그 흔적을 없애버렸다.

허소산이 사냥꾼의 눈으로 들짐승의 길을 간혹 찾아내긴 했지만 그렇다고 그 길을 따라 밀림을 여행할 수는 없었다. 흑산으로 가는 길을 그래서 오로지 하거웅의 몫이었다.

그렇다고 길잡이라고 하거웅이 일행 앞에 선 것은 아니었다. 금림삼룡 중 살아남아 소림주 정아원을 호위하고 있는 두 명의 중년 무사 어주복과 왕신이 일행의 선두에서 검을 휘둘러 길을 만들고 있었다. 하거웅은 그 뒤쪽에서 그들이 전진해야 할 방향만을 짚어주고 있었다.

그래도 선두에 선 사람들이 고수인지라 그들이 검이 한 번 휘둘러질 때마다 일이 장 전진할 수 있는 길이 만들어지고 있다는 것이 다행이었다.

사람은 말을 타지 못했다. 정아원조차도 말에서 내려 두 다리로 걷고 있었다. 사람까지 태운다면 말은 하루도 버티지 못하고 쓰러질 것이 분명했다. 사람을 태우기는커녕 말 등에 실었던 짐도 꼭 필요한 것을 제외하고는 숲에 버린 일행들이었다.

"후욱 후욱!"

선두에서 길을 열고 있는 두 명의 고수 어주복과 왕신이 거친 숨을 몰아쉬었다. 두 사람은 이미 두 시진째 쉬지 않고 길을 열고 있었다.

"일각만 더 힘을 내주시오. 그러면 쉬어갈 곳이 있소."

지친 두 사람에게 하거웅이 힘을 불어넣는 소리를 했다.

"이 밀림에서 쉴 곳이 있단 말이오?"

어주복이 뒤를 돌아보며 물었다.

"이곳 사람들이 빙천이라 부르는 샘이 가까이 있소. 물이 워낙 차가워 그리 부른다오. 그곳에서 오늘은 쉬어 갑시다, 그만한 노숙지를 구하기도 힘드니."

"시간이 이른데……."

왕신이 아직은 노숙지를 구할 때가 아니라는 듯 말했다. 그러나 하거웅이 고개를 저으며 말했다.

"그곳에서 쉬어가야 하오. 그 안쪽으로 들어가면 정말 몸 누일 곳을 찾기 어렵소. 늪이 이어질 거요. 그리고 그 늪을 지나야 첫 번째 독림에 도착할 거요."

하거웅의 말에 왕신도 더 이상 반대하지 않았다. 길은 찾고 진퇴를 결정하는 것은 적어도 이 밀림에서는 하거웅의 몫이었다.

"자 다시 가지."

잠시 쉬었던 어주복이 다시 검을 휘두르기 시작했다.

쪼르륵쪼르륵!

이름 모를 새가 노란 깃털을 털며 일행을 맞이했다. 그러나 일행은 새소리보다 맑은 물소리가 더 반가웠다.

"웃, 차다!"

제일 먼저 샘물에 손을 담갔던 원보가 급히 손을 빼내며 말했다.

"무척 차지요? 그래서 이름이 빙천입니다. 보시다시피 빙천 주위에는 풀들이 높이 자라지 않지요. 아마도 그 냉기 때문인 듯싶은데……. 어쨌든 이런 노숙지를 구하기 힘들지요. 물도 맑고, 풀도 높지 않으니……."

하거웅이 자신이 이곳을 노숙지로 정한 이유를 설득시키려는 듯 말했다. 그러자 지우상이 고개를 끄덕였다.

"하 노인 말이 맞는 것 같구려. 정말 밀림에 이런 쾌적한 곳이 있을 줄은 몰랐구려. 자, 모두들 오늘은 이곳에서 쉬어갑시다. 너희들은 어서 소림주님이 쉴 곳을 마련하거라."

"예, 장로님!"

지우상의 명에 소림주 정하원을 호위하는 두 명의 여고수 미명과 은사가 대답을 하고는 재빨리 말에서 짐을 내려 정하원이 앉아 쉴 수 있는 준비를 했다.

"예뻐요."

그사이 감아라는 어느새 노란 깃털의 새를 나무 밑에서 바라보고 있었다. 새는 사람이 무섭지도 않은 지 계속해서 그 자리에 앉아 맑은 울음을 흘려내고 있었다.

"무슨 새죠?"

감아라가 하거웅에게 물었다.

"전조라는 새란다."

"전조요? 무슨 이름이 그래요?"

"본래는 전조를 보면 길한 일이 생긴다고 해서 붙여진 이름인데… 그 말이 맞는 것 같지는 않구나."

"어째서요?"

감아라의 물음에 노인이 한동안 뜸을 들였다가 말했다.

"그 새가 울던 날 내 아들이 마을을 떠났으니까."

하거웅의 대답에 감아라가 입을 다물었다. 하거웅이 하는 말이 어떤 의미인지 어린 감아라도 잘 알고 있기 때문이었다.

"에잇! 훠이!"

감아라가 손을 흔들며 소리치자 전조가 놀라 맑은 울음을 울며 숲 깊은 곳으로 날아갔다.

"왜 그래?"

갑자기 전조를 날려 보낸 감아라의 행동이 의아한 지 감명이 물었다.

"불길하잖아."

"길조라시잖아?"

"글쎄. 어르신께는 길조가 아니라니까."

"그래도… 새가 무슨 앞날을 예견하겠니. 보기 좋았는데 소리도 듣기 좋고……."

"가서 식사나 준비하세요, 오라버니."

감아라가 입을 삐죽이고는 감천홍이 있는 곳으로 걸음을 옮겼다.

맑은 물이 얼마나 귀한 것인지 일행은 새삼스레 깨닫고 있었다. 늪지의 물도 맑지 않은 것은 아니었으나 왠지 모를 꺼림직함이 있었다. 하지만 빙천의 물에선 그런 불안함이 전혀 느껴지지 않았다. 심산유곡의 맑은 샘물을 마시듯 그렇게 일행은 음식보다도 많이 샘물을 마셨다.

그리고 빙천은 그런 일행의 기대에 부응이라도 하듯 오랜 여행에 소모된 원기를 빠르게 회복시켰다. 저자의 거리에서 가까우면 약수로 소문이 날 샘물이었다.

숲에 밤이 찾아오자 사방에서 새소리와 짐승들의 움직임 소리가 더 강렬하게 흘러나오기 시작했다. 밀림의 밤은 낮보다 활기차서 숨어 있던 모든 생명들이 활개를 치는 것처럼 느껴졌다.

허소산은 짐승의 가죽으로 만든 덮개로 몸을 감싼 채 하늘을 보고 있었다. 다른 곳이었다면 우거진 숲 때문에 별이 보이지 않았을 테지만 빙천 위에는 큰 나무가 없어 마치 우물을 통해 별을 보듯 밤하늘을 감상할 수 있었다.

잠도 쉬이 오지 않았다. 힘든 여정이었지만 빙천의 영험함 때문인지 피곤은 느껴지지 않았다.

'아버지는 어느 곳에서 별을 보고 계실까?'

백두에서 허산왕과 함께 지낼 때는 자주 둘이 어깨를 나란히 하고 누워 하늘의 별들을 구경하곤 했었다. 그러다 잠이 들면 허산왕은 허소산이 깨지 않게 그를 안아 방에 누이곤 했던 것이다.

"잘 자요, 아버지!"

언제나처럼 허소산이 나직하게 밤 인사를 하고는 눈을 감았다.

"오래지 않았습니다. 하루 안쪽입니다."

검은 무복을 입은 사내가 허리를 숙여 물기가 스며 있는 발자국을 살피며 말했다. 어젯밤 허소산 일행이 노숙했던 빙천 주변이었다.

"서둘러 추격한다. 그 지옥도라는 곳에 들어서면 그들을 잡는 것이 힘들어질 수도 있다."

뒤쪽에서 강단있는 모습을 한 노인이 말했다. 그러자 발자국을 살피던 사내가 세 명의 길잡이를 보며 말했다.

"가자."

"여기서 쉬어 가야합니다."

마을에서 강제로 끌려온 길잡이가 고개를 저으며 말했다.

"가라면 가지 무슨 말이 많으냐?"

검은 무복의 사내가 당장에라고 검을 뽑아 길잡이 사내의 목을 칠 것처럼 차갑게 말했다. 그러자 길잡이 사내가 다시 고개를 저었다.

"이곳은 빙천이란 곳인데 흑산으로 가는 도중에 반드시 쉬어가야 하는 곳입니다. 이곳에서 쉬지 못하면 이틀 안쪽으로 쉬어갈 곳이 없습니다."

"이틀 쉬지 못한다고 죽는 것은 아니다!'

검은 무복의 사내가 냉정하게 말했다.

"하지만… 저희들은……."

"인간의 생명이 그렇게 연약하지는 않다. 지금은 너희들의 사정을 봐 줄 수 있는 때가 아니다. 앞장서라. 아니면 내 칼이 먼저 너희들의 목을 벨 것이다."

사내의 협박에 길잡이들이 어쩔 수 없다는 듯 밀림 속으로 걸음을 옮겼다.

*　　　　*　　　　*

늪지는 끝없이 계속되었다. 이대로라면 하거웅이 지옥도라 일컫는 독림을 걷는 것이 나을 거란 생각이 들 정도였다. 중간에 아주 작은 마른 땅을 발견에 세 시진 정도 눈을 붙인 일행은 다시 늪으로 들어가 하루 낮을 꼬박 걸었다.

감명과 감아라는 지친 기색이 역력해서 간혹 한두 시진씩 말에 오를 수밖에 없었다. 덕분에 말들도 기진하여 이젠 더 이상 일행의 짐을 대신 날라주지 못할 지경이 되었을 때 드디어 일행은 마른 땅을 밟았다.

"후우! 일단 늪지대는 다 지났습니다. 이곳에서 잠시 쉬지요."

하거웅이 크게 한숨을 내쉬며 말했다. 그러자 누가 먼저랄 것도 없이 사람들이 마른 땅 이곳저곳에 자리를 잡고 몸을 뉘였다. 어디선가 불어오는 신선한 바람이 사람들의 피곤을 풀어주었다. 그사이 하거웅은 앞쪽으로 한참 걸어 들어가더니 늙은 몸에도 다람쥐처럼 커다란 나무를 타고 올라 전망을 살피고 돌아왔다.

"제대로 온 거요?"

하거웅이 돌아오자 지우상이 물었다. 그러자 하거웅이 고개를 끄덕였다.

"길은 제대로 잡았습니다. 이제 한 시진만 더 가면 첫 번째 독림이 나타날 겁니다."

하거웅의 말에 문득 홍목공이 궁금한 표정을 지으며 물음을 던졌다.

"첫 번째 독림과 두 번째 독림의 차이는 뭐요? 두 개의 독림이 연달아 이어져 있다면 굳이 구분할 필요가 없을 텐데……?"

"두 개의 독림은 서로 확연하게 구분이 되지요. 왜냐하면 첫 번째 독림은 독초들이 무성하게 자라 있는 숲입니다. 독초가 만든 웅덩이도 많고, 또 나무에도 독이 흐르는 곳이지요. 자칫 발을 잘못디디면 알 수 없는 독에 중독되어 다리를 잘라내거나, 죽음에 이르게 되지요. 곳곳에 있는 독초와 독수(毒水)들을 피해 하루 밤낮을 가야 하기 때문에 그곳을 통과하는 것은 여간 어려운 일이 아닙니다."

"그럼 두 번째 독림은 어떤 곳이에요?"

감명이 호기심을 드러내며 물었다.

"두 번째 독림은 독충들의 천국이란다. 그곳에는 세상에 알려지지 않은 수만 가지의 독충이 몰려 있어 그곳을 통과하기란 여간 어렵지 않다. 보통 밀림에 정통한 사람들이라면 첫 번째 독림은 그런대로 통과할 수 있을지 모르지만 그들조차도 두 번째 독림을 통과하는 것은 거의 불가능하단다. 독충의 공격을 막는 것은 그리 쉬운 게 아니거든."

"그런데 어르신은 그 두 번째 독림을 통과하셨다는 거네요."

감명의 물음에 하거웅이 고개를 끄덕였다.

"그때는 운이 좋았단다. 마침 계절이 연중 가장 추운 때라 독충들도 활동이 활발하지 않았거든. 하지만 이번에는……."

하거웅이 말꼬리를 흐렸다. 확실히 계절은 독충이 활개를 칠 만큼 더운 시절이었다.

"음, 그럼 일단 첫 번째 독림이 있는 곳까지 가봅시다."

잠시 휴식을 취했던 일행이 지우상의 말에 자리를 털고 일어났다. 그러자 하거웅이 앞서 살핀 길을 따라 일행을 이끌었다.

하거웅의 말처럼 한 시진 정도를 이동하자 일행 앞에 기이한 숲이 모습을 드러냈다. 온통 묵빛으로 물들어 있는 숲이었는데 곳곳에서 마치 사람이 불을 놓아 연기를 피우듯 검은 연무들이 꿈틀거리며 올라오고 있었다. 한눈에 보아도 한 발 내딛기 어려워 보이는 숲이었다.

"이곳을 무사히 통과하려면 아주 천천히 이동해야 합니다. 가능한 목초에 몸이 닿아서는 안 되고, 물웅덩이 같은 것은 반드시 피해야 합니다."

"식수는 어떻게 해결하죠?"

정아원이 물었다. 그러자 하거웅이 십여 장 위쪽을 가리켰다.

"저 위쪽에 작은 샘이 있습니다. 그곳에서 충분히 수통을 채워 가야지요."

"샘이 있다니 다행이구려."

"오늘은 이곳에서 노숙을 하지요. 일단 독림에 들어가면 하루 밤낮은 쉬지 못할 겁니다."

하거웅의 말에 지우상이 고개를 끄덕였다.

"그렇게 하도록 합시다. 두 사람은 미리 수통에 물을 준비해 두게. 내일 아침 일찍 길을 떠나려면 미리 준비를 해두는 것이 좋겠지."

"예, 장로님!"

어주복과 왕신이 대답을 하고는 말에서 수통을 내려 샘이 있는 곳으로 갔다.

"우리도 준비를 해야지?"

허소산도 얼른 수통을 들고 두 사람의 뒤를 따르자 언제나처럼 감명과 감아라가 허소산의 뒤를 쫓았다.

수통에 물을 채우는 데는 시간이 제법 오래 걸렸다. 샘이라고는 해도 땅에서 솟아나는 물은 무척 적어서 모든 수통에 물을 채우는 것이 쉬운 일이 아니었다. 그래서 모든 수통에 물을 채워 일행이 있는 곳으로 돌아왔을 때는 이미 해가 져 밀림에 어둠이 깔리고 있었다.

일행은 급히 모닥불을 피우고 요기를 한 후 오랜 여행으로 지친 몸을 모포로 감싼 채 모닥불 주위에서 잠을 청했다.

"악!"

한 마디의 비명 소리가 늪지에 울려 퍼졌다. 사람들의 시선이 일제히 비명 소리가 들린 곳으로 향했다. 그러자 어느새 허리까지 늪에 잠긴 사내가 요동을 치며 늪에서 빠져나오려 허우적대고 있었다.

"멍청한! 어디다 정신을 두는 거냐? 설마 졸고 있었던 것이냐?"

노인이 노기를 담은 눈으로 늪에 빠진 사내를 책망했다. 허소산 일행을 추격하는 자들은 길잡이들의 충고를 듣지 않은 것을 그즈음에서 후회하고 있었다. 밀림의 늪은 끝이 없이 이어져 있어, 길잡이들의 말처럼 빙천을 떠난 이후 눈 붙일 곳을 찾지 못했던 것이다.

빙천에서 쉬지 않았으니 그들은 이틀 동안 한 번도 눈을 붙이지 못하고 있는 실정이었다.

"줄을 던져줘라!"

노인의 명에 일행 중 한 명이 긴 줄을 늪에 빠진 사내에게 던졌다. 그러자 늪에 빠진 사내가 재빨리 날아온 줄을 낚아채더니 바짝 잡아 당겨 줄을 팽팽하게 만든 후 그 반동을 이용해 번개처럼 늪에서 빠져나왔다.

늪에서 빠져나온 사내는 한 번의 도약으로 늪을 벗어나 이내 노인의 앞에 무릎을 꿇었다.

"죄를 청합니다."

"됐다. 그러나 금림의 무사라면 이 정도 난관은 어렵지 않게 견뎌내야 한다."

"명심하겠습니다."

"잘 들어라. 너희들은 새롭게 태어난 금림을 이끌어갈 후기지수들이다. 우리 장로들이 너희 스물네 명을 골라 이십사수(二十四樹)란 직위를 내린 것은 앞으로 시작될 오산금림의 강호출도의 중추를 맡기기 위함이다. 강호출도는 말처럼 쉬운 것이 아니다. 더군다나 지금 금림의 형제들은 하나로 마음을 합치지도 못했다. 이럴 때는 누군가 오산금림에 새로운 바람을 일으킬 사람들이 필요하다. 우리 장로들은 이십사수 너희가 바로 그 일을 해줄 것으로 기대하고 있다."

"알고 있습니다."

무릎을 꿇고 있는 사내와 주변에 서 있는 사내들이 일제히 대답했다.

"결국 다음 대에는 너희들이 우릴 대신에 오산금림을 대표하게 될 것이다. 그런데 이런 작은 어려움조차 이겨내지 못한다면 어찌 오산금림의 스물네 개의 거목이 되어 천하를 굽어보겠는가?"

"죄송합니다!"

늪에 빠졌던 사내가 다시 고개를 숙였다.

"정신들 차려라. 늪이 얼마나 남았느냐?"

노인이 길잡이들을 보며 물었다. 그러자 길잡이 중 하나가 대답했다.

"이제 반나절을 가면 늪은 끝이 날 겁니다. 거기에서 다시 한 시진 정도 마른 땅을 걸으면 첫 번째 독림이 나타납니다."

"좋아. 최소한 첫 번째 독림을 지나기 전에 그들을 제압해야 한다. 정말로 흑산에 신황림이 존재하고 그곳에 삼왕이 머물고 있다면 우리의 대업은 하루아침에 무너질 수도 있다. 서둘러라!"

"알겠습니다, 장로님! 가자!"

가장 앞에 섰던 중년 사내가 길잡이들을 재촉했다. 그러자 길잡이들이 지친 몸을 이끌고 다시 늪지를 걷기 시작했다.

"그럼 들어가 볼까?"

지우상이 크게 심호흡을 하고는 검은 숲을 보며 말했다. 그러자 일행의 앞에서 길을 인도할 하거웅이 다시 한 번 주의를 줬다.

"절대 함부로 수목을 만지지 마십시오. 평범해 보이는 수목도 독을 지니고 있습니다."

"알겠소이다. 갑시다."

지우상이 길을 재촉했다.

허소산은 일행의 가장 뒤에 서 있었다. 이 일행에서 허소산은 사실 그렇게 중요한 인물이 아니었다. 물론 그의 무공이 나이에 비해 뛰어나다는 사실은 모두 알고 있었지만 일행을 이끄는 것은 지우상이었고, 허소산 일행을 대표하는 사람은 원보였다. 그러므로 허소산이 일행의 어디에 위치하는가는 사람들의 관심사가 아니었다.

그러나 그렇게 사람들이 앞으로 나아가는 일에만 관심을 두고 있을 때 허소산은 기이한 경험에 가슴이 설레고 있었다.

우우웅 우우웅!

사람들의 귀에는 들리지 않는 은은한 울음. 오직 가슴으로만 느껴지는 이 울음의 정체는 그러나 생명으로부터 나오는 것처럼 생생했다. 그러나 이 울음이 살아 있는 생명으로부터 나오는 것은 아니었다.

허소산의 품속에는 언제나처럼 천독공의 새겨진 구리거울이 들어 있었다. 고려를 탈출할 때 화살을 비껴 막아주었고, 해적선을 탈출할 때도 요긴하게 썼던 동경을 허소산은 무척 소중하게 간직하고 있었다.

물론 동경에 새겨진 천독공이라는 무공 때문이기도 했지만 기실 천독공의 비결은 이미 허소산의 머릿속에 모두 들어와 있으므로 동경이 없어도 천독공을 수련하는 데는 아무 문제가 없었다.

허소산이 동경을 소중하게 생각하는 것은 천독공 때문이 아니라 그것이 아버지 허산왕과 함께한 추억을 돌아볼 수 있는 하나의 신물처럼 느껴졌기 때문이었다. 그의 수중에 남아 있는 물건 중 고려에서 가져온 것은 동경이 유일했다. 그리고 그 동경에는 엽사 허씨 가문이 깊은 내력이 배어 있었다. 그 유서 깊은 물건을 허소산은 절대 잃어버리고 싶지 않았다. 그와 허산왕의 추억이 깃든 이 동경은 그래서 허소산에게 만금의 재물보다도 귀중했다.

그런데 그 동경이 울고 있었다. 울음은 독립을 앞에 둔 그날 밤, 모닥불을 의지 삼아 모포를 뒤집어쓰고 노숙을 할 때 처음 들려왔다. 처음 허소산은 울음의 주인이 동경이라고는 생각지 못하고 선잠에서 깨 한참 동안 주변을 살피기도 했다. 혹 감명이나 감아리가 어린 나이에 공포를 이기지 못하고 흐느끼고

있을 지도 모른다는 생각에 두 사람을 따로 살펴보기까지 했
었다.

그러나 곧 허소산은 그 울음의 정체가 외부가 아닌 그의 내
부에서 흘러나온다는 것을 깨달았다, 그의 내부에 또 다른 그
가 존재하는 것처럼. 그리고 결국 허소산은 이 기이한 울음의
정체가 동경의 떨림이라는 것을 알아챘다.

동경의 깊은 울림, 그것이 살아 있는 생명의 울음처럼 허소
산에게 몸으로 전해지고 있었던 것이다. 그리고 그 울음은 독
림을 향해 발걸음을 떼는 순간 더욱 선명해졌다.

'뭐지? 무슨 이유가 있는 걸까?'

허소산은 끊임없이 자신의 가슴을 울리는 동경의 울음을
몸으로 들으며 내심 깊은 고민에 빠졌다. 도대체가 동경이 이
먼 타지에서 갑자기 울음을 우는 이유를 알 수 없었던 것이
다.

'독(毒)의 기운 때문일까?'

가능성이 없는 것은 아니었다. 동경에는 천독공이 새겨져
있었고 그건 허소산이 생각하기에 천하에서 가장 기이하고 신
비한 독공이며 무공이었다. 그 천독공이 새겨진 동경이 독의
숲에 들어서자 울음을 울기 시작한 것이 우연처럼 느껴지지
않았다.

'어쩌면 이 동경은 독의 기운에 스스로 감응하는 신물일지
도 모르겠군.'

허소산이 새삼스레 가슴에 담긴 독경을 쓰다듬었다. 그런데

그 순간 갑자기 허소산의 손을 통해 찌릿한 기운이 전해졌다.

'윽!'

허소산은 하마터면 입 밖으로 소리를 내지를 뻔했으나 겨우 소리를 입안으로 비명을 삼키며 동경에서 급히 손을 뗐다.

'이건 뭐지? 도대체 이놈이 왜 이렇게 날뛰는 거지?'

동경은 마치 살아 있는 동물과도 같았다. 혼을 놀라게 하는 기운은 물론 손으로 그 떨림이 전해질 정도로 강렬하게 진동하고 있었다. 그런데 다음 순간 허소산은 동경에 대었던 손을 통해 신비한 기운이 그의 몸으로 들어오는 것을 깨달았다. 허소산의 몸으로 들어온 기운은 낯설지 않았다. 그건 독의 기운이었다.

'설마 동경이 독림의 독기를 스스로 흡수하고 있는 건가?'

지금껏 동경이 이런 움직임을 보인 경우는 없었다. 오직 천독공의 비결이 새겨져 있을 뿐 독에 대해 어떤 반응도 보이지 않았던 동경이었다. 그런데 지금 동경은 스스로 독의 기운을 흡수하고 있었다.

'동경에 내가 모르는 비밀이 있었던 모양이구나. 내가 직접 독을 흡수하는 대신 동경을 통해 독의 기운을 흡수하며 천독공을 운영할 수 있다면 천독공의 수련은 훨씬 빠르고 편해지겠어. 위험도 적을 테고.'

허소산이 내심 기대를 하며 슬며시 다시 동경에 손을 댔다.

그러자 예의 그 저릿한 기운이 다시 일어났다. 허소산이 이번에는 동경에서 손을 떼지 않고 천천히 독의 기운을 몸속으로 받아들이기 시작했다.

허소산의 기이한 운기는 일행이 첫 번째 휴식을 취할 때까지 계속됐다. 장장 두 시진의 이동, 그러나 일행이 이동한 거리는 생각보다 그리 많지 않았다. 사방에 널린 독초들을 피해 걷느라 일행의 움직임이 무척 느렸기 때문이었다.

"후우, 이 숲의 길이가 얼마나 되오?"

이미 하룻길이라는 말을 들었지만 원보가 다시 하거웅에게 물었다. 그러자 하거웅이 대답했다.

"지금처럼 걸으면 하룻길이지요. 하지만 갈수록 숲이 무성해져 나중에는 한 시진에 단 오리를 가기도 힘들지요. 넉넉잡으면 하루 반은 잡아야 할 겁니다."

"음… 하루 반나절이라……. 이제 시작인데 벌써 지치는군."

원보가 고개를 저었다.

"집중력을 잃으면 안 된다. 모두들 정신 바짝 차려라!"

지우상이 오산금림의 일행에게 주의를 줬다. 다행인 것은 이들이 모두 뛰어난 무인들이라는 것이었다. 본시 무인의 기본은 보법이라 이들은 독림에 우거진 독초들을 능숙하게 피하며 걸음을 옮기고 있었다. 그러나 만약 누구라도 집중력을 잃으면 그때는 그들의 무공으로도 독초에 스치는 것을 피할 수 없을 터였다.

일행은 이각여를 쉰 후 다시 길을 떠났다. 허소산의 기이한 천독공 수련도 다시 시작되었다.

"못 가겠다고?"

독림 앞에 도착한 오산금림의 고수입에서 차가운 노성이 흘러나왔다.

"그렇습니다. 더 이상은 갈 수 없습니다."

그들이 강제로 끌고 온 길잡이들이 두려움에 떨면서도 고개를 저었다.

"못 가겠다면 이곳에 너희들의 무덤을 만들어주마!"

검은 무복의 중년 사내가 검을 빼들었다.

"제, 제발 목숨만은 살려주십시오. 이곳까지 온 것만 해도 저희들로서는 최선을 다한 것입니다. 독림에 들어가면 저흰 단 반나절도 버티지 못하고 죽을 겁니다. 그러니 제발……."

길잡이들이 두 손을 들어 머리 위에 올리고는 목숨을 구걸했다. 검은 무복의 사내가 노인을 돌아봤다. 그러자 노인이 잠시 생각에 잠겼다가 입을 열었다.

"그들의 흔적은 찾았느냐?"

"이쪽으로 들어간 것이 분명합니다."

다른 쪽에서 누군가의 목소리가 들려왔다. 그러자 노인이 고개를 끄덕였다.

"좋아. 그럼 이젠 우리끼리 간다."

"하면? 이들은?"

"보내줘라."

"하지만……."

"오늘 이곳으로 저들을 강제로 데려온 것만 해도 오산금림의 명예에 해가 되는 일이었다. 향후 오산금림이 강호무림의 패자가 되기 위해선 세간의 평판도 중요한 법, 무공을 모르는 자들을 베었다가는 강호의 비웃음이 될 것이다. 본시 한 문파를 대신해 일을 행함에 있어서는 향후의 일을 늘 고민해야 하는 법이다, 적어도 천하를 원하는 사람이라면!"

"가르침 명심하겠습니다."

검은 무복의 사내가 깊이 고개를 숙여보였다. 그리고는 세 명의 길잡이에게 말했다.

"마을로 돌아가도 좋다."

"정말이십니까?"

"허언을 할 사람들로 보이느냐?"

"아, 아닙니다. 감사합니다. 그럼 저희들은… 대협들께서 떠나시는 것을 보고 돌아가겠습니다."

"우리가 걱정이 되느냐?"

중년 무사의 질문에 길잡이가 망설이다 고개를 끄덕였다.

"그렇습니다. 지옥도에 들어가 살아온 사람이 없었기에……."

"잘 듣거라. 우린 오산금림의 사람들이다. 천하에 우리 앞을 막을 것은 없다. 돌아오는 날 너희들의 마을에 들려 우리가 무사히 살아 있음을 확인시켜 주마."

"아, 알겠습니다. 부디 무사히 돌아오십시오. 하지만 저희들은 조금 쉬었다가 돌아가겠습니다. 이대로 다시 늪지로 들어가서는 죽음뿐이지요."

"알겠다. 그럼 쉬어 가거라."

중년 무사가 고개를 끄덕이고는 오산금림의 노고수가 있는 곳으로 이동했다.

"출발한다."

중년 무사가 다가오자 오산금림의 노고수가 다시 명을 내렸다. 그러자 그의 수하들이 일제히 독림 안으로 걸어 들어가기 시작했다.

*   *   *

"후욱 후욱!"

하거웅이 거친 숨을 몰아쉬었다. 노구에 독림을 통과하는 것은 결코 쉬운 일이 아닌 듯 보였다. 만약 그가 밀림에 정통한 노인이 아니었다면 그리고 뒤따라가는 지우상이나 홍목공이 간혹 타혈을 통해 그의 원기를 북돋아 주지 않았다면 그는 이미 독림 어느 한 곳에 누워 시체가 되었을 터였다.

"위험해, 위험해."

원보가 나직하게 중얼거렸다.

"뭐가요?"

허소산이 오랜만에 원보의 말에 관심을 보였다.

"모두가 지쳐 가고 있다. 독림에 들어선 지 겨우 하루가 지났을 뿐인데 사람들이 한 달은 여행을 한 것처럼 지쳐 있어. 이래서야 어디 두 번째 독림과 독호수를 제대로 지날 수 있을까? 음, 한 명은 아니군."

"무슨 말씀이세요?"

"어떻게 넌 시간이 지날수록 생기가 도는 거냐? 나조차도 이렇게 힘이 든데……."

원보가 신기하다는 듯 허소산을 보며 물었다. 원보조차도 천독공의 정체를 모르고 있으니 모든 사람이 지쳐 가는 동안 오히려 공력이 높아지는 허소산의 비밀을 알 리 없었다.

"그냥 편하게 마음먹고 이동하니까 산보 같은데요."

"산보? 산보라… 하하 그렇군. 우리가 너무 긴장을 하고 있는지도 모르겠군. 그 긴장이 피로를 더욱 가중시키는 것 같아."

원보가 어깨를 으쓱거렸다. 그때 앞서 가던 지우상이 하거웅에게 물었다.

"쉬어 가겠소?"

지우상이 물음에 하거웅이 힘겹게 고개를 끄덕였다.

"그랬으면 좋겠습니다."

"그럼 그럽시다. 마침 수목이 없는 곳이니 쉬기에 나쁘지 않은 듯싶소."

지우상이 고개를 주억였다. 그러자 일행 모두가 재빨리 바닥에 깔개를 깔고 앉아 휴식을 취하기 시작했다. 긴장으로 굳어졌던 근육들은 잠깐의 휴식을 주자 빠르게 정상을 회복됐다. 몸이 회복되자 정신도 회복돼 사람들은 천천히 주변을 살폈다.

어둡고 습한 숲, 하늘의 빛도 들어오기 쉽지 않아 온통 묵빛인 숲이 심연처럼 깊은 침묵을 만들고 있었다. 마치 천길 바닷속에 들어와 있는 듯한 느낌이었다.

"정말 무서운 곳이에요."

문득 감명이 입을 열었다.

"그래, 무서운 곳이다. 조심해야한다."

감천홍은 괜히 아이들을 이 길에 동행시킨 것이 아닌가 계속 후회하고 있었다. 그가 생각했던 것보다 길이 훨씬 위험하기 때문이었다.

"물들을 아껴 마시게."

휴식을 취하며 물을 마시고 있는 오산금림의 사람들을 향해 지우상이 주의를 줬다. 이런 곳에서 물까지 떨어지면 그건 곧 죽음을 의미하기 때문이었다.

"두 번째 독림은 이곳보다 더 힘들겠지요?"

감명이 걱정스런 표정으로 하거웅에게 물었다. 그러자 하거웅이 잠시 생각에 잠겼다가 입을 열었다.

"힘들기는 이 첫 번째 독림이 더 힘들 게다. 두 번째 독림은 이곳처럼 수풀이 무성하지는 않아. 그곳은 몇백 년 된 큰 나무들이 자리하고 있어 오히려 땅에는 수풀이 적은 편이란다 그래서 움직이는 데는 힘이 덜 들지. 하지만……."

"왜요? 다른 문제가 있나요?"

"위험하기로 따지면 이곳보다 훨씬 더 위험하단다. 왜냐하면 이곳의 독초들은 움직이지 않지만 그곳에 사는 독충들은 제 발로 움직이니까. 그래서 힘을 덜 들어도 살아서 통과하기는 그곳이 더 위험하지."

"그렇군요. 독충들은 살아 있으니까요. 그럼 독 호수는 어때요?"

"글쎄. 그곳은 나도 잘 모르겠구나. 나도 그곳을 통과하지는 못했으니까."

하거웅이 고개를 저었다.

"시간은 많으니 천천히 조심해서 이동하면 무사히 독림을 통과할 수 있을 거다."

원보가 달래듯 감명에게 말했다. 사실 일행의 이동 속도는 무척 느렸다. 독림이라고는 해도 무공을 익힌 사람들임을 감안하면 거의 기어가듯 가고 있다고 해도 과언이 아니었다.

덕분에 독초에 당한 사람은 없었지만 길이 길어져 제 풀에 지쳐 가고 있는 일행이었다.

"조금 서두는 게 낫지 않을까요? 너무 느리게 이동해 이러다가 물이 떨어질 수도 있겠어요."

문득 소림주 정아원이 지우상에게 말했다. 그러자 대답은 지우상이 아니라 하거웅이 했다.

"아닙니다. 지금 정도의 속도가 좋습니다. 물 걱정이라면 하지 마십시오. 첫 번째 독림과 두 번째 독림 사이에 폭이 이십여 장 되는 초지가 있습니다. 이상하게도 그곳은 독초와 독충들이 없지요. 그곳에 가면 물을 구할 수 있습니다."

"그런가요? 앞으로 얼마나 남았죠?"

"반나절이면 충분할 겁니다."

"알았어요."

정아원이 고개를 끄덕였다. 그러자 지우상이 자리를 털고 일어나며 말했다.

"자 다시 가지!"

지우상의 말에 일행이 한결 가벼워진 몸을 일으켰다. 그리고는 다시 하거웅을 앞세우고 어두운 독림을 걷기 시작했다.

"으으으!"

삼십대 중반으로 보이는 무사 하나가 땅에 쓰러져 신음하고 있었다. 그의 주위로 허소산 일행을 추격하는 오산금림의 고수들이 늘어선 채 걱정스럽게 바라보고 있었다.

일행의 우두머리인 노인은 쓰러진 무사를 살피고 있었다.

"음......."

노인의 입에서 나직한 침음성이 흘러나왔다.

"어떻습니까? 장로님!"

노인의 뒤쪽에서 중년 사내 하나가 물었다.

"해약이… 듣질 않는구나."

"하면……?"

그러나 노인은 수하의 질문에 더 이상 대답하지 않았다. 대신 노인의 입에서 짧은 명이 흘러나왔다.

"일으켜 앉혀라!"

노인의 명에 좌우에 서 있던 사내들이 쓰러진 자를 일으켜 노인 앞에 앉혔다. 그러자 노인이 가부좌를 틀고 앉더니 진기를 끌어올리기 시작했다. 노인의 코언저리에 뿌연 아지랑이가 일렁인다 싶은 순간 노인이 두 손을 쓰러졌던 자의 등에 가져다 댔다.

"크으으!"

노인의 손이 등에 닿자 사내의 입에서 흘러나오는 신음 소리가 좀 더 격해졌다. 더불어 열이 오르는지 그의 얼굴이 벌겋게 달아올랐다. 어느덧 노인의 이마에도 송글송글 땀이 맺히기 시작했다.

그렇게 얼마나 지났을까. 사내의 입에서 흘러나오는 신음성이 잦아들었다. 그러자 노인이 가벼운 숨을 내쉬며 그의 등에서 손을 뗐다.

"장로님!"

곁에 있던 사내들이 재빨리 다가들어 노인에게 흰 무명천을 건넸다. 그러자 노인이 무명천을 받아들어 땀을 닦은 후 자리에서 일어나며 입을 열었다.

"호생!"

"옛!"

뒤쪽에 있던 사내들 중 호리호리해 보이는 사내가 앞으로 나서며 대답했다.

"지금까지 독림을 통과하면서 독에 중독된 사람이 모두 셋이다. 이들을 데리고 돌아가라."

"장로님!"

호생이란 사내의 얼굴에 억울한 빛이 돌았다. 이 추격전에서 빠진다는 것이 그로서는 억울한 모양이었다.

"그들을 추격하는 일도 중요하지만 동료를 살리는 일이 더욱 중요하다. 너에게 이 일을 맡기는 것은 네가 능히 일패를 이끌 자격이 있기 때문이다."

노인의 말에 억울한 빛을 보이던 사내의 얼굴에 감격의 빛이 떠올랐다.

"명에 따르겠습니다."

"조심해서 돌아가라. 일단 독림을 벗어나면 그곳에서 제대로 된 숙영지를 구축하고 우릴 기다려라. 앞으로 독에 중독되는 사람은 계속 돌려보낼 것이다. 추격의 속도를 늦출 수 없으니 중독되는 사람도 늘어날 것이다. 넌 단단한 숙영지를 구축하고 있다가 돌아오는 동료들을 살펴라. 죽는 자가 나오면 안 된다. 우린 죽으려고 이곳에 온 것이 아니다."

"명심하겠습니다."

"지니고 있는 해약을 아껴라. 위급하지 않으면 해약을 쓰지 마라. 해약이 많지 않다."

"알겠습니다."

"좋아. 그럼 중독된 사람은 남고 나머지는 다시 출발한다. 길을 서둘 것이니 각별히 조심하라."

"알겠습니다, 장로님!"

사내들이 일제히 고개를 숙여보이자 노인이 고개를 한 번 끄덕이고는 어두운 독림 속으로 바람처럼 몸을 날렸다.

"저기… 끝이 보입니다."

문득 하거웅의 입에서 활기찬 목소리가 흘러나왔다. 사람들이 그의 생기있는 말에 고개를 들어보니 과연 독림의 저 멀리에 환한 빛과 푸른 초지가 보였다.

"정말, 끝이로구나!"

원보가 반가운 목소리로 말했다.

"조심하거라."

초지가 보이자 뛰어가려는 감명과 감아라를 감천홍이 재빨리 말렸다.

일행은 마지막 순간까지 긴장을 늦추지 않고 첫 번째 독림을 벗어났다. 생각보다 시간이 오래 걸려 거의 하루 반나절이 훨씬 지난 후의 일이었다.

독림을 벗어나자 싱그러운 풀 냄새가 일행을 맞이했다. 승리한 자에게 주어지는 전리품처럼 맑은 공기가 그 어떤 보화보다도 귀하게 느껴졌다.

"모두 수고들 했소이다. 이곳에서 하룻밤을 보냅시다. 충분히 휴식을 취하고 다시 길을 떠납시다."

지우상이 일행을 돌아보며 말하자 사람들이 힘을 내 숙영지를 꾸리기 시작했다.

　그리 넓지 않은 초지에 아담한 숙영지가 꾸며지는 데는 오랜 시간이 걸리지 않았다. 일행은 숙영지를 꾸미고 나서 가지고 온 건량으로 요기를 한 후 편히 누워 잠을 청했다. 아직은 해가 남아 있었지만 근 이틀 동안 거의 잠을 자지 못했기에 눕자마자 잠이 빠져 드는 사람들이었다.

　허소산 역시 원보의 옆에 몸을 누이고 잠을 청했다. 독림을 통과하며 요동치던 동경도 독림을 벗어나자 더 이상 울음을 울지 않았다. 잠이 솜에 스며드는 물처럼 허소산을 물들였다.

　잠결인가. 문득 허소산이 눈을 떴다. 그동안 멈췄던 동경의 울음이 다시 시작된 듯 한 느낌이 잠결에 느껴졌기 때문이었다. 그러나 그를 깨운 기이한 기척은 동경이 만들어 낸 것이 아니었다. 동경은 여전히 잠들어 있었다. 어쩌면 잠결에 꿈을 꿨을지도 모른다고 생각하며 다시 잠을 청하려던 허소산이 한순간 머리가 서늘해 지는 느낌에 다시 몸을 일으켰다.

　'뭐지?'

　분명 그의 본능이 뭔가를 말하고 있었다. 어쩌면 어려서부터 익혀온 사냥꾼의 육감 때문일지도 몰랐다. 허소산이 신중하게 주변을 살피기 시작했다. 그러자 좀 더 명확한 존재감이 그의 육감을 자극했다.

'누군가 오고 있어!'

허소산은 자신의 본능을 자극하는 것이 살아 있는 생명의 움직임이란 것을 깨달았다. 그리고 다시 약간의 시간이 흐른 후 그것이 사람의 기척임을 확신했다. 바람결에 나직한 말소리가 그들이 지나온 독림 쪽에서 들려왔기 때문이었다.

『독경(毒經)』 4권에 계속…

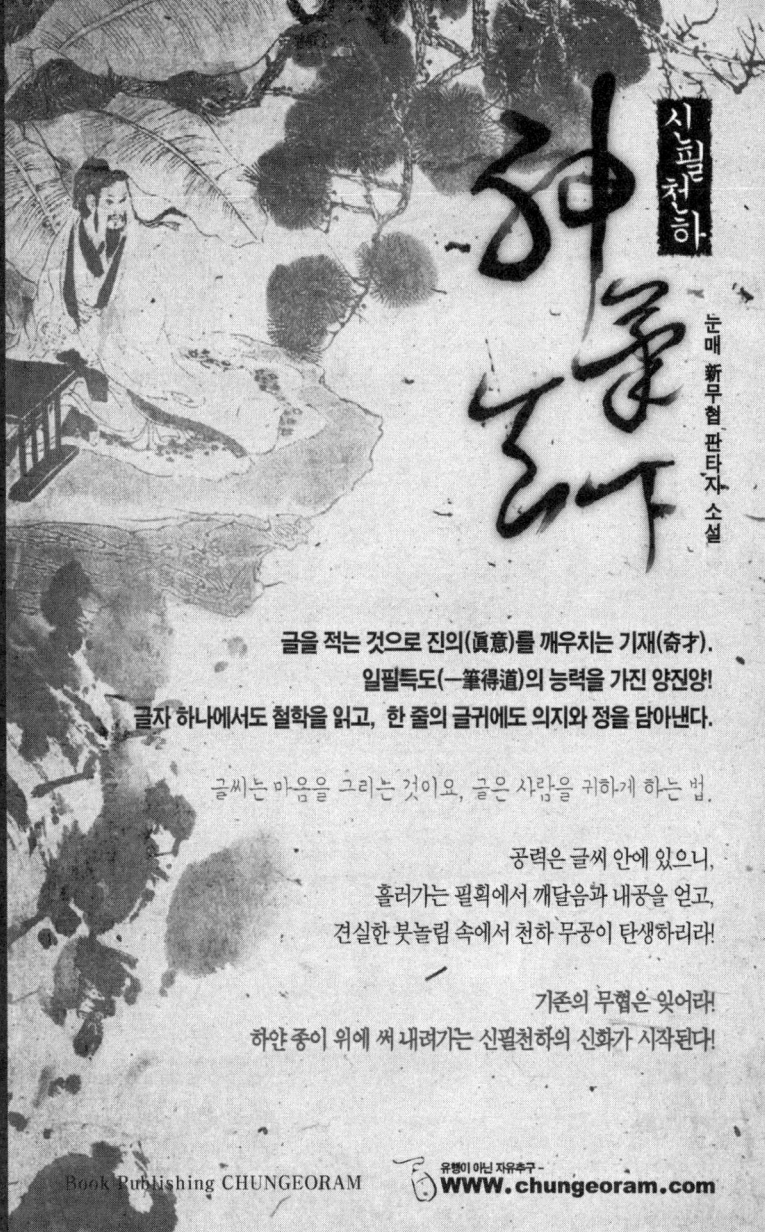

비룡잠호
오채지 新무협 판타지 소설
『백가쟁패』, 『혈기수라』의 작가 오채지가 돌아왔다!
그가 선사하는 무림기!
비룡잠호!
야만의 전사 오백으로 일만 마병을 쓰러뜨리고
홀연히 사라진 희대의 잠룡(潛龍).
그가 십 년의 은거를 깨고 강호로 나오다.
"나를 불러낸 건 실수야."
이가 갈리고 치가 떨리는
경험을 만들어주겠다!
Book Publishing CHUNGEORAM
유행이 아닌 자유추구 -
www.chungeoram.com